안 영 여덟 번째 소설집
귀향 준비

안 영 지음

머리말

내년이면 문단에 나온 지 60년이 됩니다.

1964년 12월 성탄 때 세례를 받았고, 이듬해 3월에 등단했으니, 신앙인으로나 문학인으로나 회갑을 바라보게 되었습니다. 더구나 올해는 제가 태어난 용띠 해를 맞아 감회가 새로웠습니다.

돌아보건대 한국전쟁을 비롯하여 온갖 산전수전을 겪으며 이 나이까지 살아온 것이 꿈만 같습니다. 본향으로 떠날 날을 앞두고, 일곱 번째 소설집 발간 후 문예지에 발표했거나 혼자 써 둔 글들을 한데 묶기로 했습니다. 단언컨대 그동안 저를 지탱하게 해 준 버팀목은 문학과 종교였습니다. 두 기둥에 감사하는 마음으로 이 소설집을 준비했습니다.

이번에는 나와 이웃들의 이야기, 어느 착한 목자 이야기, 전쟁 중에 살아남은 우리 가족 이야기 등 3부로 구성했습니다.

특히 2부에는 콜롬반 수도회 나요한 신부님을 기리는 마음으로 쓴 소설과 증언들을 실었습니다. 얼굴 한 번 뵌 적이 없지만, 신자들의 이야기를 듣는 것만으로도 가슴이 뜨거워져, 사랑 덩어리로 살다 가신 그분의 발자국을 조금이라도 세상에 남기고 싶었습니다.

3부에는 오래전 발표했던 「아픈 환상」과 「자매」를 더 다듬고 보완하여 실었습니다. 인류 평화를 염원하는 뜻에서 젊은 세대들에게 전쟁의 참상을 알리고 싶었습니다.

요즈음은 볼거리 즐길 거리가 하도 많아 소설은 뒷전으로 밀려나고 있지요. 그뿐입니까? 이제 챗GPT가 소설을 쓸 거라고 합니다. 글쎄요. 고것들이 쓴 소설은 어떤 모습일까요. 고도의 짜깁기 표절로 서사만은 그럴듯하겠지만 등장인물들의 영혼까지야 훔쳐 올 순 없겠지요. 영혼 없는 소설이 어찌 독자들의 심금을 울릴 수 있을까요.

저는 초등학교 5학년 때 한국전쟁을 겪었습니다. 삶이 애달프고 고달픈 저에게 용기를 준 것은 소설책이었습니다. 책을 읽으며 위로받고 희망을 품고, 꿈도 품어 소설가가 되었습니다.

소설의 진정한 가치를 알고 마지막까지 종이책을 사랑하는 독자들이 남아 있는 한, 소설은 사라지지 않을 것이라 믿고 이 책을 세상에 내놓습니다.

이 책이 나올 수 있도록 도움을 주신 모든 분께 감사드립니다. 고향 집 아름다운 정경을 사진에 담아 준 장조카 안봉주 사진가에게도 고마움을 전합니다.

2024년 초가을
분당에서 안 영 실비아

차례

머리말　　　　　　　　　　　2

1부　나, 그리고 이웃들 이야기

메멘토 모리　　　　　　　　8
생명 봉사　　　　　　　　　30
네 자매의 하루　　　　　　　52
귀향 준비　　　　　　　　　73

2부　어느 착한 목자 이야기

산 자와 죽은 자의 만남　　　96
기다림　　　　　　　　　　123
도나다 수녀의 증언　　　　　134
요한 형제의 증언　　　　　　149
아녜스 자매의 증언　　　　　163
아델라 자매의 편지　　　　　172

3부　전쟁 중에 살아남은 우리 가족 이야기

아픈 환상　　　　　　　　　182
자매　　　　　　　　　　　246
오빠　　　　　　　　　　　285

1부

나, 그리고
이웃들 이야기

메멘토 모리

"사람아, 흙에서 나왔으니 흙으로 돌아갈 것을 생각하라."

2021년 2월 17일, '재의 수요일'이다. 고요하던 성당에도 모처럼 활기가 넘친다. 성전 입구에 사람들이 하나씩 띄엄띄엄 서서 온도를 재고, 큐아르 코드를 찍고 안으로 들어선다. 그중에는 꼬박 1년 만에 나오는 사람도 많았다. 작년 2월 26일 재의 수요일부터 미사가 중단되었고, 한참 후 인원수를 제한하여 문을 열었지만, 노인들은 대부분 집에서 방송으로 미사를 드리며 지냈다. 그러다가 오늘은 사회적 거리 두기가 2.5에서 2단계로 하향조정된 직후라 큰맘 먹고 나온 사람이 많은 것이다. 마스크만 안 썼어도 얼른얼른 알아보고 서로 인사를 나눴을 텐데, 모두 조심스러워 힐끔힐끔 눈치만 본다.

단톡방 친구 세 사람도 오늘 이 미사에서 만나기로 했다. 엊그제 설을 지낸 나이로 85세 마리아, 82세 소피아,

80세 루시아. 그들은 몇 가지 공통점이 있어 가까워진 사이다. 혼자 산다는 것. 같은 성당의 <은빛 대학> 학생이라는 것. 자식들 폐 안 끼치고 편안히 떠나기를 소망하며 늘 선종(善終) 기도를 드리고 있다는 것.

셋은 하루에도 몇 번씩 카톡에 들어오는 정보를 공유하고, 티브이에 좋은 프로그램이 나오면 '카톡' 소리를 날린다. 지금 「목요 특강」, 「걸어서 세계 속으로」, 「세계 테마 기행」, 「그래서 오늘은 신비롭다」, 「위대한 성인들」…. 마치 "얼른 이것 보세요" 하는 신호로 카톡 소리를 날리며 무언의 대화를 나눈다. 그러면 KBS로, EBS로, CPBC로, 카톡 소리에 맞춰 채널을 돌린다. 어떤 땐, "지금 보고 있음"이라는 답신을 주고받기도 하면서.

코로나의 위력은 대단도 하지!
20년 가까이 운영되던 <은빛 대학>이 문을 닫았다. 한국에서 가장 큰 성당이라는 《요한 성당》. 신자 수 만육천 명에 노인대학 학생 수만도 거의 삼백 명. 입학 자격은 묻지도 따지지도 말고 그저 65세 이상. 심지어 성당을 다니지 않는 동네 주민들에게도 문이 열린 대학이었다. 한번 입학하면 자퇴하지 않는 한, 영원히 학생일 수 있어 90세 이상의 고령자도 넷이나 되었다. 남녀 비율은 3대 7 정도. 은발의 신사 숙녀들은 매주 목요일마다 성당에 나와 급우들과 하루를 함께했다. 아침 9시 30분 등교. 지하 소성당에 모여 간단한 건강체조. 50분 동안 성경 공부. 다음은 각자의 학급으로 가서 담임 선생님과의 시간을 갖고, 11시부터는 각자의 취미반 교실로 가서 즐겁게 공부했다. 과목은 영어, 일어, 문학, 미술, 서예, 가곡, 가요, 하모니카, 리코더, 풍물, 한국 무용, 라인댄스, 건강체조, 뜨개질 등 다양했다. 강사들도 같은 성당의 교우들로 충당되어 더욱 가족 같았다. 12시 10분쯤 지하 식당에 모여 맛있는 점심 식사. 학생들은 그 시간을 좋아했다. 남자나 여자나 '혼밥' 신세가 많은 요즘 여럿이 함께 모여 맛있는 밥도 먹고 대화도 나눌 수 있으니 즐겁지 아니한가. 그러고는 다시 1시 20분부터 다른 취미반으로 가서 공부를 더 하다가, 3시에야 마감하는 틀 잡힌 학교였다. 월 1회 특강도 듣고, 봄이면 소풍, 가을이면 1박 2일 성지 순례, 연말에는 각반에서 배운 것을 발표하는 학예회도 열면서 노후의 즐거움을 만끽했다. 그런 학교가 작년 3월부터 개강을 못 하고 만 것이다.

 셋은 이 학교에서 만나 10년 넘게 함께 지내온 친구다. 하나는 일찍이 50대에 혼자가 되었고, 둘은 이 학교 다니던 중 남편이 떠났다. 성당에서 장례를 치르고, 먼저 혼자 된 선배들의 위로에 힘입어 고통을 이겨내고 학교생활을 이어갔다. 여러 해 영어반에서도 함께했고, 최근에는 하모니카 반에 들어 음악을 즐기면서 더욱 친해졌다. 그토록 좋은 친구까지 선물한 학교가 기약 없이 문을 닫아버려 쓸쓸하기 짝이 없었다.
 요즈음 어느 자녀가 홀로 계신 어머니를 자주 방문하겠는가. 안부 전화라도 자주 하면 고맙지. 코로나 사태가 터진 뒤에는 비교적 자주 전화는 하지만 그저 아무 데도 나가지 말라고만 한다. 그 말 때문이 아니라도 외출하지 않는 게 애국이라 생각하며 그녀들은 집을 지켰다. 혼자서 종일 말 한마디 않고 지날 때도 있었다. 노인들은 더욱 조심하라니 눈치가 보여 더욱 움츠러들었다. 인원수를 제한하니 성당에도 못 나갔다. 그저 '가톨릭 평화방송'으로 미사를 드리고, 좋은 강의를 찾아 듣고, 햇살이 좋으면 마스크 잘 눌러 쓰고 공원 산책하는 것으로 소일했다. 감옥이 따로 없었다. 전에는 셋이서 자주 만나 밥도 함께 먹고 수다도 떨었다. 그걸 못하게 하니 자연스레 카톡이나 전화로 안부를 묻다가 막내인 루시아 씨가 단톡방을 열어 긴요하게 우정을 나누고 있다.

그렇게 갇힌 생활을 하던 그녀들이 '재의 수요일'을 맞아 미사에서 함께 만나기로 한 것이다. 예수님 부활을 앞두고 근신하며 지내야 하는 '사순 시기'. 2월 중 시작하여 대개 3월 말경이나 4월 초, 주님 수난 주일 성 목요일 직전까지 꼬박 40일 동안의 기간인데, 오늘이 바로 그 첫날이다. 셋 중 제일 먼저 혼자 되어 오직 주님께만 의지하고 사는 둘째 소피아 씨가 카톡에 글을 올렸다. "재의 수요일, 우리 미사 드리러 갑시다. 얼굴도 보고 점심도 먹어요." 그러자 양쪽에서 굿, 오케이, 답을 보냈다.

소피아 씨와 루시아 씨는 이따금 미사에 나갔지만, 연장자인 마리아 씨는 그야말로 모처럼 나왔다. 세제로 손을 닦고, 열을 재고, 이름을 적고, 안내를 따라 까다로운 절차를 밟아 안으로 들어

갔다. 띄엄띄엄 좌석표가 붙어 있는 곳에만 앉으란다. 하도 큰 교회라 20%까지만 참석하라는 지시를 따라도 600명이 참석할 수 있는 대성당이 보기 좋게 가득 찼다.

'재의 수요일'엔 미사 중에 사제가 신자들의 머리에 재를 바르는 예식을 치른다. 인간은 흙에서 나와 흙으로 돌아가는 하느님의 피조물임을 깨닫고, 자신의 삶을 성찰하라는 상징적인 뜻이 담겨 있다. 신자들은 주님 수난을 깊이 묵상하면서 근신과 절제를 다짐해야 한다. 이 기회에 금연하고, 절주하고 나쁜 습관을 고치려고 노력하는 사람들도 많다. 주 1회 단식을 한다든지, 매주 금요일 육류를 먹지 않는다든지. 그리고 절약한 것은 가난한 이웃을 위해 나누는 등 신자의 의무도 지켜야 하는 시기다. 교황님은 특히 다음 사항을 권하셨다.

> 무례한 말을 단식하고 부드럽고 온화한 말을 사용합시다.
> 불평불만을 단식하고 감사의 마음으로 채웁시다.
> 분노를 단식하고 온유함과 인내로 채웁시다.
> 비관주의를 단식하고 낙관주의로 생각의 틀을 바꿉시다.
> 근심 걱정을 단식하고 하느님께 완전히 의탁합시다.
> 탄식을 단식하고 작은 것에서 기쁨을 느낍시다.
> 스트레스를 단식하고 기도로 채웁시다.
> 이기심을 단식하고 다른 사람에게 연민을 가집시다.
> 불경과 보복을 단식하고 화해와 용서로 채웁시다.
> 말을 단식하고 침묵과 경청의 여유를 가집시다.

오랜만에 미사에 참석해 좋은 말씀을 듣고, 머리에 재를 바르고, 무엇보다 성체를 영하고 강복을 받은 신자들은 잔칫집에서처럼 기분이 고조되었다. 대부분 아는 얼굴을 찾느라 이리저리 둘러본다. 마스크를 써서 얼른 알아보지 못하다가 뒤늦게야 반색을 하며 주먹 악수를 하는 교우들. 그 무리 속에서 셋은 쉽게 얼굴을 찾고 한데 모였다. 늘 하듯 성전 1층에 있는 카페로 옮겨 반가운 인사를 나누고, 막내 루시아 씨의 차에 올랐다.

음식점에 들어서자 이름과 연락처를 쓰라고 한다. 그렇지. 아직도 이것까지는 해방되지 않았구나. 그런데 갑자기 깜짝 놀랄 일이 생겼다. 기다리는 줄에서 마리아 씨가 아들을 만난 것이다. "어머니!" 하고 부르는 소리에 고개를 돌리니 아들이 친구랑 함께 서 있었다. 이크. 들켰구나. 아침 문안 전화에서도 나가지 말라기에 안 나긴다고 했건만 이렇게 빨리 들킬 줄이야. 일행은 모두 웃었다. 마리아 씨가 속삭였다. 어떻게 집에만 있니. 그러다가 우울증 걸리는 것보다는 마스크 잘 쓰고 외출해서 친구들도 좀 만나는 게 낫지 않니? 아들도 웃었다.

모처럼 '혼밥'이 아닌 '함께밥'을 즐기고, 마리아 씨 집으로 갔다. 헤어지긴 섭섭하고, 찻집은 조심스러우니, 맏형님 댁을 택한 것이다. 치매 방지엔 친구들 만나 수다 떠는 것이 명약이라지 않는가. 집에 들어서면서 소피아 씨와 루시아 씨는 합창으로 인사를 한다. "이 댁에 평화를 빕니다."

거실에 들어서니 커다란 사진이 일행을 반긴다. 러시아 여행 중 찍은 사진이다. 바실리카 성당의 화려한 돔을 배경으로 챙 넓은 모자를 쓰고 찍은 마리아 씨 사진이 아름답다. 마리아 씨는 훤칠한 키에 미모가 출중해 어딜 가도 눈에 띄었다. 마리아 씨가 식탁 의자로 안내하며 띄엄띄엄 앉자고 제안한다. 도대체 우리 중 누군가가 바이러스 보균자인 줄 알 수가 없으니 어쩌냐는 것이다. 맞는 말이다. 식당에서도 얼마나 조심하고 먹었던가. 말할 땐 부지불식간에 손으로 입을 가렸고, 먹기가 끝난 뒤에는 얼른 마스크를 쓰고 이야기했을 정도다.

다과상을 차려놓고 마리아 씨가 말한다. 다들 어떻게 살았는지, 최근에 겪은 이야기들 쏟아 내 봐. 마음 놓고 수다 떨고 가요. 되도록 재미난 것으로. 그러자 둘에서 금세 반응한다. 좋아요. 좋아요. 오늘은 실컷 말 좀 합시다. 이러다 벙어리 되겠어요. 하하. 형님부터 해 보셔요. 나이순으로 해요. 둘은 듣고, 하나는 말하기로 해요. 침묵과 경청의 자세도 시험할 겸!

아우들의 제안에 마리아 씨가 먼저 근황을 들려준다.

나, 최근에 119 호출기 달았어요. 저기 보이죠? 꼭 옛날 핸드폰 같지? 방학 동안, 별일 다 겪었네. 재작년 겨울에 갑자기 쓰러져서 119 신세 졌어요. 병원에 실려 가 한바탕 소동을 벌였는데, 부정맥이라고. 지금 나 가슴에 심장박동 조절기를 달았어요. 여기 만져 봐요. 딱딱한 것 있잖아. 참 의학의 발달은 놀랍지. 이렇게 딱딱

한 걸 가슴에 박아 넣고도 멀쩡히 살고 있으니. 작년 여름에는 또 어떻고. 걸핏하면 숨이 가쁘고 어지럽기까지 해서 병원에 갔더니, 혈관에 찌꺼기가 끼어 혈관이 좁아졌대요. 협심증이라나? 그래서 혈관을 넓혀주는 시술도 했다오. 가슴 중앙에 길게 스텐트를 박았어요. 그뿐이야? 몇 년 전, 아우님들 알다시피 무릎 수술도 했잖아. 그러니 내 몸은 온통 내 몸이 아니야. 이러고도 살아있으니 감사해야 하나? 하여간 아들이 아무래도 안 되겠다고 같이 살자는 걸 싫다고 했지. 늘그막에 자식하고 합하면 서로 불편할 건 안 봐도 뻔하잖아? 대신 동사무소에 연락해서 저 119 호출기 신청을 했는데, 그것도 순서가 있다고 최근에 와서 달아줬어요. 저걸 달아놓으니까 좀 안심이 되더라고. 그대들도 알아 둬요. 독거노인들 신청하면 달아준대. 우리나라 좋은 나라. 복지 천국이야. 그나저나 100세 시대가 워망스러워. 무병장수라면 몰라도 유병장수 시대가 되었으니 누가 환영하냐고. 그래도 어쩌겠어요. 사는 날까진 살아야지. 아이들에게 폐 안 끼치고 건강히 살다가 잠자듯이 가고 싶다는 게 요즘 노인들 기도 제목이잖아요. 내가 이 말 하면 소피아 씨는 욕심도 많다고 통 줬지? 한 달 정도는 병상에서 고생도 좀 하면서 지나온 삶도 성찰하고 섭섭하게 한 사람 있으면 불러서 용서도 받고, 또 용서도 하고 화해해야 한다고? 그래도 난 그저 안 아프고 떠나고 싶어. 80 넘으니까 자꾸 이렇게 놀랄 일만 생기는데, 도대체 하느님께선 언제 부르실까? 나는 불면증 때문에도 힘들어. 하룻밤에 서너 번씩 깨서 괜히 화장실만 들락거리고, 쉽게 잠들면 행운이지만, 안 그러면 부엌에 나가서 수면제 하나 먹고. 이런 삶을 언제까지 살아야 할까? 80까지는 그래도 여행도 다니고, 봉사도 다니고 해서 살맛이 좀 있었는데, 이제 그것도 안 되고. 성경 읽고 쓰는 것도 한계가 있고, 티브이와 책이 그래도 위로지. 도서관이 가까워 책 빌리긴 쉽거든. 그것도 없으면 정말 적막강산이라니까. 날마다 율동공원 한 시간 걷는 것도 보통 일이 아니야. 집에 들어오면 그냥 쓰러질 지경이야. 그래도 불면증엔 오전 햇볕 쬐며 걷는 게 최고라니까 싫어도 참고 나가는 거야. 참, 아우님들이 티브이 좋은 프로 보라고 카톡 넣어주는 것 정말 고마워. 얼마나 활력소가 되는지. 엊그제 '세계 테마 기행' 북유럽 편 정말 좋았어. 10여 년 전에 갔던 노르웨이 장엄한 피오르 구경 잘 했지. 송네 피오르 다시 보니까, 괜히 젊어진 듯 기분이 좋았어요. 여행 다닐 때가 제일 즐거웠던 것 같아. 지금 오륙십 대들 애들 키워놓고 여행해야 하는데 어쩌나. 괜히 미안한 생각이 들어. 백신 맞고 코로나 물리치면 옛날처럼 살 수 있을까? 또 다른 바이러스가 계속 나올 거라는데, 우린 다 살았지만, 젊은이들 어린이들 어쩌면 좋아! 아무 힘도 되어 주지 못하고 코로나 속에서도 살아남은 게 미안하기만 하네.

마리아 씨가 주섬주섬 이야기하다가 한숨 돌리자 소피아 씨가 한마디 한다.

누가 아닙니까? 정말 후손들 안 됐어요. 우린 그저 나라를 위해, 젊은이들을 위해 기도하고, 도울 일 있으면 돕고, 감사하며 살아야지 어쩌겠어요? 그나저나 형님 고생 많이 하셨네요. 방학 중이라

전혀 몰랐네요. 근데, 맥박조절기야 스텐트야, 무릎 수술까지 하고도 날마다 한 시간씩 걸으시다니. 너무 무리하시는 거 아닌가? 조심하세요. 루시아 씨도 한마디. 형님 장하시네요. 워낙 독서광이라 코로나 사태 잘 견디시겠지, 했더니만 병원 출입이 잦으셨군요. 그런 일 있으면 전화도 좀 하세요. 문병도 하고, 함께 기도하게요. 그나저나 엊그제 설은 어떻게 지내셨어요?

응. 이번 설에는 가족도 다섯 이상 모이지 말라고 하니까, 큰아들 내외와 작은아들만 와서 간단히 차례 지냈지. 큰며느리가 음식 다 해오고, 내가 밥하고 국만 끓였어요. 작은 며느리는 안 왔어. 요즘 며느리들 못 모이게 하니까 좋아들 하지 뭐. 손자들도 다 커서 제각각이고, 옛날 같지 않아. 재미없어. 이러고 언제까지 살아야 해? 아이고, 아우들은 아직 젊은데, 이런 얘기 어둡다. 이제 소피아 씨 이야기해봐. 재미있는 얘기 좀 듣자.

둘째 소피아 씨가 입을 연다.
저는 이번에 아들네 집으로 가서 차례 모셨어요. 아주 재미있는 차례였어요. 갔더니 며느리가 그러는 거예요. 남동생이 아직 장가도 안 간데다 외국에 있고, 작년에 혼자 계시던 친정엄마 돌아가셨으니 부모님 차례도 여기서 함께 지내야 할 것 같다고. 좀 황당하게 들렸지만 제가 뭐라 하겠어요. 요즈음 시어미들 며느리에게 꼼짝 못 하는 것 아시잖아요. 그래. 잘 생각했다. 딸도 똑같은 자식인데, 하며 흔쾌히 받아들였지요. 우리 남편 영정, 사돈댁 부부 영정 모셔놓고 함께 지냈어요. 차례상이라야 홍동백서, 어동육서 등은 온데간데없고 그저 손님 밥상 정도랄까? 그거라도 준비했으니 고맙지요. 제가 80까지는 꼬박꼬박 차례상 차렸어요. 그러다가 재작년 80 넘으면서부터는 힘이 부쳐 넘겨주었지요. 음식 준비 힘드니까, 성당에서 미사로 드리라고 했는데, 코로나 때문에도 집에서 하겠다고 하면서 아들이 날 데리러 왔더라고요. 하여간 거기서 아들 며느리 손자랑 넷이서 아침 먹고, 손자도 고 3이라 얼른 제 방에 들어가 버리고, 세뱃돈만 주고 얼른 왔어요. 정말 재미없어요. 대신 요즈음 평화방송 덕분에 견디지요. 모세 신부님, 「그래서 오늘은 신비롭다」 제가 볼 때마다 알려드렸지요? 강의가 매번 예술이에요. 문학, 미술, 영화, 총동원되어 우리 영혼을 맑혀 주는 데 일등공신. 신부님 하도 이뻐서 제가 '젊은 오빠' 신부님이라고 이름 붙였지요. 하하. 그리고요. 더 퐁당 빠진 티브이 프로그램이 있답니다. 이리저리 채널 돌리다가 찾은 건데요. 종일 음악만 틀어주는 채널이에요 얼마나 좋은지 몰라요. 단톡방에 올렸지만, 형님도 루시아 씨도 못 찾겠다고 했잖아요. 큰길 하나 건너인데도 왜 채널 숫자가 다른지 모르겠어요. 저번 영하 18도 추위에서는 산책도 할 수가 없었잖아요. 성경 읽기, 쓰기, 기도하기, 하모니카 불기, 그래도 지루해서 티브이 채널을 이리저리 돌렸던 건데, 갑자기 오페라를 하는 거예요. 모차르트 「피가로의 결혼」. 채널 이름을 얼른 봤더니, CLASSICA였어요. 얼마나 기뻤던지, 퐁당 빠져서 두 시간도 넘게 보았지요. 그날 이후, 우리가 즐겨보는 KBS, EBS, CPBC 등에 별 볼

게 없으면 그냥 CLASSICA로 돌려요. 특히 식사 중에는 최고예요. 아름다운 음악 들으면서 '혼밥' 먹는 것 하나도 안 쓸쓸해요.

헨델의 「상보르성의 불꽃놀이」도 기억에 남아요. 밤에 야외 음악회였는데, 화면에 진짜 불꽃놀이가 터지는 거예요. 사람들이 평범한 것에 매력을 못 느끼니까 연주도 더욱 생생하게 하려는 의도였는지, 타다당, 타다당, 바로 무대 뒤에서 불꽃들이 마구 피어오르며 춤을 췄어요. 연주자들 다칠까 봐 마음 졸이며 봤지요. 야외극장을 가득 메운 청중들. 모두 코로나 이전 태평성대 실황이라, 저럴 때도 있었구나, 하며 웃었지요.

또 그 채널에서 아주 새로운 사실도 하나 배웠어요. 피아니스트 안현모 씨 진행으로 음악가들이 나와 해설하며 연주하는 「클래식이 알고 싶다」라는 프로였는데, 베토벤 「피아노 협주곡 1번」이 막스 뮐러의 소설 「독일인의 사랑」을 음악화한 것이라고 해요. 제가 여고 시절, 감동으로 읽고 지금껏 기억하는 소설, 플라토닉 러브의 극치라 할 수 있는 그 소설을 음악화한 것이래요. 그 사실 자체가 저를 놀라게 했지요. 근데 와, 와, 소설 한 토막씩을 읽으며 그 장면에 맞는 피아노곡이 연주되는 거예요. 글과 곡이 멋지게 어울려 정말 환상적이었어요. 세상에, 소설로 피아노 협주곡도 탄생시켰다니요. 정말 놀랍지 않아요?

아, 더 좋았던 것. 저 떠나면 영안실에 은은히 틀어 놓으라고 유언장에 써둔 바로 그 음악, 브람스의 「독일 레퀴엠」을 오스트리아 릿처 대성당에서 공연한 거예요. 프란츠 벨저 뫼스트 지휘로 클리

브랜드 오케스트라가 연주했는데, 눈물을 흘리며 들었어요. 한 사람씩 노래 부를 땐 그 가사를 자막으로 띄워주는데, 모두 성경 말씀이니까 감동이지요. 게다가 지휘자가 정말 아름다웠어요. 적당한 몸피에 하얀 피부의 곱상한 얼굴에, 곱슬곱슬한 하얀 머리칼까지 날리며 두 팔이 물 흐르듯 춤을 추는데 제 몸이 다 흔들리더라고요. 하늘나라 갈 땐 아마도 그런 음악에 맞추어 춤추며 올라가겠지요?

마드리드 국립극장도 다녀왔고, 베를린 국립 오페라 극장도 다녀왔어요. 어느 날은 하이든의 오페라 「기사 오를란도」를 봤어요. 비제 카르멘, 베르디 라트라비아타, 푸치니 나비부인 정도나 알던 사람이 별별 오페라를 다 구경했어요. 전체 줄거리는 몰라도 자막이 나오니까 장면 장면은 이해가 되고 일단 무대장치, 의상, 연기, 화장술, 대사, 구경거리가 많았어요. 작은 동작 하나하나에서 몸이 오싹하기도 하고, 껄껄 웃음이 터지기도 하고. 정말 즐거웠어요. 더구나 거기 우리나라 임선혜가 등장했어요. 얼마나 반가웠는지 몰라요. 우리나라에선 결코 작은 키 아닌데, 유럽 무대에선 너무나 꼬맹이였어요. 그래서 더 귀엽고 깜찍했어요. 옛날 한가한 귀족들 연극이며 오페라 즐기던 것 이해가 되더라고요. 저야 귀족은 아니지만, 그동안 고생 많이 하고 이젠 한가하니까 즐기며 살고 싶어요. 그래서 어둡고 슬픈 건 싫어요. 오페라 볼 때 언제가 제일 재밌는지 아세요? 뭐니 뭐니 해도 다 끝나면 등장인물 전체가 나와 손에 손잡고 인사하는 마지막 장면, 그때 가장 희열을 느껴요. 빈집에서 혼자 시청하다가도 그 장면에서는 저도 모르게 손뼉을 치면서 환희에 들뜨지요. 커튼은 내리는데 박수는 그칠 줄 모르고, 관중들은 일어설 생각도 안 하고, 그럼 다시 커튼이 열리고 등장인물들이 하나하나 나와서 인사를 하고, 더 뜨거운 박수갈채를 받고, 그때가 정말 신나요. 벌어진 제 입이 다물어지지 않더라니까요.

임선혜 씨는 아시지요? 가톨릭 평화방송에서 「선율」이란 프로그램 진행자로 나오는데, 40대 미모의 성악가예요. 아시아의 종달새라 불리며 조수미를 잇는 소프라노라네요. 유럽 고 음악계의 프리마돈나. 모차르트 피가로의 결혼에서 수잔나 역을 맡아 여러 차례 열연했대요. 스위스에서 열린 세계 각국 노래자랑 「대지의 노래」 축제에서는 「산유화」, 「진달래꽃」, 「아리아리랑」 등을 불러 극찬을 받고 가곡 한류의 가능성을 보였다지 뭐니까? 우리가 태어나서 이토록 자랑스러운 조국, 언제 봤나요? 체육, 음악, 음식, 사방에서 한류 바람이 대단한 우리나라 만세!

소피아 씨가 끝낼 줄도 모르고 주섬주섬 이야기를 계속하자, 맏형님이 중간에 끊는다.

아이고, 우리 소피아 씨, 진짜 퐁당 빠졌네. 그냥 두면 날 저물겠다. 알았어, 알았어, 고만하고 이제 루시아 씨 이야기 좀 들어보자고. 하하하. 하하하. 셋이 다 같이 웃는다.

셋째 루시아 씨가 기다렸다는 듯 입을 연다.

지난해 아들 다녀간 이야기 좀 할게요. 캐나다에 있는 아들, 다녀갔거든요. 그때 저 정말 코로나 시대 실감했어요. 먼저 귀국 전에 할 일이 있더라고요. 주민등록 등본을 비롯해 우리가 가족이라는 걸 증명하기 위한 가족 관계 증명서 등을 메일로 보내주고, 아들은 그걸 프린트 뽑아서 들고 와야 해요. 공항에 들어오면 바로 버스 태워 어디론가 가서 검진하고 음성이 나오면 가족에게 돌아오는데, 미리 준비된 방역 택시 타고 들어왔지요. 방역 당국, 정말 철저하더라고요. 제게 전화 와서 이것저것 묻고, 조사도 나왔어요. 화장실 2개라, 함께 있는 것 허락해 주더라고요. 많이들 오피스텔 얻어서 따로 있게 했다는데 우리는 그냥 함께 지냈어요. 당국에서 식료품 상자가 배달되었는데, 와, 별별 것 다 들었더라고요. 햇반, 김치, 김, 볶은 김치, 참치… 놀라웠어요. 세상에 모처럼 만난 아들 손도 못 잡아보고 마스크 쓴 채 눈인사만 하고는 방으로 들여보냈지요. 화장실 딸린 안방을 내주었어요. 정부에서는 일단 손전화부터 등록시켜 앱을 깔게 하고는 모든 것 그것으로 지시를 하더라고요. 매일 같은 시간에 열을 재서 올리고, 아들 있는 위치가 조금이라도 바뀌면 바로 연락이 오고, 어쩌다 아들 전화기에 연락이 끊기면 바로 저에게로 연락이 오고, 대단했어요. 공무원들 정말 일 열심히 하는구나, 감탄했지요. K-방역 빈말이 아니더라고요.

저도 좀 꾀를 냈지요. 제사 때만 쓰던 병풍을 꺼내, 방문 앞에다 좁은 공간 만들어 쳤어요. 그곳에다 앉은뱅이 밥상 차려다 놓으면 아들이 문 열고 들여갔어요. 식사 끝나고 아들이 그 병풍 사이에 밥상 내놓으면, 저는 또 마스크 쓰고 가서 들고 오는데, 일부러 10분쯤 후에 가지고 나왔어요. 마치 아들이 보균자나 되는 것처럼 말이에요. 그리고 남은 건 아까워도 냅다 버렸지요. 은빛 대학에서 환경문제 신경 쓰라고 많이 배웠지요. 음식 남기지 마라, 쓰레기 줄여라, 하지만 어떻게 해요. 1회 용 그릇도 많이 버렸어요. 꼭 무슨 죄를 짓는 것 같았어요. 자가 격리 2주가 왜 그렇게 긴지. 대화할 것 있으면 카톡이나 전화로 하고, 어쨌든 최대한 조심을 했지요. 세월 빨리 간다는 말, 이젠 쉽게 못 해요. 어찌나 지루한지, 두 번이나 동생네로 피난 가서 하룻밤 자고 왔어요. 동생도 혼자 사니까 가능했죠. 말이 쉽지 아들도 얼마나 답답하겠어요. 환기도 필요하고, 또 넓은 거실에 앉아 티브이도 좀 보는 시간이 필요할 것 같아서요. 그때는 배달 음식 시켜 먹였어요. 새벽이면 대문 앞에 딱 배달해주는 음식, 얼마나 고마운지. 이번 코로나 사태 때 일등 공신은 택배 기사들이었지요. 과로로 사망 소식 들릴 때마다 정말 미안하더라고요. 우리가 편하게 살기 위해 얼마나 많은 사람이 수고하고 있는지, 그저 감사할 뿐이지요.

　그랬구나. 말만 들었더니, 바로 루시아 씨가 체험했어? 와, 드디어 실감이 나네. 고생했어요. 진지하게 듣고 있던 두 사람이 고개를 끄덕이며 위로한다. 그러다가 소피아 씨가 묻는다. 이야기 다 했어요? 더 할 건 없고? 아니요. 더 할 것 있어요. 루시아 씨는 수다 떨 기회를 빼앗길세라 또 이야기를 꺼낸다.

　형님들, 80 넘으면서 이것저것 떠날 준비 했다는 것, 귀담아들었거든요. 특히 살림 정리, 저도 1월에 흉내 좀 내 봤지요. 책도 많이

메멘토 모리 23

버리고, 그릇도 버리고, 옷, 신발, 많이 정리했어요. 그동안 버린다고 버렸건만 아직도 버릴 것은 왜 그리도 많은지, 하여간 시간 넉넉하니까 살림 정리는 좀 했지요. 추울 때 시장 안 가고 냉동실 음식도 많이 꺼내 먹었고요. 이러다 갑자기 떠나면 애들이 우리 엄마 정리 좀 하고 살지, 하고 흉보겠더라고요. 코로나가 주부들 살림살이 충실하게 만든 공은 인정해야 해요. 그쵸? 그리고 아무리 100세 시대라 해도 언제 어떻게 될 줄 모르니 준비는 해야겠다 싶어서 은빛 대학에서 배운 대로 다 했어요. 그때 우리 단체로 '사전 연명 의료의향서 등록증' 받아 놓은 건 정말 잘했지요? 그것도 한번 꺼내 만져 보고, 특강 시간에 배운 대로 상속에 관한 유언장도 다 써 놓았어요. 그러고 나니 마음이 편안해요. 지금부터는 덤이라고 생각하며 하루하루 기쁘게 살 거예요. 그래서 취미 생활 하나 붙들었어요. 마침 복지관에서 온라인으로 수업한다고 수강생 모집하더라고요. '디지털카메라 사진반'에 들었어요. 인터넷 수업도 재미있어요. 날마다 율동공원, 중앙공원, 탄천, 등 돌아다니면서 디지털카메라로 사진 찍어서 올려요. 취미 생활 즐겁게 하고 있어요. 한 학기 끝나고 나니, 복지관에서 개인 사진첩도 만들어 주었어요. 너무나 뿌듯해요.

　와, 와, 루시아 씨 대단하다. 마리아 씨가 감탄하며 끼어든다. 그 나이에도 온라인 수업을 다 듣고! 장하다. 부럽다. 요즈음 새로운 예술 장르가 생겼대요. 바쁜 현대인들, 더구나 읽기보다 보기를 더 좋아하는 현대인들에게 안성맞춤인 예술인데, 디지털카메라와 시의 합성어로 '디카시', 아주 유행이에요. 나도 그 시집 한 권 봤어요. 루시아 씨도 기왕 시작했으니 사진 밑에다 간단한 시 한 줄 달아 봐요. 일본 하이쿠처럼 함축적으로 몇 마디! 소피아 씨도 덩달아 공감하며 말한다. 좋아요, 아직 젊으니까 시도해 봐요. 두 사람이 손뼉을 치는데, 루시아 씨는 이야기를 더 계속한다.

　이제 제일 재미난 얘기 할게요. 형님들 귀가 번쩍 뜨일걸요? 교회 10% 이내 참석 허락한 뒤부터는 주일 미사는 물론 평일 10시 미사에도 어지간하면 다니곤 했어요. 그런데, 재미있는 일이 있었어요. 베드로 형제님 아시지요? 우리 하모니카 반 반장님 말이에요.
　마리아 씨가 얼른 대답한다. 응. 응. 알고말고. 그 부인 테레사 씨하고 나하고 친했잖아. 밥도 자주 먹고 했지. 근데 그렇게 갑자기 떠나 버리고, 베드로 씨 혼자 어떻게 사나 모르겠네. 근데 그이가 어쨌어?
　그분이 어느 날 미사 끝나고 뒤에서 저를 기다리는 눈치였어요. 제가 가까이 가서 인사를 드렸더니, 갑자기 시간 있느냐고 물어요. 엉겁결에, 왜요? 하고 물었더니 할 이야기도 좀 있고, 차 한잔할까 해서요, 하지 않겠어요? 그래서 제가 형님 돌아가신 지도 일 년 넘었지요? 했더니, 3년입니다. 하더라고요. 저도 갑자기 왜 형님 돌아가신 것을 물었는지 알 수가 없어요. 하여간 대화 중 가슴이 살짝 떨리더라고요. 당황스러워서 볼 일이 좀 있다고 하면서 그 자리를 피했어요. 근데 다음 어느 날 또 미사 끝나고 제게로 다가오더니, 쪽지를 하나 주시는 거예요. 괜히 누가 볼까 봐 뜨끔하더라고요. 얼른 주머니에 집어넣고, 오면서 보니까 "시간 되면 전화 한 통 주십시오." 하고 연락처가 쓰여 있는 거예요. 형님들 어떻게 생각하세요?

소피아 씨가 박장대소한다. 그러자 마리아 씨는 웃을 일이 아니라며 그이 불쌍해서 어쩌냐고 한다. 안 그래도 혼자 어떻게 사는지 궁금했는데, 어쩌면 좋으냐는 것이다. 아들 둘은 외국에 있고, 딸 하나는 지방에 있으니 찾아올 자식도 없고, 얼마나 쓸쓸했겠느냐고. 은빛 대학 다닐 땐 친구들이 있어 그런대로 외롭지 않게 지냈지만 모든 일상이 멈춰 버렸으니 그 마음 이해도 된다고 동정표를 던진다. 그냥 한 번 만나주지 그랬어? 차 한잔하고 대화 좀 하겠다는데, 왜 피해? 그러자 소피아 씨가 말한다. 전에 우리 은빛 대학에서 두 쌍이나 결혼까지 골인했지요. 잘 해 봐. 아이고, 역시 막내는 좋겠다. 젊고, 이쁘니까 80 나이에도 남자가 생기는구나. 하하하.

형님, 웃을 일이 아니라니까. 근데 왜 그렇게 떨리지요? 아이들이라도 알까 봐 미리 떨리더라니까!

100세 어르신 김 교수님 말씀 못 들었어? 이렇게 백세 시대가 올 줄 알았으면 혼자가 된 80대에 결혼해서 후배들에게 모범을 보일 걸 그랬다잖아. 용기를 가지고 잘해 봐요.

싫어요. 싫어요. 이 나이에 무슨 남자. 저는 동성 친구가 제일 좋아요. 얼마나 편해요? 은빛 대학에 친구가 얼마나 많은데, 무슨 남자?

그래. 우리 루시아 씨 현명했네. 그 자리에서 왜 갑자기 부인 가신지 얼마나 됐는가를 물었을까. 베드로 씨도 뜨끔했을 거야. 잘했어. 맏형님 말에 루시아 씨가 다시 말한다.

아직 이야기 안 끝났어요. 제가 아무래도 전화는 드려야 할 것 같아서 그날 저녁에 전화 드렸어요. 그랬더니 뭐란 줄 아세요? 뭐래? 뭐래? 차 한 잔 마시자고 해? 둘이서 마구 물어댄다.

절 보고요. 아내 테레사 묘소에 가고 싶은데 차량 봉사 좀 해 줄 수 없느냐고요. 작년에 면허증 반환하고 차 없앴더니 아쉽다고. 아니, 뭐라고? 차량 봉사? 용인 천주교 묘지까지 함께 가자고? 정말 고단수네. 그럼 차만 마시겠어? 밥도 먹어야지. 종일 함께 지내자고? 세상 떠난 테레사 씨 핑계 대고 루시아 씨를 꼬이는구나. 하하하. 그래서 뭐랬어? 응?

몰라요. 형님들 좋으실 대로 생각하세요. 저도 몰라요. 하하하.

마리아 씨가 다급하게 말한다. 막내가 그리로 가 버리면 우리는 어떡하라고. 점심 먹으러 갈 때 자동차는 누가 몰아. 가지 마. 가지 마. 우리랑 놀아. 하하하.

환하게 웃는 루이사 씨 볼에 보조개가 또렷이 핀다. 80 나이에도 곱다. 하하하. 하하하.

셋은 한바탕 웃었다. 혼자 살던 노인들에게 베드로 씨의 등장은 흥미진진. 웃고 또 웃었다.

그러다가 둘째 소피아 씨가 분위기 바꾸자며 또 재밌는 이야기를 하겠단다.

설 연휴에 막내딸이 여덟 살짜리 외손자 데리고 와서 놀다 갔어요. 아이에게 우리 민속놀이도 가르칠 겸, 윷놀이하고 놀았지요. 재미로 내기를 했어요. 한 번 지면 300원씩 내기로 하고 동전을 잔뜩 준비했지요. 아이도 처음엔 제가 이기니까 재밌어하더니, 두 번째엔 제가 져서 300원을 내게 되니까 좀 속상한 눈치였어요. 그러다가 세 번째에 또 져서 300원을 내게 되었어요. 근데 갑자기 "할머니 고만해요" 하는 거예요. 왜? 하니까, 이렇게 자꾸 지면 제가 장가도 못 가고 집도 못 사면 어떻게 해요. 그러지 않겠어요? 하하하. 얼마나 웃었는지. 어린 것이 벌써 제 살 궁리를 한다니까요. 듣고 있던 두 사람도 껄껄 웃었다.

  갑자기 소피아 씨가 손가방에서 무얼 꺼낸다. 하모니카다. 하모니카 반에서 배운 동요를 부르잔다. 요즘 아이들은 동요를 안 불러요. 그게 나는 너무나 속상해요. 그러니 우리 노인들이라도 불러서 퍼뜨려 봐요. 우리 사는 세상 삭막해서 큰일이에요. 왜 아동학대는 그렇게 많은지, 모두 자기밖에 모르니 어쩌면 좋아요. 순수를 완전히 잃고 말았어요. 주님께서도 어린이처럼 되지 않고는 하늘나라에 못 간다고 하셨잖아요. 우리라도 불러서 세상 좀 맑혀 봅시다. 사실은 어제 오후 5시쯤, 하늘에 하얀 반달이 떠 있는 걸 봤어요. 하도 신기해서 잠시 후 하늘을 또 보고 또 봐도 선명히 있는 거예요. 6시까지도 봤어요. 하모니카 시간에 배운 「낮에 나온 반달」 생각이 났지요. 혼자 많이 불렀어요. 오늘은 함께 부릅시다. 가사 미리 알려 드릴 테니 기억을 떠올려 보세요. 윤석중 가사, 홍난파 작곡입니다.

    낮에 나온 반달은 하얀 반달은 해님이 쓰다 버린 쪽박인가요.
    꼬부랑 할머니가 물 길러 갈 때, 치마끈에 달랑달랑 채워 줬으면!

낮에 나온 반달은 하얀 반달은 해님이 신다 버린 신짝인가요
우리 아가 아장아장 걸음 배울 때 한쪽 발에 딸깍딸깍 신겨 줬으면!

　세 사람은 신나게 동요를 불렀다. 「고향의 봄」, 「오빠 생각」, 「반달」, 「등대지기」, 연달아 신나게 불렀다. 잠시 숨을 돌리며 마리아 씨가 묻는다. 그나저나 우리 은빛 대학은 언제 개강할까? 루시아 씨가 대답한다. 아무래도 올해는 어렵겠지요? 내년에나? 소피아 씨가 고개를 저으며 대답한다. 내일 일은 아무도 몰라요. 제가 아는 건 딱 하나. 언젠가 우리는 죽는다는 것. 메멘토 모리, 죽는다는 것을 기억하라. 아시지요? 그러니 오늘을 기쁘게 살자고요. 그동안 너무나 고생했으니 자식 걱정, 손자 걱정 다 내려놓고 기쁘게 살자고요. 과거는 히스토리, 미래는 미스터리, 현재는 프레젠트! 아시지요? 모든 것 감사하며 기쁘게 삽시다. 나눌 곳 있으면 나누고, 도울 곳 있으면 도우면서 하느님께서 부르시는 그날까지!
　맞아요. 맞아요. 두 사람이 맞장구를 치다가 마리아 씨가 갑자기 낮은 목소리로 힘주어 말한다. 그래요. 선물로 주신 오늘을 기쁘게 삽시다. 언젠가는 흙으로 돌아갈 우리, 다리 성할 때 자주 만나서 밥 먹고 수다 떨고 동요도 불러요. 언제 누가 어떻게 될지 아무도 몰라요. 그저 오늘을 기쁘게 삽시다.
　메멘토 모리! 카르페 디엠! **

2021년 《펜문학》 3, 4월호

생명 봉사

인간은 누군가로부터 사랑받고 싶은 욕구만큼, 누군가를 사랑하고 싶은 욕구도 있다.

그러기에 누군가를 돌보고 누군가에게 사랑을 주는 것은 정신 건강을 위해서도 값진 일이다. 누가 그걸 모르랴. 몸이 말을 듣지 않으니 문제지. 사랑은 감성으로만 되는 것은 아니다. 사랑에는 반드시 의지가 따르기 마련이다. 그러기에 당연히 에너지가 필요하다.

또 주말이 되었다. 하루하루는 더디 가는 것 같다가도 일주일은 어찌 그리도 빨리 가는지.

강 여사는 시큰거리는 허리에 벨트를 두르고 집을 나선다. 아파트 현관을 나서자 경비 아저씨가 낙엽 치우느라고 바쁘다. 11월도 중순을 지나고 보니 골목마다 거리마다 낙엽이 지천이다. 가을에는 낙엽 때문에, 겨울에는 눈 때문에 고생하는 아저씨들이 너무 안 돼 보여 인사말을 건넨다.

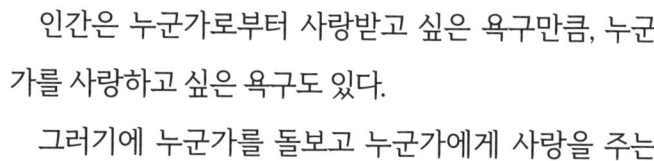

"수고하십니다. 치워도 치워도 한이 없지요?"

"그러게 말입니다. 그래도 운동하는 셈 치고 일하니까 괜찮습니다."

"맞아요. 좋은 쪽으로 생각하면 무엇이든 감사한 일이지요."

그네는 자기 말에 움찔 놀란다. 마치 자기 자신에게 말하는 것 같다. 친구 최 여사가 늘 들려주던 말이다. 돌볼 자식 있음에 감사하라, 돌볼 손주 있음에 감사하라. 맞아 네 말이 맞아. 그러나 나는 참 많이 힘도 든다. 이해해다오.

노인은 단지에서 멀지 않은 시장으로 간다. 이것저것 손주들이 좋아하는 것들을 주워 담는다. 막내딸 진희는 카드를 주면서 아이들 먹이는 음식만은 돈 아끼지 말라고 당부했다. 그래서 항상 신선한 것, 유기농 등을 고르곤 한다.

강 여사는 가끔 젊은 시절로 되돌아온 것 같다는 생각을 한다. 몸은 피곤했지만, 가족이 다 모이고, 어린아이들과 함께 살다 보니 왠지 자기가 삼십 대 주부가 된 것 같다. 비록 남편은 없어도 꼭 그때의 생활 모습, 그때의 분주한 생활이 재현되고 있지 않은가. 그러나 청춘의 열정 대신 피곤이 먼저 쌓이는 걸 어이하랴. 애면글면 하루 일을 마치고 나면 팔도, 허리도, 때로는 엉덩이뼈까지 아파진다. 사실 손주들이 매주 오는 게 반가움이라기보다 귀찮음이 더 많았다. 딱 한주만이라도 건너 주었으면 하고 바랄 때도 있었으니까.

큰딸 명희의 아들, 그야말로 첫 손자인 동식을 키울 땐 지금처럼 피곤한 줄은 몰랐었다. 그때만 해도 노인은 아니었던 듯. 동식을 키우면서 그네는 과거를 떠올리며 반성했다. 젊은 시절, 자신의 아이는 남의 손에 맡겼다. 돈 번다고 아침 일찍부터 나가면 늦게야 귀가했다. 아이들 먹을 것 챙겨줄 시간이 어디 있었나. 반찬값 도우미에게 건네면 그만이었다. 퇴근해 집에 와서도 피곤으로 지쳐 긴 시간 함께 놀아주지도 못했다. 도우미는 아이들의 식사도 챙겨야 하고, 놀이도 챙겨야 하고, 숙제도 챙겨야 했다. 그러기에 도우미가 어떤 사람이 들어오느냐에 따라 집안의 평화도 따라왔고, 아이들의 행운도 따라왔다.

강 여사는 그 옛날 두 딸에게 참 못할 일을 했구나 싶어 손자에게라도 잘해 주고 싶었다. 막내를 시집 보내고 허전했을 터에 동식이 왔기에 더욱 가능했을까. 더구나 딸만 둘을 키우던 자기네 집에 열 살 된 손자가 들어왔으니 마치 늦둥이 막내아들이라도 되는 양 온갖 정성을 다 쏟았던 것 같다. 아들 타령을 하던 남편도 모처럼 집안에 사내아이가 있어 더욱 사랑을 쏟았으리라. 어쨌거나 두 딸에게 주지 못했던 섬세한 배려는 동식이 다 받았다. 하지만 지금은 주말마다 오는 세 아이에게 그렇게는 하지 못한다. 그야말로 최소한으로만 하고 있다. 그것이 막내딸 진희에게는 조금 미안하기도 하다.

언제나처럼 진희가 밖으로 나가 아이 셋을 데리고 들어온다. 주말마다 반복되는 일과다. 남편 건호와 문자를 주고받으면서 아이들이 인계되는 모양이다. 아이들은 기쁜 얼굴로 들어선다. 할머니 안녕하셨어요? 인사를 건네면서 곧바로 욕실에 들어가 손을 씻고,

거실에 준비해 둔 옷을 갈아입는다. 딸이 철저히 교육하여 이제는 말하지 않아도 저희끼리 습관처럼 하고 있다. 강 여사는 그 모습을 볼 때마다 딸이 참 별나 보이고 대단하다 싶다. 딸은 아이들이 벗어 놓은 옷을 현관에 차곡차곡 개켜 놓는다. 일요일 오후 본가로 돌아갈 때까지는 거기 그렇게 놓여 있을 것이다.

아이들은 식사를 마치고 제 엄마를 따라 방으로 들어간다. 진희의 방에는 온갖 책, 옷, 장난감, 등이 쌓여 있다. 거짓말 좀 보태면 이틀 거리 택배가 온다. 세 아이에게 맞는 책들, 옷들, 소지품 등을 따로따로 고르자니 그럴 수도 있겠지. 딸의 회사에는 또래 엄마들이 몇 있단다. 그 사람들에게 정보를 듣고, 딸은 아이들과 함께하지 못하는 미안함을 주말에 몽땅 몰아서 하는 것 같다. 아이들은 그동안 학교에서 있었던 일, 아빠네 집에서 있었던 일, 모두모두 엄마에게 털어놓고 한바탕 떠들고 논다. 그런 다음 방안에는 큰 책상이 놓이고, 아홉 살배기에서부터 다섯 살배기에게 맞는 공부가 시작된다. 학습지를 푸는 것도 함께했고, 학교 숙제도 가지고 와서 함께 하는 듯했다.

일요일이면 딸은 꼭 아이들을 데리고 외출을 한다. 도시락을 싸 들고 나갈 때도 있다. 체험 학습이라며 여기저기 데리고 다니며 구경도 시키고 산책도 시키고 심지어는 수영도 시킨다. 요즈음은 또 자전거 타기를 가르치기 시작했다. 자전거 타기 딱 좋은 계절이라며 세 아이에게 각각 맞는 자전거를 태워 탄천 길을 달리고 있다. 딸은 40분 거리인 회사에도 자전거를 타고 다닌다. 그게 자동차

모는 것보다 경제적이고 건강에도 좋다더니 아이들에게도 일찌감치 가르치고 싶었던 모양이다.

신나게 놀고 오면 딸은 아이들을 목욕시켜 옷을 갈아입힌다. 이른 저녁을 먹고 나면 또 헤어질 시간. 아이들은 응당 아빠 집으로 돌아가는 것이려니 하고 울지도 않고 모든 짐을 챙긴다. 어쩌다 막내가 "나, 엄마 집에서 살면 안 되나요?" 소리를 할 뿐, 위로 두 아이는 아예 그런 말 한 번도 꺼내지 않는다. 냉정하기는 엄마나 자식이나 매 한 가지. 아무 동요 없이 보내고 떠난다. 정한 시간이 되면 밖에서 문자가 오고, 딸은 아이들을 데리고 나가서 인계하고 오면 그뿐이다.

이런 생활이 어느새 3년. 세월은 잘도 흐르고, 경비 아저씨들은 이제 낙엽 대신 눈을 치우고 있다. 겨울을 맞으니 강 여인은 더욱 자신의 마지막, 딸들의 미래가 어떻게 전개될 것인지 궁금해진다.

그런데 지난주, 딸은 심란한 소식을 전했다.

일요일 저녁, 아이들이 다 떠나고 집안이 조용해지자 딸은 무언가 말을 꺼낼 듯 말 듯 망설이고 있었다. 무슨 일일까. 그녀는 궁금해서 어서 말해 보라고 채근했다. 그러나 딸아이에게서 그 말을 들었을 때, 그 난감함이라니. 차라리 어서 말하라고 채근이나 하지 말 것을! 정말이지 안 들은 것으로 하고 싶었다.

그녀는 애들 아빠 건호를 한때 사위라고 불렀다. 사위 사랑은 장모라고 나름대로 사랑도 했다. 하지만 지금은 사위라는 말 자체를 입가에도 꺼내기 싫다. 그를 생각하면 '나쁜 자식!' 소리만 나왔다. 그 사람의 어디가 좋아서 그렇게 믿고 재산을 나누어 주었을까. 누구를 탓하랴. 애초부터 자신의 잘못인 것을. 그를 사위로 삼은 것은 참으로 우연이었다.

약국에 자주 오는 또래 손님이 있었다. 그런대로 무던해 보였다. 자주 만나 가정 이야기를 나누다 보니 아들이 총각인 것을 알았다. 미국에서 국제 변호사 자격증을 따고, 지금 막 대기업 법무팀에 자리를 얻어 들어왔다고 했다. 딸과 나이를 맞추어 보니 세 살 차이. 여러 가지로 괜찮겠다 싶었다. 딸은 컴퓨터 공학을 전공해 역시 다른 대기업에서 일하고 있었다. 두 어머니가 신이 나서 자녀들 만남을 주선했다. 둘은 거부감 없이 잘 만났다. 모두 혼기를 넘긴 사람들이라 척척 진전이 되어 여섯 달 만에 결혼식을 올렸다.

건호는 삼 남매 중 외아들이었다. 은근히 부모님과 함께 살기를 원했다. 딸은 직장 생활을 계속할 것이기에 부모님과 함께 사는 것도 괜찮겠다고 했다. 강 여사도 그 어머니가 무던해 보여 괜찮으려니 싶었다. 결국, 딸 진희는 시댁으로 들어가 부모님과 함께 살았다. '부모님을 모시고 살았다'라고 말하고 싶지는 않다. 일찍 출근하고 늦게 퇴근하는 며느리가 무슨 일을 얼마나 했겠는가. 진희는 결혼하자마자 아이를 가졌다. 입덧이 별로 심하지 않아 순탄하게 딸을 낳았다. 이 년 뒤 또다시 임신. 또 딸을 낳았다. 그 무렵 강 여사의 남편은 투병 중이었지만, 둘째라도 소리 없이 살아 주니 고마웠다.

그네는 젊은 시절 약국을 경영하며 돈을 꽤 벌었다. 여기저기

부동산을 사들였다. 그것이 화근이었다. 남편이 이런저런 사업을 한다고 계속 돈을 없앴다. 돈만 없앤 것이 아니었다. 사업 핑계로 해외 나들이가 심해지면서 여성 편력도 늘었다. 사업은 하는 것마다 실패였다. 그 뒷정리는 오직 강 여사의 몫이었다. 모은 재산이 없어지고 부부의 정도 멀어졌다. 미워, 미워, 미워. 하느님, 제발 저 사람 좀 가만히만 있게 해 주세요. 돈은 안 벌어도 좋으니 가만히 있게만 해 주세요. 시도 때도 없이 중얼거리며 남편을 질책하던 어느 날. 참으로 놀라운 일이 벌어졌다.

아침을 먹고 양치질한다고 욕실에 들어간 남편이 너무 오랜 시간 동안 나오지 않아 이상히 여기고 들어가 보니, 이게 웬일? 타일 바닥에 납작 쓰러져 있는 것이 아닌가. 고혈압이 있어 약을 복용하던 남편이었다. 구급차가 오고, 정신없이 휘달리던 몇 시간. 서둘러 왔기 망정이지 안 그랬으면 생명까지 잃을 뻔한 상황이었다. 다행히 며칠 후 의식은 돌아왔다. 그러나 몸을 제대로 움직일 수 없는 지경. 결국, 그네의 소원대로 그는 아무것도 못 하고 가만히 누워만 있게 되었다. 말이 진짜 씨가 될 줄이야! 아, 하느님이 자기 기도를 그렇게도 완벽하게 들어 주실 줄이야!

완전히 어린이가 된 남편은 보호자가 필요했다. 우습기도 하지. 부부가 그렇게도 안타까워하던 큰딸이 보호자가 될 줄이야. 큰딸 명희는 결혼해서 미국으로 건너가 아들 하나 낳고 잘 살았다. 그런데 동생 진희의 결혼식 때 초등학생인 아들을 데리고 들어와 다시 나가지 않고 눌러살았다. 더 이상 제 남편을 믿고 살 수가 없다는 것이었다. 걸핏하면 과음으로 음주운전에 걸리고 그걸 나무라면 폭력을 쓰고, 도저히 함께 살 수가 없다는 것이었다. 두 사람 사이에 신뢰가 깨어져도 한참 깨어진 듯했다. 잠시 동생 결혼식 보러 오는 사람이 어쩐지 너무 큰 가방을 들고 와 이상하다 싶었었다. 아무리 달래도 들어가지 않겠다니 그들 부부는 이러지도 저러지도 못하며 애를 태웠다. 결국은 큰딸 모자가 그들 가정에 둥지를 틀게 되고, 그들 부부는 동식을 늦둥이처럼 사랑으로 길렀다.

그런데 그 애태우던 딸이 아버지 간호에 일등 공신이 되었다. 입원 퇴원을 거듭하면서 딸은 아무 군말 없이 궂은일을 도맡았다. 어머니 대신 아버지의 보호자가 되었고, 강 여사는 손자의 교육비까지 책임지며 더욱 열심히 돈을 벌었다.

남편의 건강은 점점 나빠졌다. 육십 후반에 쓰러졌으니 회복을 기대하기는 어려운 듯했다. 갈수록 응석만 늘고 밥도 떠 넣어 주어야 먹을 지경이 되었다. 긴 병에 효자 없다고, 큰딸도 한계에 딜해 짜증이 늘어갔다.

가까스로 3년을 넘긴 뒤, 강 여사는 큰 결심을 했다. 남편을 요양원으로 보낸 것이다. 전문 기관, 전문 간병인에게 맡기는 게 더 낫겠다고 판단해서였다. 처음에는 월 300만 원 정도의 고급 요양원, 조금 후에는 200만 원 정도의 요양원, 그러다가 나중에는 100만 원 정도의 요양원으로 전전했다. 가족의 문병도 그랬다. 처음에는 매주 토요일, 조금 후에는 2주에 한 번씩, 좀 더 후에는 매월 한 번씩. 그러다가 나중에는 요양원이 멀리 있다는 핑계로 가족의 병문안도 뜨악해졌다. 그네는 요양 중인 남편보다도 바로 곁에 있는 외손자의 교육에 더욱 신경 썼다. 외국에서 들어와 국어가 약한 것을 과외비 들여 실력을 쌓게 하고, 고입 대입 치를 때마다 아낌없이 투자하며 잘 따라주는 손자에게서 보람을 느끼고 살았다. 그럴 즈음 그는 갔다. 집에서 3년, 요양원에서 4년, 마침내 7년을 버티다가 그는 떠났다. 어지간한 집 한 채 값을 다 날리고.

 그가 떠나면 날개를 달 줄 알았다. 그러나 그게 아니었다. 무언가 회한이 많았다. 약학대 동창으로 만나 결혼한 남편. 팔 남매의 장남으로 시댁 대소사에 전적으로 책임을 지던 남편. 처음 몇 년은 함께 약국을 하며 돈을 벌다가, 저축이 늘자 사업한다고 이리저리 떠돌아다니며 돈만 축내던 남편. 폭음을 하고 들어온 날이면, 자기 대를 이을 아들이 없다고 한탄하던 남편. 시댁에 무슨 일만 있으면 언제나 큰돈을 요구하던 남편. 그런 남편은 마지막까지 수고했다는 말 한마디 없이 병원비로 집 한 채 값을 날리고 떠났다. 그네는 기쁨 없이 산 결혼 생활이 너무나 허무했다. 이런저런 생각으로 밤이면 잠이 오지 않았다. 그뿐인가. 우선 몸이 말을 듣지 않으니 모든 의욕이 사라졌다. 그렇게도 좋아하던 공부도 싫고, 책 보는 것도 싫어졌다. 양약 전공이지만 동양의 한의학에 관심이 많아 독학으로 한약까지 지을 수 있는 경지에 이르도록 공부를 좋아했던 그네였다.
 그러나 나이 칠십을 넘기고 보니 눈도 아프고 다리도 아프고 여기저기 개운치가 못했다. 결국, 약국도 더 이상은 나갈 수가 없어서 그만두었다. 친구들은 은퇴 후엔 여행이 최고라며 가까운 데라도 함께 가기를 종용했지만 집을 떠나기가 두려웠다. 다행히 손자와는 사이가 좋아서 많은 대화를 하며 활기를 얻곤 했다. 사춘기 때 제 어미와 다툼이 있을 때마다 모자의 관계를 중재해 주며 보람을 느끼기도 했다. 그러나 동식이 대학생이 되고부터 집에 있는 시간이 줄자 큰 집에 명희와 둘만 남아 기쁨 없이 살았다. 아무 말 없이 따로따로 이 방 저 방에서 하루를 보낸 날도 많았다. 그대로 가면 딱 우울증 환자가 될 판이었다. 옛날엔 온갖 환자의 상담도 해 주고, 경동 시장을 돌며 약재를 구해 한약도 지어주곤 했었다. 그토록 생활 전선에서 씩씩하게 살던 그네가 이렇게 가라앉게 될 줄이야.

그런데 바로 그때였다. 정신이 퍼뜩 드는 일거리가 생겼다. 작은 딸 진희가 셋째를 낳은 것이다. 아이 둘을 가졌으니 그만 낳을 줄 알았다. 그런데 또 아이가 들어섰고, 딸은 직장 생활 중에도 살 버텨내 아들을 낳았다. 아들 귀한 집안에 경사였다. 위로 두 딸은 시댁에서 돌보고 있으니 산바라지는 친정에서 맡기로 했다. 산모와 갓난이를 돌보자니 갑자기 생기가 돌았다. 할 일이 있다는 것은 축복이다. 맞다. 축복이다. 갓난이와 산모를 돌보다 보니 불면증이고 우울증이고 모두 사치였다. 큰딸 명희의 도움을 받으며 최선을 다해 해산바라지를 했다.

한 달포 산후조리를 마치고 진희와 갓난이가 자기네 집으로 갔다.

그 무렵 사위에게 변화가 왔다. 어인 이유에선지 대기업 법무팀에서 나와 유학 시절 친구가 경영하고 있던 영어학원을 인수한다고 했다. 동네가 좋아 잘 되는 학원이라고 했다. 사위 사랑은 장모라고 그냥 있을 수가 없어 상당한 현금을 보태 주었다. 큰딸 생각을 하면 잘 살아 주는 것만도 고마워, 주고 또 주고 싶은 사위였다. 그렇다고 못마땅한 것이 없는 것은 아니었다. 무어든 최고를 고집했다. 자동차도 외제. 골프용품도 최고품. 외식하러 나갈 때도 기왕이면 최고의 맛집. 검소와 절약을 미덕으로 생각하고 살아온 그네 세대와는 너무나 달랐다. 그게 늘 마음에 걸렸지만 요즈음 젊은이들 다 그러려니 하고 지켜볼 수밖에 없었다.

그런데 한 가지 답답한 것은 집을 넓힐 생각은 하지 않았다. 요즈음 젊은이들, 집은 없어도 겉으로는 화려하게 산다더니 바로 그것이었다. 진희가 살고 있는 집은 너무나 좁았다. 양 부모님에 아이가 셋이면 일곱 식구, 대가족이다. 그런데 30평대 집에서 살고 있으니 얼마나 답답할까. 딸이 불편할 걸 생각하니 늘 마음에 걸렸.

강여사는 칠십 넘었으니 재산도 정리할 겸, 전세를 주고 있는 50평대 아파트를 작은딸에게 물려주고 싶었다. 전세 기간이 끝나기를 기다려 작은딸을 불렀다.

"학원은 잘 되니?"

"그런대로 되는 것 같아요. 걱정하지 말래요."

"아이들 자꾸 자라는데, 이사 생각은 안 해?"

"돈이 있어야지요. 펑펑 쓰고 저축을 안 해요."

"그래서 내가 생각한 건데, 전세 내준 집 곧 기한이 끝나거든. 이 참에 너한테 물렸으면 한다. 대신 전세금 반환할 때 대출받아서 네가 조금씩 갚아나가면 좋겠다."

"언니가 놀라지 않을까요?"

"지금 살고 있는 이 집, 나 떠나면 언니가 받으면 되지."

그렇게 해서 작은딸의 집을 옮겨 주기로 했다. 이 기회에 시부모와 따로 살았으면 좋겠다 싶었지만, 부모도 그러고 싶지 않다고 하고, 딸도 세 아이 두고 직장에 나가려면 부모와 함께 있는 게 낫겠다고 했다. 그렇게 해서 50평대 집이 딸에게로 넘어갔다. 그런데 명의가 문제였다. 딸 이름으로만 하기에는 사위에게 너무나 미안했다. 결국, 부부 공동명의로 넘겼다. 사위도 너무나 고마워했다. 집이 넓으니 부모님도 좋아하시고 아이들 키우기에도 좋다며 사위는 올 때마다 고마움을 표시하곤 했다.

그런데 그런 기쁨도 잠시. 아이가 셋이다 보니 시어머니가 힘들다고 며느리에게 직장을 그만두라 성화였다. 남편도 덩달아 그만두기를 종용했다. 어떻게든 자기가 책임질 테니 아이를 돌보는 게 좋겠다는 의견이었다. 아이들을 끔찍이 사랑하는 딸도 자신이 기르는 게 좋겠다고 사표를 내었다. 그때부터 딸은 힘든 삶이 시작되었다. 시어머니는 차츰 부엌일을 며느리에게 넘겼다. 두 노인은 옛날 사고방식에서 벗어나지 못했다. 며느리는 그저 일하는 사람, 자기네들은 대접받는 사람이 되었다. 그뿐인가. 혼자 사는 시누이가 계속 들락거렸다. 직장 가까이에서 원룸을 얻어 살고 있던 시누이가 걸핏하면 와서 자고 갔다. 집을 키운 게 화근이었다. 딸은 결국 시집 식구들 뒷바라지에 지칠 대로 지쳐 갔다. 그러다 보니 얼굴을 펼 수가 없었겠지. 본래도 싹싹한 딸은 아니었다. 그러니 표정이 굳어 있었던 것일까.

결국, 시어머니의 입에서 흘러나오기 시작한 말.

"흥, 친정에서 집 마련해 주었다고 우리를 무시하는 거냐?"

시누이까지 합세해 이 말이 자주 나오면서 딸은 하루하루 살기가 힘들어졌다고 했다. 자연히 부부 싸움도 늘었다. 그런데 뜻밖에도 사위가 딸의 편을 들지 않았다. 어머니와 누이가 어떤 말을 했는지, 계속 어머니 편을 들고 나섰다. 우리 부모님에게 좀 더 상냥하게 대하면 안 되겠느냐, 왜 어른들 마음을 불편하게 하느냐, 이것이 싸움의 주제였다. 딸은 완전 외톨이가 되었고, 더욱 삶이 고단해졌다. 자연스레 남편에게도 살갑게 대할 수가 없었으리라. 그런 세월을 한 해 남짓 보냈을 때 뜻밖에도 남편이 먼저 이혼을 요구한 것이다.

강 여사는 딸이 그토록 마음고생이 심했던 것을 전혀 몰랐다. 워낙 말도 없고, 어지간한 것은 다 참으며 불평을 안 하는 딸이라 짐작도 못 했다. 가끔 오면 안색이 좀 안 좋아서 걱정은 되었지만 아이 셋을 키우느라 피곤해서 그러겠지, 라고만 생각했었다.

그런데 어느 날 심각한 얼굴로 찾아와 남편이 이혼을 요구하고 있는데, 자기도 결심을 했으니 허락을 해 달라는 것이었다. 허락을 받으러 왔다기보다 통보하러 왔다는 것이 더 정확한 표현일 것이다. 혼자서 밤잠도 설치며 심사숙고, 열두 번 생각하고 결정한 일이라는데 엄마인들 무슨 수가 있겠는가. 얼마나 살기가 싫었으면, 공동명의로 한 집값도 날려가며 합의이혼을 하고 말았을까. 문제는 아이들이었다. 두 딸과 두 돌을 갓 지난 아들. 진희는 아이들을 다 데리고 오고 싶어 했다. 그러나 정이 듬뿍 든 조부모가 반대하고 나섰다. 결국, 아이들은 아빠 쪽에서 키우기로 하고, 주말에는 엄마가 데려다 돌보기로 했다 한다. 그런데 우습기도 하지. 그 조건으로 한 사람 당 30만 원씩 90만 원을 남편에게 보내기로 했다고 했다. 어쩌다 세상이 이 지경이 되었을까. 그네는 한탄하고 한탄했다.

마침내 진희가 짐을 옮겨왔다. 주위에서 보면 혼자된 노인들, 자식들 모두 결혼시켜 내보내고 복지관에 가서 배우고 싶은 것도 배우고, 운동도 하며 훨훨 자유를 누리는데, 자신은 이제부터 다시금 두 딸을 데리고 살아야 한다. 큰딸 명희도 시간제 일거리를 찾아 나가고 있으니 두 딸의 뒷바라지는 그네의 몫이 되었다. 요즈음 말로 캥거루 가족이 되었다. 젊음의 시절, 그 분망함을 다시 떠안고 삶의 일선으로 돌아왔으니 청춘을 되찾았다며 기뻐해야 할까?

갑자기 두 딸과 함께 살게 되자 몸만 힘든 게 아니라 마음도 힘들었다. 무엇보다도 장성한 딸들이라 이것저것 부딪치는 게 많았다. 이미 굳어진 생활 습관 때문에, 아이들 교육에 대한 의견 차이 때문에, 사사건건 부딪쳤다. 부모 눈으로 바라보면 이 딸도

저 딸도 모두 이해가 되었지만 둘은 계속 비틀어졌다. 형제자매란 아무리 가깝다 해도 그 이해의 폭이 부모가 자식 생각하는 것만 하랴. 게다가 조용하던 집안에 주말마다 세 아이가 찾아와 먹어대고, 떠들어대니 누군들 좋으랴.

그러나 이런 고통 속에서도 기쁨은 있기 마련. 진희가 집으로 들어온 지 얼마 안 되어 취직한 것이다. 전공이 좋아서 바로 취업이 되었고, 연봉도 꽤 높았다. 그 덕분에 세 아이 양육비는 진희가 충당하고 있다. 덕분에 큰딸 눈치를 덜 보게 되어 다행이라 싶었다. 오히려 그네는 작은딸 눈치가 보였다. 세 아이에게는 첫 손자에게 쏟던 지극정성을 못 하고 있다는 양심의 가책 때문이다. 손자 사랑은 첫 손자라고 열 살 때부터 외가에서 자란 큰딸 아들 동식에겐 정말 온갖 정성을 쏟았었다. 먹이는 것, 입히는 것, 과외공부 시키는 것, 아무것도 아끼지 않으며 최고의 사랑을 쏟았었다. 다행히 머리도 좋아 잘 따라 주었다. 특히 영어 실력이 뛰어나 본인뿐 아니라 가족에게 즐거움을 주었고, 원하는 대학에도 무난히 합격, 지금은 카추샤에 입대해 즐겁게 생활하고 있다. 주말엔 동식이 나온다. 그때마다 그네는 동식에게 특별대접을 하게 된다. 아무래도 작은딸 보기엔 차별이 느껴지겠지. 왠지 세 아이에겐 그만큼의 정이 가지 않는다. 그저 어린 것들이 가엾다는 생각, 어쩌다 세상이 이렇게 되었을까, 너 나 없이 웬 이혼은 이리 많아서 죄 없는 아이들만 희생을 시키는가, 하는 생각에 안쓰러운 마음으로 대할 뿐 동식에게처럼 절로 우러나는 사랑은 없는 것 같다.

그런 상황에서 지난주 진희가 건넨 말을 어떻게 받아들여야 할까. 건호도 말을 던져 놓았으니 그 답을 기다리고 있겠지. 건호보다도 우선 진희가 엄마의 답을 기다리고 있겠지. 과연 어떻게 결론을 내려야 할까.

크리스마스도 되기 전에 눈이 내렸다. 그녀는 젊은 날의 낭만에 젖으면서 문득 친구가 보고 싶었다. 두 딸과 부대끼며 힘들게 살다가도 강 여인이 무한한 해방감을 느끼며 즐길 수 있는 날. 마음이 울적해지면 언제고 만나는 막역지우 최 여사와의 데이트 날. 최 여사는 초등학교 때부터 지금껏 계속 만나 우정을 다진 사이다. 그야말로 두 사람이 겪어온 삶의 산전수전을 함께 슬퍼하고 함께 기뻐했으니 가족보다 더 가까워진 사이다. 서로에게 무슨 일이 생기면 화장하지 않은 얼굴, 갖춰 입지 않은 차림으로 언제든 달려가 만날 수 있는 유일한 친구다.

요즈음은 가능한 한 매월 첫 월요일만은 둘을 위해 쓰고 있다. 옛날 처녀 때로 돌아가 영화도 보고, 전람회 구경도 가고, 공원 산책도 하면서 하루를 즐긴다. 때로는 멋진 레스토랑에 가서 값비싼 점심도 먹지만 대부분 조촐하게 먹고 산책이나 대화를 즐기는 편이다. 노후에 가장 편하고 소중한 존재는 친구. 70년 가까이 함께 했으니 서로의 가정사 모두를 알고, 성품이며 기호 식품까지도 훤히 알고 있다. 감출 것도 없고 잘 보이려 노력할 것도 없다. 자매 이상이다.

최 여사는 강 여사보다 먼저 혼자가 되었다. 자녀들이 모두 외국에 나가 있어 손주 볼 일도 없이 편안히 사는 친구다. 남편이 두어 해 앓고 세상을 뜨자 온 세상 슬픔 혼자 다 지고 우울증에 빠지는 듯하더니, 신앙에 의지하여 씩씩하게 산다. 아니, 온갖 봉사 활동에 뛰어들어 누구보다 활기차게, 행복하게 잘 살아냈다. 그러다가 올 봄, 모든 짐을 정리하고 성당에서 운영하는 시니어 타운으로 들어가 재미있게 살고 있다.

그 친구가 한참 봉사 활동으로 바삐 살고 있을 때, 강 여인은 무심코 말했었다.

"나도 너처럼 봉사 생활이나 했으면 좋겠다. 이건 완전히 '애보개'로 전락하고 말았잖아."

그러자 친구가 깜짝 놀라 말했다.

"아니, '애보개'라니. 아이들 키우는 일이 최고의 봉사인 걸 모르는구나. 내가 이름 지어줄게. 그건 '생명 봉사'야, 봉사 중에 최고의 봉사인 '생명 봉사'! 무어든 이름을 어떻게 붙이는가가 중요해. 제발 앞으로는 '애보개'라는 말, 하지 마라. 알았지?"

심리학을 전공한 친구는 정색을 하고 그네를 질책했다. 기왕에 할 일, 생각을 바꾸고 기쁘게 하면 좀 나아지지 않겠냐는 것이다. 삶의 일선에서 물러난 노후에는 그저 남을 위한 봉사만이 활력을 주고 기쁨을 준다는 것이었다. 그중에서도 어린 생명을 위한 봉사가 가장 보람 있고 기쁨을 준다는 것이었다. 강 여사는 내 손자 내가 거두는 것도 봉사인가, 하는 생각이 들었지만 내 자식이 아닌 한 다리 건너니까 봉사라는 말도 맞다 싶었다.

그런데 그 친구도 이제 마음만 앞서지 몸이 말을 듣지 않는다며 밥해 먹기도 싫어졌다고 시니어 타운으로 옮기고 말았다. 강 여인에게 시종 함께 들어갈 것을 졸랐지만 딸들이 아직 자립을 못 해 모든 것 뿌리치고 들어갈 수도 없었다. 최 여사는 요즈음 그곳에 들어간 걸 최고로 잘한 일이라며 스스로를 칭찬한다고 했다. 부러웠다. 매일 해 주는 밥 먹고, 미사도 드리고, 좋은 강의도 듣고, 취미반에서 공부도 하고, 탁구도 치고, 이따금 여행도 한단다. 아, 나도 살림 정리해서 그런 곳에 가면 얼마나 편할까. 강 여인은 한숨지었다.

친구 생각으로 잠시 기쁨과 부러움에 잠기던 그네는 친구에게 전화를 넣었다. 마침 친구도 시간이 된다며 타운으로 놀러 오라 한다. 친구가 이사할 때 함께 가서 구경했던 곳이다. 밖을 나서니 길에 눈이 제법 쌓였다. 멀지 않은 곳이니 조심조심 다녀오리라. 노인은 넘어지는 것이 가장 무섭다지만, 마음은 청춘이라 이런 날 더욱 친구가 만나고 싶은 걸 어쩌랴.

친구는 혼자 살기 딱 좋은 작은 평수에 살고 있었다. 현관에 들어서면 바로 거실, 바로 화장실, 저 안으로 들어가 침실 하나. 아기자기 소꿉장난 같은 집이다. 그 많던 책이며 살림을 모두 정리하고, 하늘나라 들기 전 최종 종착역이라며 그 집을 선택했었다.

두 사람은 그곳 식당에서 점심을 먹는다. 노인들 건강에 맞게 조리사가 영양식으로 식단을 짜서 끼니마다 반찬이 바뀐다고 한다. 신선한 야채랑 불고기도 있어 잘 먹고 시설을 찬찬히 구경한다. 생각보다 공동 시설이 많다. 진료실도 있고, 물리치료실도 있고, 서예실,

독서실, 탁구실, 산책로, 심지어 수영장도 있다. 이 많은 시설을 누리려면 한 살이라도 젊었을 때 들어와야 한다는 말에 수긍이 간다.

두 사람은 옛날 생각을 하며 탁구를 쳐 보기로 했다. 수십 년 만이지만 전혀 낯설지 않았다. 서브를 넣고 핑퐁 핑퐁, 공은 서너 번씩, 대엿 번씩 왔다 갔다를 거듭하다가 톡 떨어지곤 했다. 즐거웠다. 무어든 이렇게 주고 받고가 있어야 하는데…. 강 여인은 또 딸들과의 관계를 떠올린다. 왠지 주고받기보다는 계속 주고만 있다는 아쉬움이 고개를 내밀었다.

잠시 잊고 있었지만, 다시 진희가 건넨 말이 생각난다. 어떻게든 대답은 해야 할 텐데 아직은 마음에 이도 저도 결심이 서지 않는다. 물론 최종 결정은 진희의 몫이다. 그러나 엄마의 도움 없이 혼자서 해결할 수 있는 문제는 아니지 않은가.

산다는 것은 항상 두 갈래 길에 내몰림이요, 양자택일을 요구한다. 훗날, 탁월한 선택이었노라고 흡족해할 수도 있지만, 때로는 잘못된 선택이었다며 후회할 수도 있겠지.

며칠째 잠을 설치며 궁리해 보았고, 마침 눈이 내리자 친구가 그리워 이렇게 만났다. 서로 이야기를 나누다가 보면 해결점이 보일까? 안 보여도 그만이다. 털어놓고 나면 좀 속이라도 후련하겠지.

한바탕 즐거움을 누린 두 사람은 방으로 들어가 마주 앉는다. 표정만 봐도 마음을 읽는 친구. 향긋한 유자차 한 잔을 끓여내 놓고, 최 여사는 묻는다.

"왜 무슨 일 있어?"

"또 걱정거리가 생겼다."

"자네 애인 동식 군은 군대 생활 잘 하고 있지?"

"응. 곧 제대해 온단다."

"반가운 일이네. 근데 왜?"

"작은딸 일 때문에."

그네는 얼마 전 진희가 한 이야기를 꺼내지 않을 수 없었다.

"글쎄, 시어머니가 더 이상 애들 못 보겠다고, 아예 좀 데려다 키우면 좋겠다고."

"어머나, 그 할머니 언제는 큰소리 떵떵 치더니 웬 소리?"

"그러게 말이다. 한 삼 년 키웠으니 그 양반도 그 나이에 힘들겠지."

"한 아이당 오십씩, 백오십 주겠다며"

"어머, 돈으로 흥정하는 거 재미 붙였구나. 헤어질 때는 만나게 해 준다고 한 아이 당 삼십씩 요구했다며? 진희는 그거 계속 주고 있는 거야?"

"그럼! 조금만 늦어도 큰일 나. 언젠가 한번은 조금 늦었더니, 끝내 아이들 안 보냈어. 당장 월요일에 넣겠다고 해도 안 된다고, 기어코 그 주일엔 안 보냈어. 기가 막히더라."

"와, 그럴 수도 있구나. 할머니 처사야 제 아빠 처사야?"

"합작이겠지."

"그런데 이제 와서 또 데리고 가라고? 그래서 어쩌기로 했어?"

"딸도 당장 대답할 순 없다고 했대. 우리 어머니도 건강 자신 없다며. 근데, 한 가지 제안을 하더란다. 그게 힘들면 이참에 재결합하면 어떻겠냐고."

"어머나! 그 사람 아직 여자는 없나 보네? 그럼 진희의 생각은?"

"펄펄 뛰지. 그건 생각지도 말란다."

"애들이 셋이나 되니까, 그것도 괜찮을 것 같은데, 안 될까?"

"요즈음 여자들, 우리 때와는 달라. 한번 신뢰가 깨지면 회복하기 힘들어."

"그래도 애들을 위해서라면 생각해 봐야 하는 것 아냐?"

"너도 참, 요즘이 어느 땐데 애들 땜에 희생해? 싫은 사람하고 어떻게 살아?"

"사람마다 두 개의 마음이 있잖아. 진희의 속마음을 잘 헤아려 봐. 혼자는 결정 못 하니까 조금이라도 미련 보인다 싶으면 자네가 확 밀어줘."

"몇 번 이야기 나눠 봤어. 영 아니야. 경제력이 있기에 더 그런 것 같아. 결국은 애들 데리고 오는 문제를 심각하게 고민해야 할 것 같아."

"어쩌지? 나는 제삼자라 데리고 와야 할 것 같은데."

"우리가 낼모레 팔십이다. 너 같으면 해낼 수 있겠니?"

"내가 그랬잖아. '생명 봉사'라고. 이 세상 하고많은 봉사 중에 최고의 봉사라고."

"허리, 무릎, 어깨, 안 아픈 데가 없는데 그게 가능할까?"

"데리고 와. 어린애들 기를 받아 자네가 더 건강해질 수도 있어. 큰딸 의향도 좀 묻고."

"글쎄, 에미가 이렇게 망설이는데, 언니가 그걸 응할까?"

"대신 진희에게 두 가지를 제안해 봐. 우선 도우미를 쓰자고 해. 도우미 아줌마 올 때는 자네 시간을 써. 거기서 해방되라고. 친구도 만나고, 운동도 하고, 복지관에 가서 배우고 싶은 것도 배우고. 그래야 재충전이 되어 아이들을 잘 살필 수 있어. 그리고 한 가지 더 있어. 자넨 웃을지 모르지만, 자네도 수고비를 받아. 그것 모아서 다시 손자에게 쓰더라도 일정액을 정하고 받아. 자네가 진희보다 부자지만 그래도 받아. 그래야 진희도 엄마에게 덜 미안하고, 자네 또한 심리적으로 도움이 될 거니까."

강 여인은 친구의 말을 끝까지 들었다. 공감이 가기도 하고, 우습기도 했다. 특히 수고비를 받으라는 말이 어찌나 우스운지. 차를 마시며 웃고 있는데, 핸드백에서 손전화가 울린다. 작은딸 진희다. 목소리가 높다.

"엄마, 밖에 계셔요? 어떡하지? 애들 할머니가 눈밭에 넘어져서 병원에 가셨대요. 수술을 받아야 한다고. 지금 건호씨가 애들 모두 데리고 우리 집으로 온다는데. 엄마 미안해."

"아니, 눈밭에? 세상에! 알았다. 곧 갈게."

강 여사는 어디론가 푸욱 주저앉을 것 같은 목소리로 전화를 끊었다. 그리고 최 여사를 멍하니 바라보았다. ✱✱

2015년 《월간문학》 3월호

네 자매의 하루

까똑!

이른 아침, 조용한 실내를 깨우는 까똑, 까똑 소리가 고향 집에서 듣던 까치 소리 같다. 밴드로 묶어둔 네 자매 공간에서다. 맏언니의 발신으로부터 금세 아우들의 답신이 쪼르르 뜬다.

설 명절을 지냈건만 갑자기 영하 12도의 기습 추위가 몰려와 동생들의 생각을 묻는 맏언니의 질문에서부터 비롯된 것.

"오늘 너무 춥다는데, 연기할까?"

"즐거운 만남에 그깟 추위가 무슨 문제?"

"그럼, 그럼, 얼마나 기다렸는데."

"언니나 따뜻이 입고 나오세요."

송 씨 성을 가진 그네들은 섬진강 자락 진월면 산골 출신으로 십 리 길을 걸어 다닌 초등학교 동창생들이기도 하다. 당시는 대가족이 한마을에서 옹기종기 살던 때라 조부모님 계신 큰댁을 중심으로 함께 자랐다. 그러다가 여학교 때부터 광주로 나가 대학까지 졸업하고, 결혼 후 서울로 온 사촌들이다. 모두 고희를 넘겨 7학년 2반에서부터 9반까지의 노인들, 차례로 경혜, 경미, 경후, 경주 넷이다.

마을에서 행세깨나 하고 살던 그들 조부모님은 아들 다섯, 딸 둘을 두어, 경 자 항렬의 친사촌만도 서른 명, 그중 몇은 이미 세상을 떴지만, 서울에서 사는 사촌만도 열두 명이다. 사촌도 친형제나 다름없으니 형우제공(兄友弟恭)하라던 조부님의 유훈을 받들어, 그들은 집안 대소사 때마다 꼬박꼬박 만나 우애를 다지고 있다. 결혼과 장례는 물론. 당사자나 조카들에게 좋은 일이 생기면 함께 모여 담소하고 조부모님을 추억하다가, 혼성 합창으로 정지용의 '향수'를 부르고 마감을 한다.

최근의 만남은 막내 숙모님의 장례식장에서였다. 그 세대에서 홀로 남은 숙모님은 젊어서 공무원 남편 월급으로 5남매를 공부시키느라 고생은 했지만, 자녀들이 모두 훌륭히 자라 사회의 역군으로 우뚝 섰다. 덕분에 노후가 유복해 교회에서 좋은 일도 많이 하고, 수도자들 뒷바라지도 기꺼이 하면서 행복한 노년을 누리다가 작년 봄 선종하셨다. 향년 91세.

그때 지방에 있는 사촌들도 다 올라와 숙모님 영전에 인사드리고, 모처럼의 해후를 즐기게 되었다. 자식이 잘 되어 빈소에는 유명인사들의 조화가 복도까지 차고 넘치고 조문객도 끊이질 않았다.

그보다도 직장인, 대학생, 고등학생 등 열두 명이나 되는 손자들이 왔다 갔다, 와글와글. 수를 다하고 떠난 망자 덕분에 유족들은 슬픔보다 즐거움을 누렸다. 그 풍요로운 분위기가 부러워서일까? 큰집 막내 경혜가 사촌 아우들에게 한마디 했다.

"나는 어쩌지? 나 떠난 빈소는 얼마나 쓸쓸할까? 어이, 동생들아! 나 죽으면 조카들은 물론 손자까지 다 데리고 와야겠네. 부탁이야."

경혜는 수년 전, 남편도 여의었고, 자식 셋에서 손자는 달랑 하나뿐이다. 그네의 말에 모두 웃으면서 "언니, 알았어. 알았어. 걱정 마!" 하는데, 바로 손아래인 둘째 집 경미도 말했다.

"동생들아, 나도 부탁할게. 너희들 신랑이랑 자식이랑 다 데리고 와야 돼. 그리고 언니, 언니도 조카들 데리고 꼭 와야 해."

그러자 경혜의 걱정스러운 표정, 그리고 풀 죽어 하는 말.

"나는 못 가. 미안해."

"왜, 언니, 언니가 와야지 왜 못 와? 우린 친형제처럼 지냈잖아!"

"참 너도! 그걸 몰라서 물어? 그때 나는 이미 떠났지. 하늘나라에서 마중은 나올게."

그 말에 좌중은 깔깔거리고 웃었다.

한참을 떠들다가, 바쁜 일정의 젊은이들은 돌아가고, 고희를 넘긴 사촌들은 미적미적 상가에서 시간을 보냈다. 그때 경미가 진정을 담아 말했다.

"언니, 언제 또 무슨 일로 만날까? 카톡이라도 자주 하세, 언니!"

그러자 다섯째 집 동생 경후가 말했다.

"맞아, 언니, 우리 엄마까지 돌아가셨으니 이제 언니가 우리 집안 대장이네. 무슨 일 있으면 연락하고 소집해, 언니!"

그 일이 있고 두어 달 뒤, 다섯째 집 경후가 손 위 사촌인 경혜와 경미를 불렀다. 어머니 돌아가신 뒤, 대충 정리가 끝났으니 점심을 사겠다는 것이었다. 경후는 평소에도 늘 나누기를 좋아하고 생김도 후덕해 보살이란 별명도 얻었다. 그날도 어머니가 애용하던 영국산 멋진 지팡이며 고급 모자를 세탁해 와 두 언니에게 선물하는 자상함도 보였다.

지팡이는 숙모님 계실 때, 경혜가 이미 찜을 해둔 것이었다. 최근 무릎이 아파진 경혜는 언젠가 지팡이가 필요하리라 생각되어, 숙모님 만날 때마다 탐을 냈던 물건이다. 고급 모자는 경미 차지, 경미는 외모도 헌칠한데 젊은 시절부터 패션 감각이 뛰어나 노인이 된 지금도 멋쟁이다.

그날 모임에서 경혜는 한 가지 제안을 했다.

"7학년 넘는 여자 사촌만 따져보니 첫째 집에서 나 하나, 둘째 집에서 경미, 경주 둘, 그리고 다섯째 집에서 경후 너 하나, 딱 넷이다. 우리 계절 별로 한 번씩 모이자. '송 자매' 모임. 앞으로 누구든 7학년 넘긴 여자면 영입하고, 밥값은 돌아가며 내기로 하자."

좋아요. 좋아요. 이 제안에 모두 찬성하고 작년부터 네 자매의 즐거운 만남이 시작되었다. 교통의 편리를 생각해 장소는 지하철 3, 7, 9호선이 닿는 고속 터미널 부근 뷔페식 레스토랑 '토다이' 로

정했다. 점심 후 다과까지 즐길 수 있고 경로우대 요금 할인율도 썩 높기 때문이다.

오늘이 바로 그날. 아침부터 까치 소리로 영하의 날씨쯤 문제없다고 소통했으니 모두 멋지게 차려입고 사방에서 전철을 타고 터미널로 향했다. 하나, 둘, 제시간보다 먼저 도착했다. 언 손을 서로 잡아 따뜻이 데워주고 다정한 포옹도 나눈다. 언니, 설은 잘 지냈어? 차례 지내느라고 수고했지? 조카들 잘 있고? 형부랑 조카들 다 잘 있지? 네 자매는 서로의 가족들 안부를 묻느라 바쁘다. 여자끼리만 모이기로 했으니 이미 은퇴해 있는 남편들도 오늘은 쓸쓸한 '혼밥'을 먹어야 할 것이다.

모임의 막내 경주가 자기 친언니인 경미에게 묻는다.

"언니, 형부는 아직도 혼자 해결 못 하셔?"

"그럼, 다 챙겨 놓고 나왔다. 국도 작은 냄비에 떠서 가스 위에 올려놓고, 반찬은 뚜껑 덮어 모두 상 위에 꺼내 놓고."

모임의 셋째 경후가 말했다.

"우리 집에선 나 없으면 혼자 나가서 잘 사 먹어. 아니면 친구 하나 불러서 만남을 주선하거나. 그것도 좋은 방법 아닌가?"

"그거 좋구먼. 하여간 함께 늙어가니까, 남편들도 자립해야지."

외출해도 남편 식사 걱정 없는 경혜가 말했다.

"우리야 벌써 자립했지. 언니들 다 알잖아?"

이건 넷째 경주의 말. 아닌 게 아니라 경주의 남편은 교수직을 명퇴하더니 지리산 어느 암자로 들어가 혼자 살고 있다. 정년이나 채우라는 아내의 애걸복걸에도 아랑곳하지 않고 3년이나 일찍 퇴직하고 집을 떠난 것이다. 철학 교수다운 일이라고 온 집안에서들 허허 웃었다. 넷째의 고충은 오죽했을까?

"언니, 말도 마. 퇴임식장에도 안 나갔고, 학교에서 공로패를 가져가라고 연락이 와서 알렸더니, 그런 것 필요 없다며 그냥 두라잖아. 학교서는 얼른 가져가래서 내가 찾아는 왔는데, 거기서 쌀이 나와 반찬이 나와. 아무도 안 반가워하는 공로패, 나는 괜히 그 패에게 미안하기도 하더라고."

자매들의 대화는 이리저리 끝없이 이어진다. 우울증에 가장 좋은 것은 혼자 있지 말고 사람들 만나 수다 떠는 것이라니 얼마나 다행인가. 우울증이란 현대사회에서 '영혼의 감기' 같은 존재라니 누군들 피해 갈 수 있으랴. 이들 자매도 모두 우울증 경험자다. 그러기에 이런 만남이 더욱 소중하다. 어린 시절부터 일거수일투족 다 알고 결혼 후 살림살이며 자녀들 자라는 과정도 다 아는 사촌지간이니 감출 것도 없고, 자랑할 것도 없어 그렇게 편할 수가 없단다.

경주는 남편과 함께 동양 철학 전공자다. 대만으로 함께 유학 가 남편은 박사를 마치고, 경주는 논문만 남겨둔 채 귀국했다. 남편은 정식 교수가 되고, 경주는 강사로 뛰었다. 그런데 귀국 후 얼마 안 되어 큰 문제가 터졌다. 경제관념이라곤 눈곱만큼도 없는 남편이 사업하는 삼촌의 보증을 서 하루아침에 쪽박 신세가 되어 버린 것이다. 월급 차압만이라도 막아보자고 집이고 뭐고 다 팔아 은행 빚 갚고, 겨우 지하 방 한 칸에 세 들어 살았다.

부잣집 막내로 곱게 자란 경주는 갑자기 당한 추락에 넋을 잃었다. 강의 준비를 할 수도 없고, 강단에 서도 할 말이 생각나지 않는다며 출강을 피했다. 밥도 안 먹고, 외출도 안 했다. 우울증이었다. 마침내 모든 것을 접고 병원 신세를 졌다. 어린 시절 고생은 인간을 단련시키는 것인가. 다행히 딸 둘은 잘 커서 장학금으로 대학 졸업하고 직장도 얻었다. 세월이 약이라고 경주도 조금씩 나아져 지금은 주민 센터에서 중국어 강사를 할 만큼 정상인이 되었다.

셋째 경후는 신혼 초 산후 우울증으로 병원 신세를 꽤 졌다. 약사로서 사회생활도 잘 하고 부모님의 사랑을 흠뻑 받던 큰딸인데 중매로 결혼하여 첫딸 낳고 심한 우울증에 시달려 가족의 애를 태웠다.

"언니, 나는 그때 정말 죽고만 싶었어. 아무 의욕이 없는 거야. 내가 왜 살지? 도대체 살아서 뭐하지? 하는 생각만 들었어. 아파트 3층에 살았는데 자꾸 창가에서 떨어져 죽고만 싶더라고. 약국 일도 거의 도우미 아가씨한테 맡기고 죽을 궁리만 했어. 어느 날, 진짜 집에 가서 죽을 작정으로 퇴근했는데, 도우미가 낌새를 눈치 채고 남편에게 전화해서 들통이 났지만 결국에는 병원에 들어갔지 않아? 와, 병원에선 혼자 극복해야 한다고 엄마 면회도 안 시켜 주더라고. 그때 느낀 게 많아. 나보다 심한 사람들이 많았는데, 내가 보기에는 거의 미친 사람들이야. 그 사람들을 보니까 너무나 한심한 거야. 온갖 이상한 행동을 하다가도 식사 때만 되면 돌변해. 세상에 무슨 식탐이 그렇게 날까? 나는 아예 밥에 손도 대기 싫은데, 그 사람들은 서로 많이 먹으려고 눈에 불을 켜. 그걸 보니까, 저런 사람도 저렇게 살려고 발버둥 치는데, 내가 왜 이러지? 하며 정신이 나더라고. 그래서 조금씩 먹기 시작했고, 차츰 마음이 돌아섰지. 성경 말씀에 깨어 있으라고 하잖아. 우리가 깨어 있지 못해서 그런 일들이 생기는 것 같아. 하여간 나는 고생이란 모르고 자라다가 갑자기 중매로 만난 결혼생활, 육아의 어려움, 이런 것들이 나를 못 견디게 했던 것 같아. 그리고 몇 년 전 유방암 투병할 때, 나 또 우울증 걸릴 것 같더라고. 젊은 시절 경험이 있어 이를 악물고 이겨냈지만 정말 혼났어. 신앙 없었으면 어떻게 견뎠을까. 정말 기도로 살았어."

"맞아, 너 한동안 행복하게 산다 싶더니 유방암 소식에 얼마나 들 놀랬냐. 인생이란 행과 불행이 가로세로 섞여 짜이는 직물 같은 것. 한평생 순탄하게 사는 사람 하나도 없다. 그저 잘 극복해야지."

첫째 경혜의 말에 이어 둘째 경미가 말했다.

"맞아, 나, 나, 너희들 알지? 언니도 알지? 갑자기 고등학교 졸업하고 고향에 가 있을 때, 진짜 미치겠더라고. 산골에서 고등학교 나오면 됐지 대학은 무슨 대학이냐고 불러 내렸다가 우리 부모님 혼쭐나셨지. 와, 친구들은 다 도시에서 재미있게 사는데, 혼자 산골에 내려가 할 일은 없지, 책 보는 것도 하루 이틀이고 영화라도 볼 수 있음 살겠더라고. 그땐 우울증이란 말도 없었고, 그냥 병이 들었다고. 밥도 안 먹고, 밖에도 안 나가는 이상한 병이 들었다고, 온 집안에서 난리가 났지. 정말 죽을 궁리만 했다니까. 그래서 우리 부모님 땅 팔아 날 다시 대학 보내주셨지. 그 덕에 직장생활도 해보고, 지금 남편도 만나 결혼도 하고. 하하하."

"말도 마. 그때 나도 언니한테 큰 병이 든 줄 알고 얼마나 걱정했는데. 꼬챙이처럼 말라서 뼈밖에 없었어."

경미의 친동생 경주가 말했다. 온 동네에 소문이 돌았으니 가족들 걱정은 오죽했을까.

"그래. 다들 고생했어. 하지만, 자살 생각 한 번도 안 해 보고 산 사람이 어디 있겠니?"

맏언니 경혜가 말하자 세 동생이 와르르 묻는다.

"아니, 언니도? 언니도 그런 충동 느낀 일 있어? 언니같이 긍정적인 사람도?"

"하하. 놀라워? 너희는 어린 시절 부모를 잃는다는 게 얼마나 큰 상처인 줄 알기나 해? 부모 밑에서 호강하고 자란 너희들이 당시 내 심정을 짐작이나 해?"

"아아, 그렇지, 그래도 늘 언니는 웃으며 밝게 사니까 전혀 몰랐어. 미안해 언니!"

"나는 속도 모르고 언니를 부러워했지. 엄마는 늘 언니 본받으라고, 부모도 안 계시는데, 방학 때면 저렇게 집에 와서 할머니 돕고, 그러면서도 공부 잘하고, 얼마나 착실하냐고."

"맞아. 동네 사람들도 언니 칭찬 많이 했어."

"그래. 고맙다. 나는 너희들 알다시피 한국전쟁 터져 초등학교 때 아버지 잃고, 곧 어머니까지 돌아가셔 열다섯에 고아가 되지 않았니. 마음고생, 돈 고생 참 많이 했어. 시골에 무슨 돈이 있니. 소 팔고, 논 팔고, 우리 다섯 남매 공부시키느라 조부모님 고생 많으셨지. 그러다 보니까 오빠만 대학 보내고 언니들은 다 여학교만 졸업시켜 얼른얼른 시집 보내셨지. 나는 담임 잘 만나 대학 나온 셈이야. 내가 조부님 죄송해서 진학 안 한다고 했더니, 장학금으로 가면 되지 무슨 소리냐고 담임 선생님이 야단을 치시더라. 그래서 장학금 주는 곳으로 진학했지. 하지만 생활비를 누가 대 주니. 교수님들이 소개해서 가정교사 노릇 했지. 4년 동안, 세 집이나 돌며 했단다. 아이들 상급학교 진학시키고 나면 다른 집으로 옮겼는데 지점장 집, 검사 집, 의사 집, 다 잘 사는 집이었어. 서울에서 온 지점장 집에서는 초등학생 둘, 중학생 하나, 셋이나 가르쳤다. 엄마는 자주 서울 가고, 아이들은 내가 맡았지. 저녁 먹으면 근 상 퍼 놓고 세 아이를 돌아가며 가르치느라 11시가 되어서야 끝난 적도 많았어. 그때부터 내 공부를 시작하는 거야. A 학점 놓치면 장학금 취소되니까 얼마나 초조했겠니. 그래도 적응이 되었는데, 지점장 서울 발령 나는 바람에 또 다른 집으로 옮겼지. 당시만 해도 먹고 자는 게 급선무라 어떤 집에서도 용돈 한 푼 안 주더라. 그래서 낮에는 초등학생 몇 명 모아서 과외 공부시키며 용돈을 마련했어. 그걸로 보고 싶은 책도 사고, 친구랑 영화도 보곤 했어. 참 철도 없지. 그 궁핍한 속에서 무슨 책을 그렇게 사고, 영화를 보고, 음악회를 다녔는지.

내겐 그게 최고의 사치였던 것 같아. 근데 참 운도 없지. 내가 가서 얼마 안 있으면 그 집 도우미가 무슨 일이 생겨 나가곤 해. 그럼, 사람 구할 때까지 내가 부엌일도 해야만 하는 거야. 오죽하면 내가, 이 한 몸, 50킬로도 안 되는 내 몸 하나 눕힐 데가 이렇게도 없다니! 하면서 한숨짓고 걸핏하면 죽고 싶다는 말만 했을까."

갑자기 아우들이 숙연해진다.

"언니, 미안해. 우리는 그렇게까지 고생하는 줄은 몰랐어. 할아버지가 큰집 언니만 예뻐한다고 입을 삐죽대곤 했지."

"그래도 내가 방학 때 내려가면 둘째 숙모님이 속옷 사라고 용돈도 가끔 주셨어. 얼마나 고마웠는지. 다섯째 숙부모님은 일찍이 광주로 나가 사셨으니까, 고등학교 때부터 신세 많이 졌고. 동생들아, 너희 엄마들이 내게 주신 사랑 다 내가 기억한다. 그래서 너희들 대접하려고 내가 어젯밤 잠도 못 자고 여기 있는 음식들 다 만들었다. 자, 자, 어서 갖다 더 먹자."

"하하하. 하하하."

네 자매는 웃고 떠들면서 가지 수도 많은 뷔페 음식을 골고루 갖다가 맛있게 들었다.

열심히 먹다가 또 대화가 시작된다.

"근데 경미야, 너 차례 지내느라고 바빴니? 성탄 때 보낸 안부 카톡에 답도 안 주고."

"응. 언니 미안해. 사실은, 나 이번에 또 우울증 도져서 혼났어."

"엥? 왜 또?"

둘째는 친자매인 넷째를 보며 빙긋 웃는다.

"말도 마세요. 설 전후 한 달 남짓 나도 고생 많이 했어요. 언니 때문에 놀라서."

"왜, 남편 때문이니?"

"응."

"여자 문제?"

"아니!"

"그놈의 노욕 문제." 경주가 말했다.

경미의 남편은 최근까지 관직을 지냈다. 교육장에 구청장에 두 번의 선거전을 통해 가족들 고생시키고 자신의 영달을 누렸다. 그후 다시 세 번째도 나섰는데 경옥이 펄펄 뛰며 만류했다. 그래도 출사표를 던졌지만, 다행히도 공천을 못 받아 포기하고 말았었다. 그런데 그가 이번 6월 지방선거에 또 나서겠다고 하더란다. 마약 같은 정치 바람이 또 든 것이다. 문제는 그를 흔들어대는 주위 사람들이라고 했다. 이른 새벽부터 전화가 오면 밥도 안 먹고 휘익 나가고, 밤이면 어디서 무슨 작전을 짜는지 늦게야 귀가하고, 잔잔했던 가정에 또 풍파가 일었다는 것이다. 아무래도 수상해 따지고 물었더니, 또 출마하겠다고 돈을 좀 구해 내라 하더라는 것이다.

두 번의 선거전을 통해 정치판이 얼마나 추하고 무서운 것인가를 알게 된 경미는 하도 기가 막혀 나가려면 이혼부터 하자고 대들었단다. 지난번 선거에서도 온 가족이 말렸지만, 남자의 마음을 이렇게도 몰라 주냐며 당선할 자신 있다고 하도 사정해, 여유 있는 사촌들과 동창들에게서 이리저리 돈을 융통해대며 적극적으로 도왔더니, 이번에 또?

하필 설이 코앞이라 차례상 차릴 일도 걱정인데, 그 일까지 겹쳐 딱 죽고만 싶더라는 것이다. 일가를 이룬 자녀들도 찾아와, 77세 아버지가 어떻게 된 것 아니냐며 말렸지만, 막무가내였다는 것이다. 새벽같이 울리는 전화 소리도 듣기 싫고, 밤늦게 돌아와 현관문 여는 소리도 듣기 싫고, 밥맛도 뚝 떨어져 죽을 생각만 하게 되더라는 것이다.

"내가 언니 땜에 생고생을 했어요. 조카들이 이모가 와서 엄마 좀 돌봐달라고 조르질 않나, 언니는 밤이고 낮이고 시도 때도 없이 다 죽어가는 목소리로 죽고 싶다고 하질 않나. 무슨 일 날까 봐 살 수가 없는 거예요. 언니네 집이 가깝기나 하면 몰라, 한 시간 넘게 가야 하잖아요. 남편이 지리산 가 있어 뒷바라지 없는 대신 언니가 날 생고생을 시켰지 뭐예요?"

"세상에? 그래서 지금은 그 병이 가라앉은 거야?"

"응. 안 그러면 여길 어찌 나와, 명절 전에 해결하고 이제 밥도 좀 먹어요. 그동안 못 먹은 것, 오늘 다 챙겨 먹을래요."

"형부가 그런 데가 있군요. 참 그 나이에 놀랍네."

경후의 말에 경미는 덧붙인다.

"말도 마라. 그 한 달 남짓이 나에게는 지옥이었다. 오죽하면 남편 최측근 살짝 만나서 제발 말려 달라 사정했지만, 소용이 없어.

그래 구체적으로 죽을 계획을 짰지. 수면제 가지고는 안 된다더라. 10층 베란다에서 떨어져 죽을 생각도 했지만, 실패하면 반병신으로 살아야 할 일이 무서워 그것도 안 되겠더라고. 그러던 중 누가 꿩 잡는 약을 먹고 죽었다는 말을 들었어. 꿩 약이 아주 독한 가봐. 소주에다 그걸 타서 먹으면 직방이래. 그래서 내가 어찌어찌 아는 사람한테 그걸 구해 달라고 했어. 그걸 경주가 알게 되고, 형부한테 알린 거야. 이 사람 간이 콩만 해졌겠지. 하루는 다른 때보다 일찍 들어와서 이야기 좀 하자고 하데. 정말 싫으냐고, 당신도 사모님 노릇 좋지 않았냐고, 솔직히 말해 달라는 거야. 나 참 기가 막혀서. 사실 말이지 그 노릇이 좋아서 하나. 여기저기 가서 굽실거려야지. 몸도 피곤한데 흔연히 봉사 활동 나가야지, 혹여 말 잘못 해서 구설수에 오를까 봐 늘 조심조심, 명품도 마음대로 못 들고 다녀. 나는 없어지고 누구 아내, 사모님만 있는 거야. 명절 때 무슨 선물 들어오면 잘못 받았다가 큰일 날까 봐 바쁜 시간 쪼개 다시 돌려주랴, 아이고 나는 그런 노릇 더 이상은 못해. 근데 남자들은 그게 왜 좋을까? 하여간 이혼 서류에 도장 찍고 나가라고 강하게 나갔지. 우리 아는 사람 중에도 선거 땜에 이혼한 사람 많아. 마누라들은 다 싫어해. 선거 때만 되면 완전히 약자가 되는 거야. 명함 돌릴 때도, 굽실굽실, 교회에서도 굽실굽실, 꼭 무슨 죄지은 사람처럼 그게 뭐냐고! 당선되고 나서도 문제야. 이 사람 저 사람 다 자기 공로만 내세워. 얼마나 생색들을 내는지, 말도 마. 일일이 밥 대접, 차 대접, 조금 무심했다간 욕만 먹어. 나는 그런 짓 정말 못하겠어. 하여간 싫다고 방방 뛰었더니 그렇게까지 싫어하는 줄은 몰랐다며 그럼 고려해 보마고 하더라고. 아마 그 최측근에게서 들은 말도 있는데 경주 말 듣고 놀랜 것 같아. 꿩 약이 효과를 본 거지. 설 명절 전에 정말 접었다고 하기에 차례도 그런대로 지내고 여기 나온 거야. 근데 요즈음은 그 사람이 또 우울해하네. 좀 불쌍하긴 하지만 어떡해. 나 고생한 것 생각하면 자기도 좀 아파야지. 안 그래 언니?"

"야, 그새 그런 일이 있었구나. 나는 늘그막에 바람이라도 피웠나 하고, 놀랬다. 요새 '미 투' 바람이 하도 심해서. 하하."

"언니, 바람 난 남편도 무섭지만 바람 든 남편은 더 무서워. 선거 바람은 마약이라니까."

"아이고, 형부가 그럴 줄 몰랐네. 교육장에 구청장에 두 번 했으면 됐지, 낼모레 팔십인데 뭘 또 하겠다고 그럴까. 참말로 놀랍네."

"경미야, 김 서방도 우울증 앓으면 안 된다. 살살 달래서 해외여행이나 다녀오도록 해라. 강력하게 졸라."

"응, 날씨 풀리면 그래야겠어. 자, 얘기 좀 쉬고 우리 또 먹세. 저쪽에 우리 고향에서 먹던 죽순이랑 조개도 있데. 더 갖고 올게."

"두 언니는 앉아 있게. 우리가 갖고 올게."

셋째와 넷째가 음식을 가지러 간 사이 첫째는 둘째의 손을 잡는다.

"경미야, 정말 마음고생 많았다. 그렇지만 꿩 약 생각은 너무 했다. 신앙인이 그러면 되니? 모든 것 하느님께 의탁하며 이겨야지. 사람들 만나 수다 떠는 게 명약이란다. 혹여 그런 일 있으면 전화로라도 내게 털어놓곤 해라. 알겠지?"

"안 그래도 언니한테 전화할까 하다가 그것도 귀찮더라니까."

"알아, 알아. 나도 연년생 낳고 살 때 한번 겪었어. 시어머님은 늘 편찮으시지, 공무원 봉급은 겨우 20일 살면 없어지지, 정말 못 살겠더라. 내가 왜 교직을 그만두었던가, 후회하며 수면제 모아 30알 먹고 뻗은 적이 있단다. 의사 불러 링거 맞고 난리가 났었다. 그 이후, 오죽하면 아이 셋 두고 복직을 단행했겠냐. 날마다 신문 광고만 보다가 교사 채용 광고 보고 도전해서 성공했지 않냐. 그 덕에 돈 고생 털고 기운 내서 살았더니 여기까지 왔다."

"와, 언니도 실천까지 해 봤어? 아이고, 참, 나! 수면제는 안 된대. 꿩 약이 제일이래."

"야, 시끄럽다. 이제 그놈의 꿩 약 얘긴 꺼내지도 마라."

그 새 동생들이 음식을 가져왔다. 그딴 얘기 그만하고 어서 먹잔다. 네 자매는 또 맛있게 먹었다.

어지간히 포만감이 들었을 때, 맏언니가 종이를 꺼낸다. 지난가을 헤어질 때 동생들에게 나누어 준 시가 적혀 있다. 칼 윌슨 베이커의 「아름다운 노년」이란 시다. 요즈음 건강 정보는 쏟아지고, 웰빙 타령이 도를 넘는데, 더 중요한 것은 잘 나이 드는 것이라며 우선, 시 한편을 나누어 주고 외워 오라 했었다.

"자, 숙제했어? 누가 먼저 읊어 볼래?"

72세의 막내 경주가 선뜻 나선다. 시끄러운 실내에서 속삭이듯 시 낭독이 시작된다.

아름다운 노년
　　　　　　　칼 윌슨 베이커
아름답게 나이 들게 하소서.
수많은 멋진 것들이 그러하듯이,
레이스와 상아와 황금, 그리고 비단도
꼭 새것만이 좋은 것은 아니랍니다.
오래된 나무에 치유력이 있고
오래된 거리에 영화가 깃들 듯,
이들처럼 저도 나이 들수록
더욱 아름다워질 수 없나요?

짝짝짝! 세 자매가 손뼉을 친다.
"막내가 제일이네. 동생들아, 우리 동네 입구 용바위 쉼터 기억나지? 거기 우뚝 서서 우리 마을 지켜주던 백 년 넘은 은행나무, 느티나무, 팽나무 기억나지? 우리도 그 나무들처럼 아름답게 늙자. 산 넘고 물 건너 이 나이까지 왔으니 모든 욕심 버리고, 늘 감사하며 기쁘게 살자. 백세 시대가 온다는데, 제발 치매는 안 걸려야지."
"맞아 언니. 자식들한테 미움 안 받으려면 안 아프고 살아야 할 텐데."
"요즈음 자식들 병수발 들 놈 하나도 없다. 규칙적인 생활로 건강 관리 잘하고 독서, 성경 필사, 시 암송 등으로 치매 예방하자. 그리고 우리가 언제 어떻게 될지 누가 아냐. 일흔 넘었으면 죽음도 준비해야지. 나는 '사전 연명 의료 의향서' 작성해서 제출했다. 너희들도 가능하면 미루지 말고 서둘러라."

"아, 맞아. 나도 생각은 해 놓고 아직 못했네."

"준비해 놓고 살면 마음도 가볍지. 어쩌든지 방글방글 웃으며 남에게 기쁨 주고, 자신도 기쁘게 살자. 내가 정초라서 선물 가져왔다. 속에 연애편지도 있으니 집에 가서 끌러 봐."

경혜가 작은 꾸러미 하나씩을 나누어 준다.

"언니, 이번에는 또 무슨 시야? 또 외워야 해?"

"아니, 이번에는 읽고 마음에 새기면 돼."

"고마워요. 그럼 이제 목련꽃 피는 사월에 만나세."

네 자매는 레스토랑에서 허락한 3시가 되어서야 일어섰다. 그리고 하루를 마감한 저녁, 다시 까똑 소리가 꼬리를 잇는다.

네 자매를 밴드로 묶어 준 막내 경주가 맨 먼저 들어왔다.

맏언니, 기다리던 오늘, 봉투에 담긴 세뱃돈 깜짝 놀랐어요. 연애편지에 쓰신 성경 말씀도 늘 마음에 새기겠습니다.

"언제나 기뻐하십시오. 끊임없이 기도하십시오. 모든 일에 감사하십시오."

언니, 깔깔한 신사임당, 감동이에요. 저는 봉투째로 핸드백에 지니려고 해요. 허전한 마음도 달래고 든든함도 느껴지기에. 네. 네. 모든 일에 감사!

잘했다. 감동을 받으면 다이돌핀이 나온단다. 엔돌핀의 사천

네 자매의 하루 69

배나 되는 긍정 호르몬이래. 동생들이 좋아하니 나도 기쁨!

날씨 추워 택시 손님들이 많아서 좀 늦음. 뜬금없는 세뱃돈에 얼굴 예뻐지라고 마스크 팩 선물까지 받으니 행복 만끽!

깔깔한 새 돈 성당 제대 초로 봉헌할래요.
주님께서 우리 송 자매 기억해 주시라고.

제대 초로 봉헌? 좋아. 그 빛으로 우리 앞날 더 밝게 인도해 주시라고. 어떤 일 있어도 어둠 속 걷지 말고 환한 데서 기쁘게 살자.

와, 빛으로 밝게 인도해 주시라는 맏언니 해석 최고! 넉넉한 베푸심이 이렇게 반향을 불러올 줄이야. 역시 고것이 좋긴 좋네요. 내년에도 또 기대할게요.

그래, 그래. 내년 정초 만남에서 세뱃돈 또 주고말고. 너희는 언니가 있어 좋지? 있을 때 잘해. 독거노인 언니는 외롭다.

하하. 독거노인? 봉사 다니느라 우리보다 더 바쁘면서 뭘. 언니, 세뱃돈은 일 년에 한 번만? 만날 때마다 줘요. 꾸벅꾸벅 세배할게.

하하하. 언니들이 왜 이리 웃겨? 잠도 못 자겠네. 오늘 같은 날,

좀 늦게 자면 어때서? 언니, 나도 언니한테 선물 드리고 싶어. 언니 좋아하는 슈베르트 아베마리아 동영상! 독일어로 부르네.

어머나, 아베마리아? 이 노래는 언니 18번. 우리 가족 모임에서 인기였지.

우리 왕언니 아베마리아 들으면 눈물이 났어. 다음 만남에서 보리수랑 아베마리아, 꼭 불러 줘 언니!

맞아 맞아. 근데 새해부터 우리 왕언니 너무 뜬다. 언니, 그러다가 낙하하면 코 깨져요. 매사에 조심! 하하하.

왜 뜨는 줄 아냐? 다 세뱃돈 때문이랑께!

엄마 생각날 때마다 아베마리아 어지간히 불렀는데 이제 늙어서 높은 음 불가! 오호통재라.

왜 불가? 가! 지난번 경수 오빠 칠순 잔치에서도 멋지게 불렀는데.

고맙다, 그만들 하고 어서 자거라. 둘째야, 꿩 약일랑 아예 저리 치우고! 풀 죽은 김 서방을 위해 기도하마. 어쩌든지 졸라서 여행부터 하렴. 여행은 사람에게 활기를 준다.

하하하. 맏언니는 왕언니로 승격! 그럼 둘째 언니는 꿩 약 언니 어때?

크크, 꿩 약 언니는 부르기 나쁘네. 꿩언니! 언니는 나이 들었어도 여전히 이쁘고 멋쟁이잖아. 화려한 꿩처럼.

꿩언니? 우리 고향에서 꿩 잡아다 떡국도 많이 끓여 먹었지. 고향 냄새 풍기는 꿩언니, 좋아좋아.

왕언니에 꿩언니라. 기가 막혀 웃음만 나네. 맏언니는 단박에 왕언니로 승격, 나는 꿩 약에 소주 한 병 들고 삶의 기로에서 헤맨다는데, 인정 없는 내 동생들은 꿩언니라고 좋아서 키들키들. 나, 다시는 죽을 생각 안 할란다. 악착같이 살아야지.

바로 그것! 우리가 노린 효과 100% 달성! 똘똘 뭉쳐 사람 하나 건졌다. 경미 만세! 오늘 하루 즐거웠다. 목련꽃 필 때까지 아름답게 늙다 오너라! 하하하. 이제 그만 굿 나잇, 구테 나하트!

경혜의 마지막 멘트로 네 자매의 하루는 끝이 났다. **

2018년 《펜문학》 3, 4월호

귀향 준비

벌써 열흘째다. 그네는 층계를 내려가 편지함을 뒤진다. 오늘도 없다. 반은 버려야 할 우편물들. 어느 음식점에서, 어느 백화점에서, 어느 주택시장에서, 소비자를 건지려고 보내온 전단지들. 그 밖에도 기업체에서 보내온 사외보 잡지, 개인 문집, 그리고 지금은 기억에서 멀어진 옛 지인의 자녀 결혼 청첩장. 날마다 우편함에는 무엇이 꽂혀도 꽂혀 있었다. 텅 빈 적은 거의 없었다. 그러나 그네가 기다리는 그 카드는 오늘도 오지 않았다.

한 달이 넘었는데 왜 소식이 없을까. 그네는 전화를 걸어보기로 했다. 봉투에 적힌 번호로 전화를 걸었다. 아니, 이럴 수가! 그런 번호는 없단다. 2006년에 받은 번호인데, 왜? 그네는 114 안내를 통해 그곳 번호를 물었다. 과연 다른 번호다. 8년이란 세월 동안 번호도 바뀌었구나. 그렇담 혹시 그 일 자체도 사라진 게 아닌가? 그래서는 안 되는데. 마음이 불안하다.

　새 번호로 전화를 걸었다. 아, 반가움. 사람이 나왔다. 자초지종을 이야기한다. 다 듣고 난 그는 담당자가 잠시 자리를 비웠다며 조금 있다 다시 해 주시란다. 그네는 시간을 기다려 다시 걸었다. 드디어 담당자를 만났다. 다시 자초지종을 이야기하고 혹시 그런 제도가 없어졌는지를 먼저 묻는다. 아니란다. 안심! 그런데 왜 이렇게 소식이 없느냐고 다그친다. 그가 확인해 보겠단다. 제법 시간이 지난 뒤, 그가 하는 말.

　"죄송합니다. 가족 관계 증명이 없어서 접수가 안 되었네요."
　"네? 그런 것도 필요했나요? 전에 그런 얘기 없었는데요."
　"수고스러우시겠지만 그걸 한 통 떼어 보내주셔야 합니다."
　"그럼 전화 한 통 해 주시지."
　"글쎄요. 전화 드렸어야 하는데 죄송합니다."

　그네는 무언가 섭섭했다. 자기 딴에는 큰 결심이었고, 8년이란 세월을 보내며 가까스로 빈칸을 채워 보낸 중요한 서류가 아닌가. 이쪽에서는 등기 우편을 보내 놓고 손꼽아 결과를 기다리고 있는데, 그쪽에서는 무성의한 것 같다. 그새 무슨 일이라도 일어나면 어쩌려고. 수년을 기다린 마음, 허사가 될 수도 있지 않은가.

　즉시 동네 주민 센터로 갔다. 필요한 서류를 떼었다. 가족관계 증명서. 처음 떼어 보는 서류다. 받아 보니, 이게 웬일? 그네와 살과 피를 나눈 진짜 가족만 있다. 사위도, 며느리도, 손자도 없다. 순수 가족 넷이서만 함께 모여 있다. 아, 반가워라. 삼 남매가 갑자기 어린이로 변해 보였다. 그네가 젖 먹여 키운 아이들. 씻기고 입히고 먹이고, 가르치고, 온갖 정성 다해 키운 아이들. 세 글자씩의 이름으로 옹기종기 모여 있어 보기도 좋았다. 한 통을 더 요구했다. 그냥 서랍 속에 넣어 놓고라도 한 번씩 꺼내보면 그 아니 즐거우랴. 삼 남매의 이름 위에 얼굴이 겹친다. 보고 싶다. 검지로 이름을 문질러 본다. 각각의 얼굴을 쓰다듬듯이. 그네는 생각한다. 남편 이름도 함께 있었으면 더 좋았을 것을.

집으로 돌아오는 길, 그네는 결혼 후 반세기 세월의 강을 건넌다. 일 년 터울, 이 년 터울로 태어난 아이들. 세상에서 가장 어려운 것이 육아였다. 서너 시간 잠 한번 실컷 자 보는 것이 소원이었다. 살림이 넉넉지 않아 임신 중이나 수유 중 잘 먹지도 못했다. 한 방울이라도 젖을 더 만들어 먹이려고 이것저것 국물을 끓여 마시던 기억. 연년생이던 아이들은 언제나 둘이 함께 기저귀를 차야 했다. 가는베를 끊어다 손수 기저귀 오십 장을 만들어 놓고, 비 오는 날이면 다리미로 다려 가며 쓰던 기억. 편찮으신 시어머님까지 모시고 있어 걸핏하면 아이 업히고 걸리고 약국으로 병원으로 달음질칠 때, 동네 사람들이 '아이 넷을 돌보시네요.' 하며 딱한 눈짓을 하던 기억. 아이들이 자라면서 하나, 둘 어휘가 늘고, 생각지도 않은 언어 구사로 깜짝깜짝 놀라게 해 함박웃음 지으며 행복해했던 기억. 막내가 세 살이 되자 완전히 기저귀 빨래에서 해방이 되어 이만하면 살겠다고 한숨 돌리던 기억. 그러나 그 한가함을 틈타 다시 신문 광고를 뒤적이며 복직을 단행했던 기억. 어린 것을 떼어 놓고 출근하느라 새벽 찬바람을 가르며 버스 정류장으로 달리던 기억. 만원 버스에 겨우 발을 얹고 차장의 '오라잇' 소리를 들으며 안도하던 기억. 수업이 끝나면 어떤 유혹에도 넘어가지 않고 오직 어린 것들의 하루가 무사했기를 바라며 퇴근을 서두르던 기억. 아이들이 중고등학생이 되자 새벽 5시면 일어나 자신의 것까지 도시락을 여섯 개나 싸던 기억. 그때는 고2, 고3은 저녁밥까지 두 개씩 쌌으니까. 하나, 둘 수험생이 되자 밤 10시만 되면 촛불을 켜 놓고 묵주 기도를 드리던 기억. 어미로서 먼저 잠드는 게 미안해 꾸벅꾸벅 졸며 기다리다가 집 앞 찻길까지 마중 나가던 기억…. 그들은 그런 어머니의 마음을 짐작이나 할까?

집에 들어오자 남편의 방으로 들어갔다. 그가 쓰던 책상 위에 영정을 놓고 가족 모두 그 방을 '아빠 방'이라 부르며 지낸다. 그가 떠난 지도 어느덧 십칠 년. 그네는 외출할 때나 귀가할 때면 언제나 그 방에 들러 인사를 나눈다. 다녀올게요. 다녀왔어요. 어디를 가는지, 밖에서 어떤 일이 있었는지, 영정 앞에서 소곤거렸다. 그 덕분에 늘 함께 살고 있다는 생각이 들었다. 그러나 오늘 가족 관계 증명서에 그는 없었다. 섭섭해라.

요즈음은 위암 같은 것 병 취급도 안 하던데, 그 시절만 해도 왜 그리 치유가 어려웠는지. 본인도 아내도 미련해서 작은 이상을 허투루 보았다. 그가 병원을 찾았을 때는 위암 말기, 그것도 간에까지 전이된 상태였다. 막내까지 대학생이 된 뒤였으니, 그나마 다행이랄까.

의과대학 레지던트였던 큰딸이 교수님과 의논해서 투병 생활을 주관했다. 입·퇴원을 거듭하며 항암 주사 다섯 번을 맞고 나니, 탈모에 구토는 물론이요 손톱도 발톱도 성한 곳이 없었다. 그는 도저히 더 이상은 맞을 수 없다며 거부했다. 온갖 사람들이 와서 온갖 처방을 해 주고 갔지만, 그는 오직 주치의가 주는 약만 복용하고, 가끔 영양제를 맞으며 연명했다. 그리고 서서히 귀향 준비를 서둘렀다.

그의 마지막은 아름다웠다. 일요일이었다. 세 아이들이 모두 집에 있는 아침이었다. 무슨 일이 있으면 연락한다고 '삐삐'까지 사 주었지만, 평일이 아닌 일요일이어서 긴급 호출도 필요 없었다. 미사에 가려고 준비하는데, 어쩐지 기운이 없어 보였다. 전날 영양제를 맞으려다가 주삿바늘이 휘어버리는 바람에 맞지 못하였다. 갈 때가 되면 그렇게 혈관이 굳어버린다는 것이었다. 그래서인가, 어느 날부다 기운이 없어 보였다. 그네는 그에게 사랑 가득한 목소리로 물었다.

"미사에 가지 말까?"

그가 살살 고개를 끄덕였다. 그런 행위 하나도 무척 힘이 들어 보였다. 그네는 얼른 그의 곁에 앉아 손을 잡았다. 일요일이면 자기가 먼저 '어서 미사 다녀와.' 하던 사람이 아닌가. 그의 손을 잡고 묵주 기도를 드리고 있자니, 점점 손에서 냉기가 돌았다. 겁이 덜컥 났다. 성당 상조회에 연락을 드렸다.

곧 두 사람이 들어섰다. 경험 많은 그들은 이리저리 살피더니 오늘을 넘기기 어려울 것 같다고, 옷을 갈아입히자고 했다. 그네는 미리 준비해 둔 옥양목 중의 적삼을 꺼냈다. 이미 몸이 굳어지고 있어 옷 갈아입히는 일도 쉽지 않았다. 게다가 심한 통증에 왼쪽으로만 누워 있었기 때문에 더욱 어려웠다. 아들과 둘이서 그의 무거운 몸을 이리저리 들마시하며 옷을 갈아입혔다. 한 자매님이 지금 몹시 목이 마를 테니 자꾸 물을 떠 넣어드리라 한다. 전날 밤 내내 티스푼으로 떠 넣었어도 한 컵도 못 마신 물. 다시 물을 떠 넣는다. 쩝쩝 소리가 날 정도로 달게 먹는다. 저렇게 목이 마른 것을 말도 못 하고 참았겠구나. 많이 미안했다.

성당 가족들은 기도 상 위에 고상을 모시고 촛불을 켜고 성수를 뿌리며 기도를 시작했다. 아이들도 기도에 동참했다. 곧 성당에서 더 많은 분들이 오셨다. 총회장님, 상조회장님을 앞세워 네 사람이 들어섰다. 그들이 목소리를 합하니 기도 소리가 온 방을 채웠다.

그러자 갑자기 그가 오른팔을 젖혀 본다. 바르게 눕고자 하는 시도로 보였다. 한 번, 두 번, 어려운 시도다. 아들이 그를 돕는다. 조심조심, 드디어 반듯이 누웠다. 이렇게 눕는 자세가 얼마 만인가. 하얀 중의 적삼을 고인 데 없도록 펴 드렸다. 그리고 그가 아끼던 향나무 묵주를 손에다 쥐어 드렸다. 깨끗하고 편안한 모습이었다. 의식은 또렷한 것 같았다. 아이들을 하나하나 둘러본다.

저예요, 큰딸. 저예요, 아들. 저예요, 막내딸. 삼 남매는 아버지의 손과 팔을 붙잡고 마지막 눈맞춤을 하느라 애를 쓴다. 그때 남편은 아주 힘겹게 팔을 들어 그네 쪽으로 돌린다. 그네는 황망히 그에게 고개를 들이대었다. 그러자 그는 종이 한 장, 들 힘도 없는 그 팔로 그네를 감싸 안았다. 그러고는 눈물을 주르르 흘렸다. 삼십 년 함께 살아온 부부의 정이란 그리도 끈끈한 것인가. 곁에서 성당 자매님이 "얼른 볼 좀 부벼 드려요." 한다. 아, 그렇구나. 그네는 그의 얼굴에 자신의 얼굴을 대고 따뜻한 체온을 전해 주었다.

상조회장이 어서 아버지한테 하고 싶은 말을 하라고 한다. 아이들은 아버지 귀에다 대고 한마디씩 한다. 그네도 작은 목소리로 울먹이며 말했다.

"그동안 투병 생활 참 훌륭히 해냈어요. 존경해요. 그동안 내가 섭섭하게 했던 것 다 용서해 주세요. 이제 귀양살이 끝났어요. 암도 없고 고통도 없는 하늘나라에 가서 편히 쉬세요. 나도 곧 따라갈게요. 사랑해요."

그때 마침 성당 염사 카타리나 자매님이 들어오셨다. 능숙한 몸짓으로 남편 옆에 다가앉더니 그의 두 손을 모아 가슴에 얹어주면서 말하는 것이었다.

"나를 따라 하세요. 예수 마리아, 예수 마리아, 말이 안 나오면 속으로 따라 하세요. 예수 마리아, 예수 마리아. 가족들도 따라 하세요. 예수 마리아, 예수 마리아."

자매님은 계속 예수 마리아를 뇌이며 그에게 물을 떠먹이고 있었다. 그네는 생각했다. 아, 떠날 때는 저렇게 목이 마른 것이구나. 그것도 모르고 기도만 하고 있었더라면 그는 얼마나 목이 말랐을까.

그러고 있노라니 그의 눈시울이 점점 감기고 있었다. 점점 더. 점

점 더. 점점 더. 드디어 완전히 감겼다. 이렇게 해서 영영 볼 수 없는 사람으로 사라지는 것인가. 아이들이 끄이끄이 소리를 삼키며 운다. 그네도 이를 악물고 오열했다. 기도 상 위에는 하염없이 초 물이 흘러내리고, 방 안에는 교우들의 기도 소리 흘러내리고. 그의 옷자락엔 가족들의 눈물이 흘러내리고.

한참 후 카타리나 자매님이 탈지면을 그의 코 밑에 갖다 대었다. 움직임이 없다. 다시 손을 허리 밑에 찔러 본다. 고개를 젓는다. 이미 허리가 내려앉아 손이 안 들어가는 모양이다.

"가셨습니다. 정말 편안히. 아름답게 가셨습니다."

자매님이 말했다. 이어서 성당 가족들이 한마디씩 한다.

"11시 5분입니다. 임종 여러 번 지켜봤지만 이렇게 곱게 가시는 경우 드문 일입니다."

"너무 이른 나이지만, 그래도 축복받으셨어요. 가족들 손 잡고 이렇게 곱게 가시다니."

"스테파노 씨, 분명 천국에 드셨을 겁니다. 늘 앞장서서 봉사 활동 열심히 하고 가셨으니."

그네는 소리 죽여 오열하면서 그들의 덕담을 들었다. 서서히 슬픔은 사라지고 그의 아름다운 귀향이 부럽다는 생각이 들었다. 아홉 달 동안 병간호하며 겪었던 온갖 고통을 다 보상받았다는 느낌도 들었다.

모든 장례 절차는 성당 가족들 덕분에 일사불란하게 마쳤다. 그러나 딱 한 가지. 생각지도 않은 복병이 나타났다. 그가 떠난 날이 추석 이틀 전이라, 발인 날, 성당 가족들의 고생은 말로 할 수가 없었다. 자신의 집 차례를 첫새벽에 마치고 와서 대절해 둔 버스를 타고, 고향인 정읍 선영으로 가고 올 때, 그 길 막힘이라니! 예상했던 시간은 자꾸자꾸 늦어져, 미리 묘소를 파 놓고 대기 중이던 사람들도 기다림에 지쳤고, 산일 끝내고 돌아올 땐 더더욱 차가 막혀 중간에 휴게소 한번 못 들르고 생고생을 했다. 그네는 지금도 그날 생각만 하면 정신이 아뜩하다. 같은 본당 교우라는 이유로 여러 형제자매님을 그토록 고생시켰으니.

그날 이후, 그네는 장례문화에 대해서 많은 생각을 하게 되었다. 게다가 세월이 흐르면서 사회적 분위기도 많이 달라졌다. 이제 화장이며 납골당은 보통이 되었다.

그네는 '아빠 방'에서 나왔다.

영정 앞에만 서면 항상 거듭되는 상념들, 그를 보내며 했던 말도 또렷이 생각난다. 가서 편히 쉬세요. 나도 곧 따라갈게요. 그랬다. 그때는 그네 자신도 금방 뒤따라 갈 것만 같았다. 그래서 시간 나는 대로 살림을 정리하기 시작했다. 버릴 것을 과감히 버렸다. 여러 권의 앨범도 정리했다. 무슨 사진을 이렇게 찍어댔을까 자책도 하며. 그리고 무엇이건 새로 사지 않았고, 어디를 가나 사진을 찍지 않았다.

그런데 오륙 년쯤 지났을까. 그네는 무엇인가를 또 사고 있는 자신을, 경치 좋은 데 가면 사진도 찍고 있는 자신을 발견하고 적이 놀랐다. 세월이 흐르면 그렇게 되는 것인가. 산 사람은 또 제 갈 길을 잘도 가는 것인가. 곧 따라갈게요. 곧, 곧, 그 '곧'이 어느덧 십칠 년이 되고 그네는 지금 모든 일에 감사하며 기쁘게 살고 있다.

그네가 사별의 슬픔을 극복하는 데 가장 큰 힘이 되었던 것은 신앙이었다. 성당 가족들의 따뜻한 위로도 힘이 되었지만, 더 큰 것은 그가 물려준 성경공부였다. 그는 쉰 살 무렵부터 여러 단체에 들어가 봉사 활동을 했다. 그러던 중 봉사도 중요하지만, 무엇보다 '말씀'으로 무장을 해야겠다고, <성 바오로 딸 수도회 통신성서 교육원> 8년 과정을 등록해 열심히 공부했었다. 암 투병 중에도 그것만은 놓지 않고 계속했다. 은퇴한 신사가 새로운 학업에 도전, 유난히 보람과 기쁨을 느끼며 공부했다. 하지만 겨우 4년을 수료하고 떠났다. 그네는 그게 몹시 마음에 걸렸다.

그가 떠난 이듬해, 그네는 남편이 못다 한 학업을 이어 보기 결심했다. 자신도 4년 정도는 할 수 있지 않을까 생각하며 시작한 공부였다. 영세한 지 사십 년이 가까운데, 성경 한번 제대로 읽지 못한 그네였다. 새로운 지식을 얻는다는 것은 언제나 즐거운 일. 하나둘 알아가는 재미가 쏠쏠했다. 보람과 기쁨을 만끽하며 한 해 한 해 세월이 갔고, 예상 밖으로 8년을 다 마쳤다.

마침내 생애 마지막 졸업식! 긴 학업을 마친 기쁨. 그리고 아직도 살아 있음에 대한 놀라움. 그네는 형언할 수 없는 감격에 차서 졸업장을 받았다. 그런데 졸업장과 동시에 주어진 것이 있었다. '성경 교사 자격증'. 아니, 이게 웬일? 낼모레 칠십인데 이걸 어디다 쓰라고? 그네는 코웃음을 쳤다.

가족관계 증명서를 보내 놓고, 그네는 또 편지함을 뒤지기 시작했다. 어제도 오늘도 허탕이다. 참을 수 없는 기다림. 그네는 다시 수화기를 들었다. 다행히 담당자가 직접 받았다. 또 자초지종을 이야기한다. 확인해 보마고 기다리란다. 제발 잘되어야 할 텐데.

"아, 이제 서류 완비되어 접수했습니다."

"네. 다행이네요. 그럼 언제쯤이나 제가 받아 볼 수 있나요?"

"다음 주쯤은 가지 않을까요?"

"네. 알겠습니다."

이제야 안심이 되었다. 등기 우편으로 부쳤으니 잘 갔을 거야, 하면서도 혹 잘못된 건 아닐까 은근히 걱정되었었다. 그네는 생각했다. 아이들도 궁금해하고 있을까? 나만 이렇게 기다리는 것이겠지? 아이들은 그 일 기억이나 하고 있을까? 모두 제 일에 바빠서 그런 것 관심이나 둘까?

요즈음 젊은이들, 안 바쁜 사람이 없다. 어느 집이고 다 마찬가지다. 자녀들이 돌봐 주기를 바라는 노인은 전혀 없는 듯하다. 그저 노인은 노인끼리 어울리며 외로움을 달랜다. 그네의 삼 남매도 다 바쁘다. 의과대학 교수인 큰딸, 해외 기업체의 연구원인 아들. 방송인인 막내딸. 누구 하나 엄마를 찾아오는 경우는 드물다. 해외에 있는 아들은 그만두고, 딸들도 잘 해야 일 년에 두 번, 설과 추석에 얼굴을 본다. 다행히 아들은 전화를 자주 하고, 딸들은 문자를 자주 한다. 별일 없지요? 식사 잘 챙겨 드셔요. 감기 조심하세요. 돈 좀 보냈어요. 맛있는 것 사 드셔요. 계절이 바뀌었네요. 새 옷 한 벌

귀향 준비 83

사셔요. 학회가 있어 해외 나갑니다. 오늘 중요한 방송 있어요. 기도해 주세요.

이따금 메일이 들어오기도 한다. 반가워서 얼른 답을 쓴다. 전화가 걸려오기도 한다. 좋은 일이 생겼을 때나 힘든 일이 생겼을 때다. 늙은 엄마가 무슨 도움이 될까만, 들어 주는 사람이 필요하리라. 하소연하는 것만으로도 위로는 되리라. 그네는 항상 잘 들어주고 '기도할게.' 하고 끊는다. 그리고 열심히 기도한다. 아이들의 불행은 엄마의 불행. 아이들의 행복은 엄마의 행복. 청원 기도도 많지만, 감사 기도도 많다.

더러는 아이들이 심한 감기에 시달릴 때도 있다. 그때마다 기도한다. 주님, 제가 대신 아프면 안 될까요? 일하지 않는 저는 푸욱 쉬면 되잖아요. 아이들은 아파도 쉴 수가 없잖아요. 그러니 제발! 더구나 막내는 목소리가 생명이다. 이른 아침 생방송으로 진행을 맡고 있는 막내. 그네는 일찍 일어나 막내가 진행하는 방송을 듣는다. 새벽 5시면 어김없이 집을 나선다는 딸. 겨울이면 5시는 아직 어둡다. 잘 갔을까? 라디오에서 오프닝 멘트가 나오면 안심을 한다. 그리고 진행하는 두 시간 동안 실수 없기를 기도하며 듣는다. 이 또한 엄마의 즐거운 임무다.

장성해서 일가를 이루고 있는 아이들. 그네는 이따금 아이들이 보고 싶다. 함께 밥도 먹고 싶다. 목소리라도 듣고 싶다. 자신에게 일어난 일을 도란도란 얘기해 주고 싶기도 하다. 그러나 참는다. 강의 중일까 봐. 회의 중일까 봐. 방송 중일까 봐. 혹시 잠깐 눈

붙이고 쉬는 중일까 봐…. 어쩌다 연락할 일이 생기면 문자를 넣는다. '시간 될 때 전화 좀 줘.' 그러나 그것도 자제한다. '무슨 일 있어요?' 다급한 목소리로 전화를 주니 그 또한 미안한 일.

그래 저래 그네는 어지간한 일은 혼자 처리한다. 아프면 동네 병원에 가고, 일손이 필요하면 사람을 부르고, 그저 바쁜 아이들 귀찮게 안 하는 것이 엄마의 도리라고 생각한다. 사실, 그네가 기다리는 서류. 아니, 기다리는 카드를 얻고자 그 큰 결심을 하게 된 배경에는, 그토록 바쁜 아이들을 위한 배려도 조금은 깔려있다. 물론 아이들에게 그 말은 안 했지만.

어쨌거나 그네는 아이들에게 폐를 끼칠까 봐 지극히 조심한다. 무엇보다 건강에 신경을 쓴다. 치매에 걸리지 않으려고 노력한다. 규칙적으로 식사하고, 날마다 책을 읽고, 컴퓨터에서 성경을 쓰고, 친구들 만나 즐겁게 놀고, 틈만 나면 산책을 하고.

그네의 일과 중에 빼놓을 수 없는 것은 공부다. 수업 준비를 하기 위해서다. 성경 교사 자격증은 그네를 그냥 두지 않았다. 어느 날, 수녀님이 부르셨다. 교육원에서 통보가 왔다며 노인대학에서 성경공부를 시키란다. 네? 저는 아닙니다. 손사래를 치며 펄쩍 뛰었다. 또 수업이라니. 자신도 없었고, 시간에 매이는 것도 싫었다. 하지만 결국 '순명'이란 미명 아래 백기를 들었다. 교직 경험이 있는 그네로서는 도저히 빠져나올 수 없는 올가미였다. 나이 70에 노인대학 성경 교수 발령을 받고 봉사한 지 어느덧 6년. 성경 교수라니! 그 말이 너무나 외람되어 '말씀 봉사자'로 불리기를 원했다.

그네는 매주 목요일 아침 한 시간, 삼백 명이 넘는 어르신들 앞에서 성경 말씀을 가르친다. 아니, 가르치다니! 그네는 그 말이 너무나 외람되어 '말씀 봉사를 한다'라고 고쳐 말한다. 어르신 대학은 본당의 이름을 따서 <요한 대학>이라 명명했고, 그곳에는 무려 스무 개의 취미반이 있다. 각 반으로 흩어지기 전, 학생들은 모두 함께 모여 성경 말씀을 듣는다. 통합 반 성경 시간이다. 그 준비를 위해 그네는 성경을 읽고 또 읽으며 강의안을 짠다. 그 한 시간을 위하여 매일 매일 조금씩, 다섯 시간은 준비하는 듯하다. 성경이야말로 생명의 말씀임을 절감하면서. 인생살이의 답은 성경 안에 다 있음을 절감하면서. 봉사 생활의 첫 수혜자는 자신임을 절감하면서.

그네는 성경을 이야기식으로 풀어서 들려 드린다. 남녀학생들은 집중해서 들어준다. 재미있다며 방긋방긋 웃음을 선사하고 손뼉도 쳐 준다. 여학생들은 더 살갑다. 아침에 만들었다며 따끈따끈한 떡을 싸다 주시는 분, 손수 묵주 팔찌를 만들어 주시는 분. 뜨개질로 예쁜 묵주 주머니를 만들어 주시는 분, 이런저런 감사의 정표를 받을 때면 송구스럽기 그지없다.

최근에는 바오로 사도의 신학이 응축된 로마서를 다루었다. 사람이 의롭게 되고 구원을 받는 것은 율법을 잘 따라서가 아니라 예수님의 십자가 공로, 즉 그분을 믿음으로써 이루어지는 것이라는 주제였다. 그네는 학생들에게 묻는다. 이 세상 떠날 때, 천국에 드실 수 있는 분 손 들어 보세요. 겨우 대여섯 사람이 손을 든다.

아니, 이게 웬일입니까? 겸손 때문인가요? 겸손을 부릴 데가 있지 그건 아니에요. 여러분은 하늘나라 시민권을 따셨잖아요. 율법을 잘 지켜서가 아니라 신앙을 가짐으로써 따셨다니까요. 그분에 대한 믿음 하나로, 거저, 공짜로 따셨다니까요! 그 시민권은 어디 있어요? 성당 사무실에 영세 문서 있잖아요. 아시겠어요?

그네는 다시 묻는다. 천국에 드실 수 있는 분 손 들어 보세요. 하얀 머리 남녀학생들이 일제히 손을 든다. 활짝 웃으며 손을 든다. 박수박수박수! 모두는 즐겁다. 그러니 우리더러 어떻게 살라고요? 언제나 기쁘게, 끊임없이 기도하며, 모든 일에 감사하며. 그렇지요. 우리 한번 그 말씀 구절 외어 볼까요? 자신 없으신 분은 교과서 몇 쪽 보십시오. 남녀학생들은 소리 높여 외운다.

"언제나 기뻐하십시오. 끊임없이 기도하십시오. 모든 일에 감사하십시오. 이것이 우리 주 그리스도 안에서 살아가는 여러분에게 바라시는 하느님의 뜻입니다."

네. 아주 잘 하셨어요. 박수박수박수! 모두는 즐겁다.

그네는 자신에게 행복을 준 신앙에 보답하고 싶다. 아이들이 주는 용돈을 여기저기 후원회비로 넣는다. 좋은 옷도 좋은 음식도 별 관심이 없다. 후원회비 넣을 때가 제일 기쁘다. 몸으로 할 줄 아는 것은 별로 없으니 그렇게라도 하고 싶었다. 게다가 죽은 후 내 몸이 쓰일 데가 있다니 얼마나 고마운가. 그 결심은 지천명의 나이를 앞두고, 허준의 『동의보감』을 읽을 때부터 싹이 텄다. 죽음을 앞둔 스승 유의태는 제자에게 말했다. 나 죽거든 내 몸을 네가 가져라. 하나하나 해부하며 찬찬히 공부해라. 직접 봐야 배운다. 미안해하지 말고 꼭 해부하며 배워라. 그 유언은 그네 마음을 사로잡았다. 다른 내용은 다 잊혔어도 그건 잊히지 않았다. 그네도 누군가 필요하다면 그네 몸을 주고 싶었다.

 그러다가 2006년 결정적 계기가 왔다. 서울성모병원에 입원하고 있던 가까운 친구가 떠났을 때다. 그 친구의 딸이 그곳 간호사로 있었다. 그래서 그런 정보가 빨랐던 것일까. 하여간 그 친구는 그 큰일을 해냈다. 장례 미사를 드린 뒤, 시신을 앞에 놓고 작별 인사를 하라고 했었다. 그리고는 주관자가 말했다. 이분은 시신을 기증했으니 발인 없이 병원 냉동고로 들어간다고. 의과대학 학생들의 해부학 시간에 참으로 고맙게 사용될 것이라고. 아니, 뭐라고? 허준에게 주어진 유의태 선생의 시신처럼? 신선한 충격을 받았다. 곧바로 결심이 섰고, 오는 길에 당장 그곳 총무과에 가서 서류를 받아다 작성했던 것이었다. 그러나 큰 걸림돌이 있었다. 자녀들의 지장을 받아야 한단다. 자식이 하나이면 한 사람. 둘 이상이면 두 사람의 것을. 그것도 아들이 있는 경우엔 꼭 아들이 끼어야 한다는 것이었다. 도장이 아니라 지장을.

 그때부터 아이들 설득 작전에 나섰다. 그러나 쉽지 않았다. 더구나 아들은 한국에 없지 않은가. 그네는 미국으로 서류를 들고 갔다. 너부터 찍어다오. 그러면 누나도 찍을 거야. 응? 우리 아들!

엄마 좋은 일 좀 하게 해 도와다오. 별별 아양을 떨었지만 실패했다. 나중 해 드릴게요. 나중! 이것이 아들의 답이었다. 어쩌다 아들이 귀국해 가족이 한데 모이면 그것부터 부탁했다. 그러나 번번이 실패했다. 나중, 나중, 나중. 결국, 다 작성된 서류는 서랍 속에서 긴긴 기다림의 세월을 보냈다. 자그마치 8년의 세월을. 그러다가 올해, 2014년 1월 1일 모처럼 온 가족이 모였다. 이때다 싶어 설득 작전에 나섰다.

"엄마 나이 70 중반을 넘었다. 언제 일 당할지 아무도 몰라. 엄마 친구들 하나, 둘 떠난 것 너희도 알지? 나는 마음이 바쁘다. 제발 내 소원 좀 들어다오. 나는 감사할 게 너무 많아. 너희들이 모두 건강히 잘 자라 주었고, 각자 일터에서 한 몫을 하고 있고, 나도 건강히 잘 지내고, 노후에 가장 큰 재산인 좋은 친구도 많고, 이 나이에 봉사도 하고 있고, 감사한 게 얼마나 많니. 재산이라고는 집밖에 없으니 상속 땜에 너희들 싸울 일도 없고. 하하하. 그것도 얼마나 감사한 일이니. 그래서 나는 항상 기쁘게 살고 있다. 그렇지만 언제까지 이대로 있겠니. 언젠가는 본향으로 떠나야지. 안 그래? 그런데 받은 것이 너무 많으니 나도 좀 갚고 가야지. 그동안 몸으로 하는 봉사는 전혀 못 했어. 그러니 마지막 떠나면서라도 내 몸 하나 바치고 싶어. 냉동했다가 학생들 연구 끝나면 화장해서 용인 천주교 묘지에 안장해 준단다. 매월 합동 미사도 드려준단다. 얼마나 좋으니. 너희들이 지금처럼 바쁘면 성묘는커녕 엄마를 위한 미사나 드려주겠어? 내 마지막 부탁이다. 이것 말고는 정말 부탁

안 할게. 나는 그 카데바 기증카드를 갖고 싶어. 그래야 남은 생을 편안히 살 것 같아. 제발 내 말 좀 들어주라. 응?"

큰딸이 말했다.
"엄마, 그게 그렇게도 갖고 싶어? 진심으로?"
"그럼. 8년 동안 변함없는 진심. 너희 의학도들을 위하여"
아들이 말했다.
"고향 선영에서 기다리는 아버지는 어쩌라고?"
"아이고, 아버지가 왜 선산에 계셔? 진즉 천국으로 가셨지."
"그런가? 어쨌거나 엄마가 카드를 지닌다고 해도, 그대로 하고 안 하는 것은 저희 맘이에요. 아시지요?"
마침내 두 아이가 서류에 인적 사항을 기재하고 엄지로 지장을 찍었다. 아아, 드디어 해냈다. 기쁨! 이때다 싶어 그의 방 책상 서랍 속에 간직한 「부탁의 말씀」을 꺼내왔다.
"내가 너희들에게 주려고 준비해 둔 거야. 한 장씩 들고 읽어 봐"

존엄한 죽음을 위한 부탁의 말씀
제가 병에 걸려 치료가 불가능하고 죽음이 임박할 경우를 대비하여 저의 가족, 친척 그리고 저의 치료를 맡고 있는 분들께 저의 희망을 다음과 같이 밝혀둡니다. 부디 제 부탁을 내치지 말아주십시오.

※ 저의 병이 현대의학으로 치료할 수 없고 곧 죽음이 임박하리라는 진단을 받은 경우, 어떤 병원균에 감염되어도 항생제 사용·인공급식, 심폐소생술 등 죽는 시간을 미루기 위한 연명 조치는 일절 거부합니다.

※ 다만 그런 경우 저의 고통을 완화하기 위한 조치는 최대한 취해주시기 바랍니다. 진통제의 남용으로 인해 죽음을 일찍 맞는다 해도 상관없습니다.

※ 제가 갑자기 식물인간 상태에 빠졌을 때, 회복이 불가능하다는 의료진의 판단이 내려지면 이른바 생명을 인위적으로 유지하기 위한 연명 조치를 중단해주시기 바랍니다.

위와 같은 저의 부탁을 통해 제가 바라는 사항을 충실하게 실행해주신 분들께 미리 깊은 감사를 드립니다.

2010년 10월 3일 김효은

"엄마, 우리가 다 알아서 할 텐데, 무슨 이런 것까지!"
큰딸이 정색하고 말한다.
"나는 나대로 준비하고 싶었어. 불필요한 연명 치료, 서로 못 할 일이야. 한시라도 빨리 귀향하고 싶은데, 생각한다고 말리는 사람들 문제 있단 말이다. 그러니 그것 잘 간직하고 있다가 긴요하게 사용해라."
모든 것 말없이 지켜보던 막내가 말했다.
"엄마, 아직 할 일이 많은데 왜 자꾸 이런 일에만 신경 쓰세요?

전화도 받아주고, 하소연도 들어주고, 기도도 해 주고, 엄마 안 계시면 우리 어쩌라고."

"형제는 서로 도우라고 하느님이 엮어 주신 선물이다. 지금처럼 우애하고 살아야지. 나야 떠날 사람! 너무 오래 살아서 너희 눈 밖에 날까 봐 걱정이다. 무슨 일 있으면 이 집 팔아 시설에 맡기고, 공연히 효도한다고 생고생 자초하지 말아라."

그네는 모처럼 가족 모임에서 해야 할 일을 하고 나니 한시름 놓였다. 이튿날 9시가 되자마자 우체국으로 달려가 두 사람 지장 찍힌 서류를 등기로 부쳤다. 그날부터 기다렸다. 늦게야 가족 관계 증명서가 빠진 것을 알고, 그 역시 즉시 만들어 보냈다. 그런데 아직 오지 않으니 날마다 우편함을 뒤질 수밖에.

벌써 3월 중순도 넘었다. 맑은 날씨에 섭씨 15도의 쾌적한 아침. 그네는 그 주일 성경공부를 끝내고 인근 중앙공원 산책에 나섰다. 청매화가 피는 계절. 그 역시 기다림의 꽃이다. 제법 오르내림이 있고 나무가 많은 거대한 동산이다. 파릇파릇 여린 잎들이 배냇짓을 한다. 옹알이를 한다. 눈웃음을 친다. 머지않아 기지개를 좌악 켜고 연둣빛 향연을 펼치겠지. 연두는 초록이 되고, 초록은 녹음이 되어 거대한 합창단을 만들겠지. 나무들은 손에 손잡고 소리 높여 '환희의 송가'를 부르겠지. 문득 베토벤 교향곡 9번이 들려온다. 콧노래로 따라 부르면서 약수터 옆 청매화 나무를 찾아간다. 아, 망울망울, 막 피어나고 있다. 사르르 향기도 난다. 개화 기간이 하도 짧아서 까딱하면 놓치는 꽃이다. 그래서 자주 온다. 모습도 모습이지만 그 향기가 좋아서. 그네는 그 향기를 맡을 때마다 탐이 난다. 훔쳐서라도 가질 수만 있다면! 얼마나 아름답게 살아야 저토록 은은한 그리스도의 향기를 풍길까.

산책을 마치고 나니 얼추 점심때가 되었다. 그네는 서둘러 돌아왔다. 밥도 밥이지만 우편물이 궁금하다. 아파트 입구에서 배달부가 편지를 분류해 넣고 있다. 제발 오늘은 저 속에 카드가 들어 있기를! 그네는 조바심을 치며 기다린다. 마침내 배달부가 칸칸이 편지를 넣고 떠난다. 그네는 자기네 칸에 넣어진 몇 개의 우편물을 뽑아든다. 있다. 발신 주소가 틀림없다. 아아, 드디어 왔다. 기쁨! 그네는 집안으로 들어오자마자 가위를 찾아 봉투를 얌전히 자른다. 얌전히 꺼낸다. 편지와 함께 작은 카드가 나온다. 주민등록증 크기만 하다.

　　시신기증 등록증
　　등록 번호 ; 20140115
　　성명 ; 김효은
　　주소 ; 천당시 감사구 기쁨동
　　　　　　　　　　　가톨릭 대학교 의과대학장

뒷면도 본다.
　　본인은 사망 후, 의학발전을 위하여 아무 조건 없이 가톨릭 대학교 의과대학에 시신을 기증합니다.
　　1. 이 등록증을 소지하고 계신 분이 사망하였을 경우 아래

의 전화번호로 연락하여 주시기 바랍니다.

2. 이 등록증을 습득하신 분은 가까운 우체통에 넣어 주십시오.

2014년 3월 12일
가톨릭 대학교 의과대학 총무팀 02)2258-7135

편지도 읽는다.

"가톨릭대학교 의과대학의 의학발전을 위해 '참사랑의 길, 시신 기증'에 동참해 주심에 진심으로 감사의 말씀을 드립니다. 보내주신 서류를 충분히 검토한 결과 신청사항이 합당하여 등록되었음을 알려 드립니다. 첨부한 등록증은 항상 소지하시고, 가족께서는 등록자가 임종하실 경우 등록증 후면의 전화번호로 연락하여 주시기 바랍니다. 주님의 평화와 은총이 가득하시길 기원합니다. 감사합니다."

그네는 등록증을 손바닥에 놓고 이리저리 어루만진다. 사랑땜이라도 하듯이. 이내 남편의 방으로 들어가 책상 서랍을 연다. 「부탁의 말씀」이 들어 있다. 그 곁에 새 봉투를 나란히 놓는다. 됐다. 이제 됐어. 그네는 남편의 영정을 바라보며 속삭였다. 어때요? 잘 했지요? 이제야 마음이 놓이네요. 그네는 남편과 눈맞춤을 하며 방긋 웃었다. **

2014년 《펜문학》 여름호

2부
어느 착한 목자 이야기

산 자와 죽은 자의 만남

❈ **눈보라 치는 거리에서**

드디어 명동에 도착했다. 감기 때문에 고생하면서도 기어코 집을 나선 콜롬바 씨는 전철을 두 번씩이나 갈아타고 명동에 왔다. 출구를 나오자 세찬 바람이 몰아쳤다. 눈보라 길이었다. 진눈깨비까지 날려 볼을 때렸다. 그야말로 살을 에는 추위다. 그네는 한기에 떨며 두 손으로 얼굴을 가리고 잠시 눈보라를 피하다가 다시 걸음을 재촉했다.

로이얄 호텔 앞을 지날 때였다. 119 구급차와 함께 구조대원 서너 명이 보였다. 한 사람이 길을 막아서며 저쪽으로 돌아가라고 지시했다. 그네는 마음이 바빠서 어서 가고 싶은데 길을 막는 것이었다. 구조대원들이 웅성대는 곳을 돌아보았다. 무슨 일일까? 무슨 사고가 난 것일까? 몹시 궁금하기도 했지만, 회의에 늦게 된 것이 안타까워 주춤거리면서 시계를 보았다. 시작 시간인 오후 4시가 조금 넘어 있었다. 명동 성당에서 시노드 개막식에 이어

제1차 전체회의가 있는 날이다. 교회가 당면하고 있는 중요한 문제를 해결하기 위해 성직자와 평신도가 함께 모여 나아갈 길을 모색하는 시노드 회의. 교회 내에서 청소년 지도를 맡고 있는 그네는 이 회의에만은 꼭 참석하고 싶었다. 마음은 이미 회의장에 가 있는데, 무엇엔가 끌린 듯 자꾸 구조대원 쪽으로 시선이 갔다.

아니, 저게 웬일? 누군가가 비탈진 언덕바지에 쓰러져 있다. 그의 발은 명동 성당을 향해 반듯하게 벋어 있고, 머리는 비탈진 길 아래쪽을 향해 누운 듯 쓰러져 있다. 누가 웃옷을 들춰 놓았는지 가슴팍이 다 드러나 하얀 속살이 내비쳤다. 그의 머리맡에 한 사람이 앉아 있다. 다급한 일이 난 게 틀림없다.

순간 세찬 바람이 휘몰아쳤다. 진눈깨비가 쏟아졌다. 다시 길바닥을 바라보았다. 눈보라 때문에 시야가 흐려져서 정확히 누군가는 알 수 없지만, 체구가 큰 남자임에 틀림없고 노인인 것 같았다. 눈보라가 또 확 몰아쳤다. 가슴 속까지 파고드는 추위였다. 구조대원의 머리에도, 누워 있는 사람의 가슴 위에도 진눈깨비가 마구 쌓였다. 내려 쌓이는 진눈깨비로 질퍽거리고 있는 길바닥에 죽은 듯 누워 있는 저 사람. 햇살도 없는 겨울날이라 사방은 금세 밤이라도 올 것처럼 어둑어둑해졌고, 추위 또한 점점 심해졌다. 그네는 그 노인에게 신경이 쓰여 발길이 떨어지지 않았다.

도대체 저 사람은 누구일까. 가족들은 이 사실을 알까. 노인이 이 궂은 날 무슨 일로 이곳 언덕을 올라가다 저 지경을 당했을까. 순간적이지만 별별 생각을 다 하면서 그 자리에 서 있었다. 그의 머리맡에 앉아 있던 사람이 길을 막고 서 있는 구조대원에게 손을 가로저어 보였다. 틀렸다는 신호인 듯. 이미 숨이 진 것일까?

 그런데 어쩌면 저렇게 똑바로 누워 있을까. 누워 있는 그의 모습이 너무나도 고요하고 평화로워 보였다. 두 손은 양쪽으로 가지런히 놓고 두 다리는 명동 성당 쪽을 향해 쭈욱 뻗은 채, 반듯이 누워 있다. 비탈길이라서일까. 그의 두 발은 하늘을 향해 걸음을 내딛을 것처럼 보였다.

 홀린 듯 보고 섰자니, 차츰 그의 옷이 보이기 시작했다. 유행이 지난 검은색 가죽 잠바. 그것도 소매 부분은 단을 덧댄 것이 보이고, 바지는 얼마나 오래되었는지 끄트머리가 날름날름했다. 구두도 보였다. 굽이 닳아져 허름하기 짝이 없는 검정 구두. 쯧쯧, 그네는 그의 가난한 삶을 읽으며 더욱 마음이 아팠다. 아, 저 초라한 차림으로 사랑하는 가족들을 위해 이리 뛰고 저리 뛰며 얼마나 수고로운 삶을 살아냈을까. 눈시울이 젖었다.

 아, 나 좀 봐. 콜롬바 씨는 문득 시노드에 참석해야 한다는 생각이 들어 발길을 떼었다. 몇 걸음 비탈길을 오르고 있는데 사제 한 분과 청년 하나가 그네 앞을 지나 급히 뛰어 내려간다. 혹시 그 사람과 연관이 되는 것은 아닐까. 나처럼 시노드 회의에 참석하러 온 사람? 그네는 회의 시간 내내, 그에 대한 생각을 떨칠 수가 없었다.

 마침내 1부 회의를 마친 오후 7시. 사회자의 안내 방송이 들려왔다.

"잠시 안내 말씀드립니다. 갑자기 슬픈 소식을 전하게 되어 유감입니다. 바로 우리 시노드에 참석하러 오신 하평동 나 요한 주임 신부님께서 심장마비로 쓰러져 강남 성모병원으로 옮겼으나 이미 운명하셔서 지금 지하 성당으로 모셨습니다. 그분의 영혼을 위해 여러분의 기도를 부탁드립니다. 아울러 문화관에서 간단한 저녁을 들고 다시 2부 회의가 진행되겠습니다."

아아, 그랬었구나. 그분이 바로 사제이셨구나. 그네는 마음이 다급해졌다. 지하 성당으로 달려갔다. 강남 성모병원 구급차가 보였다. 지하에 내려가니 두 사람이 막 시신을 옮기고 있을 뿐, 가족들은 한 사람도 보이지 않았다. 그저 신부님의 시신만이 들것 위에 외롭게 누워 계셨다. 바로 그분이다. 그네는 오래전에 알았던 집안의 어른을 뵙는 것처럼 반가운 마음으로 다가가 얼른 성호를 그었다.

그네는 마음이 초조했다. 누군가 나타나기를 기다렸지만 아무도 오지 않았다. 조금 섭섭한 생각이 들었다. 어쩌면 그런 방송까지 했는데도 아무도 내려오지 않을까. 떠난 자가 사제라면 다른 신부님들도 내려오실 법도 하건만, 모두 육신의 양식이 더 바빴던 것일까, 물론 배가 고플 시간이었다. 그렇지만 그 방송을 들은 이상 이곳부터 와 보고 싶지 않을까? 자꾸만 야속하다는 생각이 들었다. 게다가 시신을 흰 천으로 덮었는데, 다리와 구두는 훤히 드러나 보였다. 기왕 좀 큰 천으로 덮어 드릴 수는 없었을까? 그것도 속이 상했다. 체구가 워낙 크시긴 하지만 아무리 저렇게 발이 다 나오게 덮는담! 그네는 더욱 연민을 느끼며 시신 곁에 혼자 서서 생각해 보았다.

하느님께서 그분의 임종을 지키도록 나를 부르신 뜻이 무엇일까. 감기 때문에 오늘 행사에 참석하지 못할뻔했는데 억지로 왔다가 그분을 만나게 된 것이다. 그런데, 가족은 왜 아직도 안 나타나는가. 가족이 없는 분인가? 그래서 하느님은 나를 보내셨는가?'

도저히 발길이 떨어지지 않아 배고픈 줄도 모르고 서 있자니 어떤 자매가 황급히 들어왔다.

머리는 희끗희끗, 그러나 산뜻하게 잘 차려입은 중로의 여인이 마구 울면서 뛰어들었다. 그 여인은 하얀 홑이불을 들추고 시신을 확인하더니, 안 돼요, 안 돼요, 신부님, 신부님, 안 돼요, 마구 울부짖으며 어쩔 줄을 모르다가 '아, 어서 본당에 알려야지.' 하며 나갔다. 아마 그 자매도 시노드 회의에 참석하러 온 신자인 것 같았다.

다음날, 그네는 신부님에 대해 알고 싶어 시노드 수첩을 뒤적거렸다. 나 요한(John Nyhan) 신부. 콜롬반 수도회 소속. 그제야 그분이 외국인임을 알았다. 아아, 그래서 그렇게 가족이 나타나지 않았구나. 그럼 나라도 또 가야지. 가서 연도를 바쳐야지. 그네는 더욱 심해진 감기에도 불구하고 두꺼운 옷을 챙겨 입고 명동 성당으로 나갔다.

그런데 이게 웬일인가. 어제와는 달리 지하 성당에 발 딛을 틈조차 없다. 추운 날씨, 게다가 월요일인데도 어디서 이렇게 많은 사람이 몰려 왔을까. 대여섯 살배기 아이들, 초등학교 어린이, 앳된 아가씨들, 청년들, 아저씨 아주머니, 할아버지 할머니, 그야말로 남녀노소가 다 모였다. 그들은 사제의 모습을 한 번이라도 더 보려고 다투어 앞으로 밀고 들어가며 울고 또 울었다. 그들은 그냥 한 사람의 죽음을 슬퍼하는 게 아니었다. 그야말로 오열이었다. 부모님 초상도 저보다는 덜할 것 같았다.

사제는 그새 하얀 제의로 갈아입혀 더욱 평안한 얼굴로 누워 있었다. 하얀 제의 밑으로 드러난 바지도, 구두도 어제의 그것들은 아니었다. 다행이다 싶었다. 곧 입관예절이 시작되었다. 주교님이 직접 오셔서 순서에 따라 예절을 집전했다. 울음소리가 그치질 않았다. 아니 통곡을 하고 있다. 어린이까지 합세하여 엉엉 운다. 이건 완전히 울음의 바다다.

도대체 어떤 관계였기에 저렇게도 슬피 울까. 그동안 성직자의 장례식에 몇 차례 참석해 보았지만 이렇게 우는 것은 처음 보았다. 남녀노소가 이토록 많이 모인 것도 처음 보았다. 예절을 마치고 나오는데 여기저기서 신부님 이야기를 한다.

"옛날 강원도에서 우리 신부님이셨어요. 진짜 좋은 신부님이셨어요."

"전 평화동에서 왔어요. 우리 신부님 이제 겨우 육십을 넘기셨는데, 아까워요. 너무 아까워요."

"저는 상평동에서 왔어요. 우리 신부님은 사랑 덩어리이셨어요. 완전히 예수님이셨어요."

"저는 하평동에서 왔어요. 우리 신부님, 지나치게 당신을 혹사하고 사시더니. 하느님이 좀 쉬라고 불러 가셨나 봐. 어떡하면 좋아!"

안타까워 죽겠다는 표정들이다. 옛날 모셨던 신부님의 입관식에 참석하려고 그 추운 겨울날 신자들이 불원천리 달려왔다면 물어보나 마나다. 그분이 얼마나 신자들을 사랑하고 얼마나 헌신적으로 사제 생활을 했는지 짐작이 갔다.

그네는 콜록콜록 기침을 해대며 기어이 장례미사에도 참석했다. 주교님은 말씀하셨다.

"내가 사제였을 때나 주교가 된 지금까지 성직자, 수도자들의 입관예절을 주관한 적이 많았습니다. 그때, 대개는 본당의 레지오 단원, 성모회원이나 가족들 외에는 별로 사람이 없었습니다. 그런데 이번에는 코 흘리는 어린아이부터 중고등학생, 대학생, 노인들까지 모두 와서 울었어요. 이런 자리는 처음입니다. 아이들이 신부님 입관식에 참석한 일도 처음이지만 이렇게 애통한 눈물을 흘리는 것도 처음입니다. 아마 앞으로도 이런 일은 없을 것입니다. 초등학교도 안 들어간 아이들이 사제의 입관식에 올 리도 없거니와, 왔다 하여도 무슨 눈물까지 흘리겠습니까? 요즘 같은 세상에 이런 일이 일어난다는 것 자체가 기적입니다. 60 넘은 노인이 그 어린 것들과 무슨 대화가 되었겠습니까만 남녀노소 가릴 것 없이, 오늘 우리는 그분의 죽음을 애통해하고 있습니다. 바로 이렇게 만든 분이 요한 사제이십니다. 그분은 어린이들 앞에서는 어린아이가 되어 그들과 함께 살았고, 노인 앞에서는 노인이 되어 그들과 함께 살았습니다. 그분은 특히 어린이와 노인을 사랑하셨습니다. 우리는 이런 사제가 필요합니다. 상평동 성당에서 하평동으로 분가할 때, 교구에서는 처음 그곳을 공소로 지정하려 했습니다. 그런데 그분은 그곳을 맡게 해 달라고 자청한 것입니다. 저는 아무 재정도 없는 그곳에서 어떻게 사목을 하려느냐고, 너무 힘들어서 안 된다고 말렸습니다. 그러나 그분은 가난한 사람들과 함께 하는 것이 너무 익숙해져서 아무렇지 않다고 기어이 그곳을 맡겠다고 간청하셨습니다. 그리고는 혼자서 온갖 일을 맡아 고생하시다가 선종하신 것입니다. 그분은 보좌 신부도 수녀도 없이 혼자 본당 일을 다 맡아 하시면서도 교구에서 회의가 있을 때마다 꼬박 참석하셨습니다. 그동안 우리 성직자 수도자들이 어떻게 하면 잘 살 수 있을까, 그것을 토의하기 위해 시노드를 준비해 왔고, 오늘은 그 개막 미사를 드리기로 했는데 그 자리에 오시다가 성당 앞 고갯길에서 쓰러지신 것입니다. 우리가 막 개막 미사를 시작할 때, 그분은 돌아가셨습니다. 하느님께서는 바로 그 시간, 가장 아름다운 속죄양 제물로 그분을 받아들이셨습니다. 바로 이분이 희생제물이 되신 것입니다…."

그랬었구나. 아, 그랬었구나. 그녀는 속으로 중얼거렸다.

"신부님. 개막식이 열리는 바로 그 시간에 시노드를 성공적으로 이끌어 달라고 속죄양이 되셨네요. 신부님께서는 살아오신 그대로를 그 질컥대는 겨울 벌판에서 보여 주셨습니다. 땅끝까지 복음을 전하려고 이 먼 한국에까지 흘러와 평생 고생하며 그토록 많은 사람을 인도하셨군요. 존경합니다. 감사합니다. 이제 주님 품에서 편히 쉬십시오."

며칠 후, 콜롬바 씨는 시노드 분과별 회의가 끝나기를 기다려 그분의 마지막 임지였던 하평동 성당을 찾았다. 그분이 보살피던 양 떼들을 만나 그분에 관한 이야기를 더 듣고 싶었다.

❖ 신자들의 증언

그는 어느 성당을 가든지 제일 먼저 신경 쓰는 일이 있었다. 교적을 펼쳐 놓고 신자들을 파악하는 것이었다. 그리고 신자들의 이름을 외웠다. 본명, 속명 할 것 없이 꼬박꼬박 외웠다. 어느 한 사람을 따로 외우는 것이 아니라, 한 가족 단위로 외웠다. 누구는 누구의 어머니고, 누구는 누구의 남편이고, 누구는 누구네 첫째 딸이고, 누구는 누구네 외아들이고, 누구는 누구의 손자이고, 누구는 누구의 삼촌이고…. 가족 단위로 거미줄처럼 늘이며 외웠다. 놀라운 기억력이었다. 그것 또한 그의 독특한 사목 방침이었다. 그리고 그 효과는 엄청난 것이었다.

그는 일단 틈이 나는 대로 신자들의 사진을 찍었다. 그는 사제관 출입구에 카메라를 놓아두고 언제든지 필요하면 꺼내왔다. 여러 사람이 회합을 하느라고 모여 있을 때도, 한두 사람이 상담하러 올 때도, 주일 학교 학생들이 마당에서 놀고 있을 때도, 하여간 기회만 있으면 카메라를 들이대었다. 어떤 이는 얼굴을 가리며 피하기도 하지만 어떤 이는 포즈를 취하며 서 있기도 하였다. 피하는 사람은 따로 기억했다가 적당한 기회에 스냅으로 찍었다. 사람들은 처음 그에게 이상한 눈길을 보냈다. 저 신부, 사진이 취미인가 봐. 저 사진에 드는 값도 만만치 않을 텐데. 저 사진을 다 빼서 뭐

하려고 저럴까. 당사자들에게 주기나 할까?

그런데 신기하게도 사진을 찍으면 며칠 후 당사자를 찾아 꼭 나누어 주었다. 그 사진을 계기로 한 번 더 만나고, 한마디 더 말을 나누었다. 평소 부모가 생활에 바빠서 이런저런 모습 사진 찍어 줄 겨를도 없이 지내던 아이들은 자기 사진을 받아 들고 모두 기뻐하였다. 아이들만이 아니었다. 청소년도 어른도 특히 노인도 아주 기뻐하였다. 신부는 그들이 기뻐하는 모습을 보는 것도 즐거웠지만 속셈은 물론 따로 있었다.

그는 수녀에게 그 사진을 주면서 이름을 적어 달라고 한다. 그것도 속명과 영세명을 꼭 함께 적어달라고 한다. 수녀가 모르면 사무장 또는 구역 반장 등의 협조를 얻는다. 아이들은 주일 학교 교사에게 부탁한다. 그렇게 해서 사진 밑에 하나하나 이름표를 달아갔다. 그리고 틈만 나면 사진첩을 보고 이름을 외웠다. 하루하루 머릿속에 입력되는 이름이 늘었다. 하루에 적어도 열 명은 외울 수 있었다. 이름을 외우고 나서 당사자를 만나면 너무나 반가워 얼른 이름부터 불렀다. 성명, 그리고 세례명 순으로 불렀다.

신자들은 신부가 부임한 지 얼마 안 되어 자기 이름을 척척 불러주는 바람에 무척 놀랐다. 아마도 자기가 특별히 관심받는 것인가 싶어 뽑힌 자의 기쁨을 누렸다. 그러나 얼마 안 되어 신부가 많은 사람의 이름을 불러주는 것을 보고 더욱 놀랐다. 아아, 보통 분이 아니시구나. 모두에게 관심을 보이시는구나. 잠시 오만했던 자신이 부끄러워지기도 했다.

아무튼, 강원도에서부터 하평동 성당까지 그분이 사목했던 곳 모든 신자들은 그의 기억력에 손발을 들었다고 입을 모았다. 더욱 깜짝깜짝 놀란 것은 아이들이었다.

"김민수 스테파노, 요셉 할아버지 감기 다 나으셨어요?"

"이승희 글라라, 엄마가 김영순 스텔라 씨 맞지요?"

아이들은 집에 와서, 신부님이 누구네 손자이고 누구네 딸이라는 것까지 다 알고 있다며 호들갑을 떨었다. 학교에서는 입학하고 얼마를 지나도 선생님이 자기 이름을 불러주지 않는데, 부임해 오신 지 얼마 되지도 않은 신부님이 자기 가족까지 다 꿰고 있으니 놀랄 수밖에.

"엄마, 신부님이 우리 할아버지 감기 좀 어떠시냬."

"엄마, 우리 신부님이 내가 엄마 딸인 것도 아시더라? 이제 미사에도 못 빠지겠어."

그는 사진을 이용하여 자기 나름의 교적을 새로 만들었다. 도톰한 공책이었다. 한 가정에 한 면을 할당하여 가족 단위로 이름과 필요한 사항을 미리 적어 놓고 사진이 찍히는 대로 하나하나 첨부했다. 그리고 혹시 친척이 되는 경우 맨 아래에다 누구네와 무슨 관계라고 써넣었다. 그는 꼭 조그마한 토막 연필을 사용했다. 보통 사람 같으면 진즉 버렸을 짧은 토막 연필이었다. 잘못된 것은 지우개로 지우기 위해서 언제나 연필로 썼다.

어디를 가나 본당을 옮기면 처음 몇 달은 그렇게 신자들 이름 외우는 일로 바빴다. 다른 할 일도 많았으므로 그에게는 하루가 너무나 짧았다. 잠시의 틈만 생기면 사제관 탁자에 앉아 자기 소유의 교적 정리에 여념이 없었다. 가위와 풀을 챙겨 놓고 손수 사진을 오려 가며 공책을 정리하고 그 사진을 보면서 이름을 외웠다. 그는 그 공책을 늘 손 가까이 지니고 다니면서 어디를 가서도 틈만 나면 그것을 펴보곤 하였다. 그리고 행여 그 공책을 잊어버릴세라 무엇보다 소중히 챙겨 간수하였다. 어쩌다 다른 곳에서 교적을 옮겨 오는 신자가 있으면 자기에게도 꼭 알리라 했다. 자기 공책에도 첨부해야 하니까.

그가 그런 식으로 워낙 철저히 교적을 정리하다 보니 사무실 교적보다도 그의 공책이 더 정확했다. 한번은 웃지 못할 일이 생겼다. 한 엄마가 어린아이를 데리고 왔다. 신부는 아직 머릿속에 입력되지 않은 아이라서 그 엄마에게 물었다.

"이 아기는 누구실까요?"

"네, 저희 아들인데요."

"그래요? 자매님은 삼남매뿐이잖아요? 루시아, 베드로, 소피아."

"네, 이 아이는 막내인데요."

"그럼 영세는 했어요?"

"네. 유아 세례 했는데요. 요셉이에요."

"네? 영세를 했다구요? 그런데 왜 내 공책에 없을까요?"

그는 늘 지니고 다니는 공책을 펴서 다시 확인해 보았다. 없었다. 그는 놀라 곧바로 사무장한테로 갔다. 그리고 교적을 확인해 보았다. 그러면 그렇지. 정말 없었다.

신부는 그 자매에게 언제 어디서 이 아이가 영세했느냐, 그 교회 이름은 기억하느냐, 모두 샅샅이 조사해서 아이의 교적을 복원해 내었다. 사무장도 아이 엄마도 그 일을 알게 된 모든 신자도 감탄해 마지않았다.

신자들과 면담을 하다가도, 함께 야유회를 가서 놀다가도, 뭔가 기록할 만한 것이 생기면 꼭 그 공책을 꺼내서 적었다. 그 큰 체구에 어울리지도 않게 그 조그만 토막 연필로 적고 또 적었다. 그런 그의 모습은 정말 많은 사람에게 감동을 주었다. 그런 노력이 없었던들 그가 그 많은 사람을 어떻게 그토록 단시일 내에 기억할 것인가. 많은 사제가 모든 신자들을 기억하는 것은 불가능하다고 아예 덤벼도 보지도 않는 일을 그는 해낸 것이다. 끊임없는 노력으로. 불굴의 의지로. 신자 수가 5000명이 넘던 평화동 성당에서도 그 일을 해냈으니 그 노력이 얼마나 컸으랴.

신자들을 하나하나 다 기억하고 있는 그는 어쩌다 신자들이 미사에 빠지면 금방 알아차린다. 그럼 그는 남성 신자나 할머니들에겐 직접 전화를 걸고, 젊은 여성 신자일 경우에는 수녀나 사무장에게 전화를 걸어 보라 시킨다.

그는 최근 몇 성당에서는 식복사도 없이 혼자 지냈다. 하평동 신자들은 신부님이 환갑도 넘기셨으니 이제 도우미 하나 두자고 해도 그럴 돈이 어디 있느냐, 그게 다 신자들 호주머니에서 나와야 하지 않느냐, 이제 혼자 생활에 익숙해져서 아무렇지 않다, 나는 나의 삶 자체를 봉헌해야 한다, 내가 편안한 상태에 있으면 봉헌할 것이 없어진다, 그런 내 마음을 제발 좀 이해해 주었으면 좋겠다, 하며 기어이 모든 것을 혼자 해결했다. 여름이면 선풍기 한번 안 틀고, 겨울이면 난방 한번 제대로 못 하고 방에서도 두꺼운 옷을 입고 살았다. 낡은 옷, 낡은 양말, 낡은 구두를 신고도 아무렇지 않게 거리를 활보하고 다니는 사람, 그러면서도 남을 위해서라면 모든 것을 아끼지 않는 사람. 그는 참으로 오늘날의 착한 목자였다.

한번은 어떤 신자가 신부님의 건강을 위해 골프 회원권을 선물로 드렸다. 그는 공손히 거절했다.

"감사합니다. 제가 뭐라고 이 비싼 선물을! 그러나 저는 그 마음만 받겠습니다. 진짜 받았어요."

"신부님, 요즘 세상에 이건 사치가 아니에요. 신부님이 건강하셔야 사목도 잘 하실 것 아닙니까?"

"그렇지요. 저도 알아요. 그런데, 이건 시간이 너무 많이 걸리는 운동이에요. 난 골프보다 등산이 더 좋아요. 한두 시간이면 충분하거든요. 골프는 거의 하루에요. 게다가 돈도 많이 들지 않아요? 한두 번 하는 것은 좋지만 자주 하다 보면 세속에 물이 들어요. 계절 따라 옷도 사야 하고, 신발도 사야 하고, 모자도 사야지요? 유행 따라 자꾸 사다 보면 우리 성당 돈 다 내가 가져가요. 하하하. 정말 고마워요. 마음은 받았다니까요."

그는 가는 곳마다 성당 뒤 짜투리 땅에 텃밭을 일구었다. 그는 사제로서뿐만 아니라 기계공으로서, 농부로서의 직분도 훌륭히 해냈다. 신자들도 동참했다. 풀을 뽑고 삽질을 하고 돌멩이를 주워 내고, 흙을 골라 이랑을 만들었다. 그가 씨앗을 뿌려 가꾼 야채들은 그의 정성을 먹고 잘 자랐다. 가뭄에도 끄떡없었다. 그들이 목마르기 전에 물을 길어다 목을 축여 주었다. 때로 할머니들이 호미를 가져와 김을 매어 주기도 했지만 거의 신부가 손수 가꾼 야채들이었다. 콩도 심고 고추도 심고 깻잎도 심었다. 거기서 난 소출은 어려운 할머니들께도 나누어드리고, 성모회를 통해 팔기도 해서 성당 신축금에 보태었다.

몇 곳 성당 신축을 하면서도 신자들에게 돈 이야기는 하지 않았다. 그냥 스스로 모범을 보일 뿐이었다. 끼니는 빵 한 조각으로, 우유 한 잔으로, 햇반 하나에 손수 가꾼 야채로, 그러면 충분하다는 것이었다. 그러다가 영양실조라도 걸리면 어쩌나, 신자들은 안타까워 음식 대접이라도 좀 하고 싶은데, 절대로 비싼 데는 안 갔다.

신부는 자기 방을 절대로 신자들에게 보이지 않았다. 신자들이 보면 자꾸 청소를 해 주려 하고 살림살이를 사 주려고 하니까 안 된다는 것이었다. 신자들이 자기에게 신경을 써서는 안 된다는 것이었다. 신자들은 오직 자기 삶에 충실하고, 자기보다 못한 이웃을 도와야 한다는 것이었다. 당신이 신자들의 마음이나 삶에, 걸림돌이 되면 안 된다는 것이었다.

그토록 자기 생활에 엄격했고 절제하는 습관은 이미 몸에 배어 있었다. 상평동 성당의 사제관은 가건물이라서 얇은 판자집이나 마찬가지였다. 여름에는 햇볕이 내려쬐어 완전히 찜통이었다. 아니 불구덩이라고 하는 게 옳았다. 그렇게 더운 속에서 그는 선풍기도 없이 살았다. 겨울에는 겨울대로 실내 온도가 십 도도 안 되는 공간에서 침대도 없이 궤짝 다섯 개를 얽어 놓고 잤다. 자기가 절약하지 않으면 남을 도울 수가 없다는 것이었다. 식복사를 두지 않아 모여지는 돈은 북한 어린이 돕는 데 보내고 있었다. 그는 "이웃을 네 몸같이 사랑하라."는 말씀을 뛰어넘어 '네 몸보다 더' 사랑하고 있었다.

그를 인간적으로 너무 안쓰럽게 여긴 신자들이 뭐 작은 것이라도 좀 도와 드리려고 하면 절대 사절했던 이유가 있었다. 하나둘 도움을 받기 시작하면 누구의 것은 받고 누구의 것은 안 받을 수도 없고, 그러다가 점점 넉넉함과 편안함에 맛 들이면 자기 영혼이 망가진다는 것이었다. 그것은 자기가 원하는 바가 아니므로 제발 자기를 지금 현재대로 그냥 두고 봐 달라는 것이었다. 그저 이웃을 돕는 데만 발 벗고 나서달라는 부탁이었다.

그는 오토바이를 타고 다니면서 주택가 쓰레기장에서 남들이 버린 물건 중 나무토막 하나라도 소용이 될 만한 것을 주워다 날랐다. 때로는 봉고차를 이용해서도 소용이 될 만한 것을 주워다 날랐다. 사람들이 '거지 신부님'이라고 별명을 붙여도 싱글벙글 웃었다.

"우리나라 쓰레기 처리 비용이 얼마인지 알아요? 내가 그 비용 조금이라도 덜었으니 애국자지요. 신자들 부담 덜어서 좋고. 안 그래요?"

그는 모든 연령대를 다 사랑했다. 어린이는 어린이대로, 청소년은 청소년대로, 젊은 사람은 젊은 사람들대로, 노인은 노인대로, 모두 자기네들을 제일 사랑한다고 믿었다.

아이들에겐 성당 뜰이 놀이터였다. 놀다가 그를 보면 반갑다고 달려왔다. 그때마다 그는 망토 자락을 펼쳐 품어주었다. 워낙 몸피가 커서 망토도 크다 보니 한 번에 대여섯 명도 함께 들어가 호호거렸다. 그도 즐겁게 웃으며 망토 주머니에서 초콜릿을 꺼내 주었다. 아이들은 또 그의 오토바이를 타고 동네를 한 바퀴 도는 것을 좋아하였다. 주일 학교 어린이치고 그의 오토바이를 안 타 본 아이는 하나도 없었다.

청소년들에겐 또 다른 묘책을 펼쳤다. 공부에 쫓겨 못 나온다는 것을 알고, 잠시 쉴 틈을 쪼개어 청소년 미사 시간을 한 대 더 마련한 것이다. 영어 미사였다. 미사 후에는 간단한 친목, 또래의 화제를 영어로 말하고 영어로 대답하게 시켰다. 서툴지만 즐거운 대화. 웃음소리가 그치지 않았다. 그 틈을 타서 사람됨의 도리를 가르쳤다. 인성교육의 중요성을 그는 알았다. 입소문이 나자 부모들이 앞장서 아들딸을 종용해 보내고, 한 번 가본 아이들이 친구를 불러내 중고등학교 학생들이 모두 나왔다.

노인들에게는 또 다른 특혜가 있었다. 해마다 봄가을 나들이를 계획했다. 그럴 때면 수녀나 사무장에게 꼭 명단을 확인해 보라고 시켰다.

"일이 있어서 못 가는 사람은 할 수 없지만, 돈이 없어서 신청 못한 사람도 있을 거예요. 그런 사람을 꼭 찾아봐요. 노인들이 돈 없어 못 가면 얼마나 섭섭하시겠어요."

그가 시키는 대로 신청하지 않은 노인에게 전화를 걸어본다. 신부의 짐작은 옳았다. 서너 명은 돈이 없어서 신청하지 않았다고 하는 것이다. 신부에게 명단을 보고한다. 신부는 그럴 줄 알았다는 듯이 미리 준비한 돈을 내주었다.

"자, 이것 사무실에 갖다 내고, 그분들껜 내가 냈단 말 하지 말아요. 그냥 성당에서 다 모시고 가기로 했다고 하세요."

오만 가지 것에 다 신경을 쓰는 신부님을 보면서 모두 놀라고 또 놀랐다.

놀란 것은 또 있었다. 신자들이 나오고 들어갈 때, 그처럼 일일이 맞고 배웅하는 사제를 본 일이 없었다. 그 큰 체구로 터억 버티고 서서 하나 하나 눈 맞추고 노인들은 손까지 잡아주며 맞이한다. 사람들이 물었다.

"신부님, 그렇게 일일이 챙기자면 힘드시지 않으세요?"

"아니요. 난 즐거운데요. 내가 게으름 부리면 마음이 더 힘들지요."

모든 일을 즐거움으로 했다. 언제 봐도 사랑이 넘치는 분. 그냥 사랑 덩어리였다. 신자들은 모두 신부님으로부터 자기가 제일 사랑받았다고 믿었다.

가난 속에 생활고로 시달리는 여인들, 남편의 따뜻한 위로의 말 한마디 못 들어 본 여인들, 누구 하나 돌봐 줄 사람도 없이 홀로 지내야 하는 병자들, 장애아들, 그 어떤 사람에게도 그는 꼬박꼬박 높임말을 쓰면서 인격적 대접을 했다. 그들이 심한 자학에 시달리다가 사제의 경어에 놀라고 애정 어린 관심에 놀라며 황송해 어쩔 줄 몰랐다.

그가 사목했던 성당마다 태어나서 처음으로 사람대접을 받아 봤다는 신자가 한둘이 아니었다. 그들은 그분 덕분에 자신을 사랑하게 되고 남에 대해서도 저절로 인격적인 존중을 하게 되더라고 했다.

그는 매일 새벽 미사 때마다 신자들의 영명축일을 기억해 주었다.
"오늘은 성요셉 축일입니다. 우리 본당에서도 그 세례명 가진 사람이 있지요. 요셉 형제 저기 나오셨군요. 잠시 일어서시겠습니까?"
영명축일이 한 사람인 경우는 그래도 괜찮았다. 어떤 땐 여러 명이 한 날인 경우도 있었다.
"오늘은 대천사 성 미카엘, 성 라파엘, 성 가브리엘 축일입니다. 우리 본당에서도 그분들 세례명 가진 사람을 축하해 줍시다. 사목회 일 보시는 미카엘 형제, 바오로 형제의 큰아들 미카엘, 요셉 형제의 둘째 미카엘, 세레나 자매의 막내아들 가브리엘… 우리 다 같이 그분들도 기억하면서 이 미사를 드립시다."
그리고 그런 축일에는 강론이 끝나면 그 신자들을 앞으로 불러낸다. 겨울 새벽 미사 같은 경우에는 신자 수가 몇 안 되니까 제대 앞에 둥글게 설 수 있다. 그렇게 세워 놓고 성찬식에 직접 참여하도록 한다. 제대에서 저만큼 떨어져 있다가 제대 앞으로 불려 나간 그들은 주님께 한 발 가까이 다가간 느낌이 든다. 신부의 경건한 성찬례를 보면서 가슴께가 훈훈히 더워 오고 잠깐씩 몸이 떨리는 것도 느껴 보았다. 신부가 "그리스도의 몸" 하고 말하면서 목이 메고 눈시울이 젖는 것을 목격하고 나면 어느 누군들 감동하지 않으랴. 아, 그분은 이렇게까지 주님을 사랑하고 있구나. 하고 생각하면서 자신의 신앙을 점검해 보지 않을 수 없었다.

그는 언제나 새벽 다섯 시면 성당에 나와 30분 동안 묵상을 하고 고해소로 들어갔다. 사람이 오건 안 오건 미사 전 30분은 고해소를 지키고 앉아 있는 게 또한 그의 오랜 습관이었다. 그것은 사제의 임무라고 생각했다. 고해를 보고 싶을 때 사제가 없으면 모처럼 회개할 기회를 놓치게 되지 않겠느냐며, 사람이 오건 안 오건 항상 고해소를 지켰고, 덕분에 그의 양들은 고백성사를 보기 위해 일찍 나갔다가 때를 놓치는 일은 없었다.

돌아가시던 날도 그 일을 충실히 마쳤다. 그리고 미사 시간이 되어 제단으로 나아갔다. 제대에 오르기 전 성당 안을 둘러보았다. 그런데, 신자들의 눈에 비친 그는 어딘가 이상했다. 미사 드리는 모습이 조금 아둔했다. 제대 위에 입을 맞추는데도 허리를 구부리지 못해, 보는 이를 안타깝게 했다. 아무래도 건강이 안 좋아 보였다.

그 날 강론의 내용은 화합과 용서, 그리고 감사에 대한 것이었다.

"…현대인은 모두 자기 생각만 하고 있어요. 개인 이기주의, 지역 이기주의, 우리 사회에 만연한 이기심 때문에 우리가 하느님 마음을 얼마나 아프게 해 드리고 있는지 생각해 보셨어요? 우리는 모두 한 형제, 하느님의 자녀예요. 서로 화해하고 용서하면서 살면 얼마나 좋은 세상이 되겠어요. 역지사지, 입장을 바꾸어 놓고 보면 이해 안 될 일이 없건만 모두들 자기만 생각하고 있어요. 우리 모두 다른 사람을 배려할 줄 아는 사람이 됩시다. 한쪽에선 배려하고, 한쪽에선 감사하고, 그러면 저절로 아름다운 세상이 되지요. 사람들이 감사할 줄 모르는 것도 큰 문젭니다. 그것은 부모 책임도 있어요. 어린 시절부터 감사할 줄 아는 마음을 심어 주어야 합니다. 어린 시절부터 몸에 배지 않으면 커서도 감사를 모르고, 알아도 표현을 못 합니다. 그러니 작은 일에도 감사할 줄 알게, 특별히 하느님께 감사할 줄 알게 어른들이 교육을 잘 시켜 주셔야 해요…."

그는 미사를 드리고 나서 신자들을 배웅하기 위해 성당 뜰에 서 있었다.

건강한 사람들이 먼저 나오고, 허리 굽고 등 굽은 노인들이 하나 둘 천천히 나왔다. 그는 평소처럼 신자들의 손을 잡으며 다정하게 인사를 하였다.

"이렇게 미사를 드릴 수 있으니 얼마나 좋은가요. 눈길 미끄러지지 않게 조심해 가십시오."

그런데 그의 손이 너무나 차게 느껴졌다. 겨울이라 그러겠거니 했지만 조금 심했다. 한 자상한 할머니가 신부의 손을 잡다가 깜짝 놀라 말했다.

"신부님. 손이 너무나 차세요. 얼른 들어가 쉬세요. 아이구, 얼음입니다."

"글쎄요, 이제 나도 고물이 되어서."

"신부님, 그런 말씀 마세요. 60이면 청춘이세요."

"하하, 그럼 할머니는 새색시이십니다."

그렇게 새벽 미사를 마치고, 잠시 들어가 쉬었다가 또 10시 미사를 드리러 나왔다.

그가 미사를 드릴 때, 역시 신자들의 눈에 그의 건강이 안 좋아 보였다. 허리를 제대로 구부리지 못하였다. 그러나 강론은 평소처럼 열심히 했다. 새벽 미사 때처럼 화합과 감사를 강조하였다.

미사가 끝났을 때 그는 평소처럼 일일이 손을 잡고 인사를 했다.
"이렇게 미사를 드릴 수 있으니 얼마나 좋은가요. 감사한 일이지요."

그런데 악수하는 사람마다 그의 손이 차다고 느꼈다. 겨울이라 그러거니 했다.

그날은 마침 각 가정에서 올 한 해 동안 쓸 초를 신청받는 날이기도 했다. 신자들이 주욱 서 있었다. 준비된 종이에 이름을 적고 초 몇 자루 등을 기록했다. 마리아 4개, 소피아 5개, 세레나 3개….

그러다가 그는 갑자기 마당에 있는 공동 화장실로 뛰어갔다. 가면서 어느 형제에게 다급히 부탁했다.

"이 공책 잘 가지고 있어요. 이거 없어지면 큰일 나요."

신부님이 신주 단지처럼 지니고 다니는 공책이었다. 오만가지 것이 다 적혀 있는 공책. 그것은 그의 일급 비서이기도 해서 모든 일은 거기 쓰인 대로 진행되었었다.

신자들은 그가 다급히 화장실로 가는 것을 보고 의아해했다. 무엇보다 공동 화장실을 가는 것을 처음 본지라 이상히 여겼다. 그런데

산 자와 죽은 자의 만남 117

상당한 시간이 흐른 뒤에야 화장실에서 나왔다. 그는 아무래도 건강이 좋지 않은 것 같았다. 숨도 후후 몰아쉬는 게 드러났다. 모두 신부님 어디가 안 좋으시냐고, 들어가 쉬시라고 했다. 그러나 그는 아무렇지도 않다며 성당 일을 다 마치고, 다시 성합을 조심히 싸 들고 오토바이를 타고 나섰다. 환자들에게 성체를 영해 주기 위해서였다.

환자나 장애인들은 미사에 참석하고 싶어도 나오지 못한다. 그들의 안타까운 마음을 헤아려 그는 어느 성당에서나 교중 미사만 끝나면 성체를 모시고 병자 가정으로 달려갔던 것이다. 누워서 지내는 노인들은 일요일마다 그의 오토바이 소리를 기다렸고, 성체를 받아 모시며 안온한 행복을 누렸다.

그는 떠나기 전, 장애우 바오로에게 전화를 걸었다.

"바오로. 잘 계셨지요? 오늘 거기 갈 날인데, 명동 성당에서 시노드 회의가 있거든요. 오늘은 도저히 안 되겠어요. 기다릴 것 같아서 전화했어요. 내일 갈게요."

그것이 하평동 성당 가족들에게 보인 마지막 모습이었다.

신부님의 선종 소식을 들은 신자들은 서로 부둥켜안고 울기를 몇 차례. 시간이 흐르면서 정신을 차려 신부님의 방을 정리하기로 했다. 살아계실 동안에는 누구도 들어갈 수 없었던 사제관. 때로는 궁금하기조차 했던 금단의 방을, 남녀 사목 위원 몇몇이 들어가 유품을 정리하기로 했다.

거실에는 온통 책뿐이었다. 신학, 철학, 고고학을 공부하신 분이었기에 원서도 많았지만, 논어 맹자를 비롯한 유교의 경전도 여러 권 꽂혀 있었다. 그리고 곳곳에 먼지가 쌓인 방. 가난이 뭉텅 배인 방. 그 속에서 찾아낸 것은 각종 단체에 보낸 후원회비 영수증들. 신자들에게서 받은 수많은 카드와 편지 다발. 여러 권의 사진첩. 신자들은 그 사진첩을 보고 너무나 놀랐다. 그가 만난 모든 신자의 사진과 여러 가지 기록이 빼곡히 들어있는 사진첩. 그것도 근무하셨던 성당별로 다 정리되어 있었다. 그리고 또 있었다. 그분만의 독특한 교적 공책. 강원도에서 하평동 까지 그가 사목하던 일곱 군데의 신자들이 일목요연하게 정리된 공책. 가족 단위 사진이 붙어 있고 기억을 도우려 토막연필로 몇 마디씩, 몇 줄씩 써넣은 일곱 권의 공책. 신부님이 평소 그 공책을 얼마나 애지중지하셨던가를 그들은 알았다.

옷가지도 몇 벌 없고, 값나갈 귀중품은 더더욱 없고, 그야말로 가난이 뭉텅 배인 그 방에서, 다른 어디서도 만날 수 없는, 도무지 그 가치를 따질 수 없는 유품들을 정리하며 신자들은 뜨겁게 울었다.

성당 뜰에는 또 다른 유품이 있었다. 신부님이 노인들 모시고 소풍 다니던 봉고차, 그리고 어린이들 태워주던 오토바이. 노인들은 차를 어루만지며 울었고, 어린이들은 오토바이를 통통 치며 울었다.

❖ 밤하늘의 달무리

하평동 성당에 갔다가 내친김에 상평동 성당까지 들러 신자들의 증언을 듣고 돌아온 그네는 신부님께 더욱 매료되어, 콜롬반 수도회에 대해서, 나 요한 신부님에 대해서, 계속 이리저리 알아보았다.

아일랜드 출신인 콜롬반 성인의 유지를 받들어 유난히 금욕과 청빈을 중시한 수도회. 문명의 혜택이 적고 여러 가지로 낙후된 벽지를 찾아 어둠 속에 처해 있는 주민들에게 하느님을 전하고 희망을 전하자는 데에 목적을 두고 세계 각지로 선교사를 파견한 수도회. 우리나라에는 1933년부터 여러 명의 선교사가 들어와 스스로 가난을 살며 많은 열매를 맺었고, 특히 나 요한 사제는 1966년 24세의 나이로 들어와 처음엔 춘천교구 소속으로 강원도에서 사목하다가, 서울교구로 옮기게 되어 여러 곳의 본당을 맡았다는 것도 알게 되었다

그날 밤늦은 시간, 콜롬바 자매는 중랑천 산책을 나갔다. 요한 신부님을 생각하며 한 걸음 한 걸음 걸었다. 이국땅에 와서 성인처럼 살다 가신 신부님. 사진 속의 신부님 얼굴을 떠올리며 걷고 또 걸었다. 그러다가 으스름 달빛에 무심코 하늘을 보았다. 그런데 저럴 수가! 말로만 듣던 달무리가 너무나 뚜렷이 달 주위를 에워싸고 있었다. 달은 분명 자그마한 그믐달인데 크고 또렷한 원광이었다. 아니, 저럴 수가! 단 한 번도 본 일이 없는, 말로만 듣던 원광이었다.

신부님, 나 요한 신부님!

그네는 자기도 모르게 그 원광을 바라보며 신부님을 불렀다. 장례식에서 들었던 주교님의 말씀이 생각났다. 시노드의 희생제물로 신부님이 봉헌되신 거라고! 맞아요. 정말이군요. 그네는 혼잣말로 속삭였다.

신부님, 나 요한 신부님, 시노드가 성공을 거둘 수 있게 도와

주십시오. 우리 교회, 하느님의 백성들, 이대로는 안 됩니다. 모든 사제, 수도자, 평신도들이 합심해서 거듭나야 합니다. 콜롬바 자매의 눈에 눈물이 고였다. 달무리 속에서 나 요한 신부님이 걱정스러이 바라보는 것만 같아 가슴이 화끈 더워 왔다.

그녀는 시노드의 필요성을 절감하고 3년 동안 준비 단계에서 단 한 번도 회합에 빠지지 않았다. 하지만 시기상조라고 그 모임에 협조하지 않는 사제들도 많아 안타까웠다. 평소 청소년분과의 시노드 모임은 종로성당에서 있었다. 고맙게도 담당 주교님은 열성적으로 그 모임을 이끌어 주셨다. 그동안 대주교님께서는 시노드 모임에 대단한 열성을 보이셨고, 마지막 강론 때는 거의 눈물로 하소연하셨다.

"…우리는 달라져야 합니다. 쇄신되어야 합니다. 광야 체험을 하던 사람들이 결국은 하느님을 배반하지 않았습니까? 지금 우리가 그런 모습을 보이고 있습니다. 안타까운 일입니다. 여러분, 부디 이 일에 다 같이 힘을 모읍시다…."

콜롬바 자매는 이제 아무 의심 없이 믿게 되었다.

바로 이러한 상황에서 나 요한 신부님이 희생제물로 바쳐진 것이라고. 하느님께 뽑혀 가신 나 요한 신부님은 또렷한 달무리로 떠서 이 모임을 인도해 주시는 것이라고.

다음 순간 그녀는 이상한 생각이 들었다. 이 세상에 우연이란 없는 것인가? 왜 하필 나의 영세명이 콜롬바인가. 그 이름은 바로 나 요한 신부가 소속해 있는 수도회의 주보이신 콜롬반 성인의 이름을 여성 이름으로 바꾼 것이 아닌가.

생각은 꼬리에 꼬리를 물었다. 콜롬반 성인과 나 요한 신부님과 나. 우리는 영적 가족으로 엮여 있는 것인가? 그래서 하느님은 감기로 앓고 있는 나를 기어이 일으켜 명동으로 보내신 것인가? 눈보라 치는 길거리에 쓰러진 나 요한 신부님의 임종을 지키게 하신 것인가. 그렇다면 이제 나 요한 신부님은 나의 영적 아버지가 되신 것인가?

아, 그렇구나. 내겐 아직 영적 아버지로 모실 신부님이 없었는데, 하느님께서 이분을 맺어주신 것이구나. 그럼 나도 사명감을 가져야. 요즈음 청소년들, 이대로는 안 된다. 모두 하나나 둘만 낳아 왕자처럼 공주처럼 키운 우리 부모들의 책임도 크다. 남에 대한 배려란 조금도 없고, 모두 저만 위해주기를 바라는 청소년들. 친구 하나쯤 '왕따'시켜 궁지에 몰아넣고도 무엇이 잘못인지도 모르는 청소년들. 그러다가 조금만 어려운 일 닥치면 목숨을 초개같이 버리는 청소년들. 이대로는 안 된다. 교회가 앞장서 그들을 구해야 한다. 부모가 못하고, 학교가 못하면, 교회가 앞장서 구해야 한다. 기도하자. 하느님께 지혜를 주시라고 기도하자. 이제 나는 든든한 백이 생겼으니 무엇을 걱정하랴. 나 요한 신부님께 내가 할 일을 가르쳐 주시라고 부탁드리자.

그녀는 두 손을 모았다. 요 며칠 시노드에서 토의하고 채택했던 실천 덕목들이 하나하나 떠올랐다. 그녀는 뜨거운 사명감으로 희망에 부풀었다. ✱✱

2012년 펜문학 여름호

기다림

"엄마, 오토바이 소리가 나요. 얼른 나가 보세요. 신부님 오셨어요."

바오로의 다급한 목소리가 첫 새벽의 문을 연다. 요즈음 들어 자주 있는 일이다. 어머니는 가슴이 미어진다. 오토바이는 아니라도 그분이 오실 때마다 울어대던 까치 소리라도 한번 들어봤으면!

바오로는 제대를 며칠 남겨놓고 트럭에 치이는 대형 사고를 당했다. 담당 의사가 소생이 어렵겠다고 하자, 어머니는 서둘러 대세를 받게 했다. 다행이랄까, 불행이랄까. 전신이 마비된 채 오랫동안 입원했다가 집으로 왔다. 오직 뇌 장애만 없는 몸으로 누워서 산 지 이십 년. 그것도 옆으로는 누울 수 없고, 반듯이 눕는 것과 엎드리는 것만 가능하다.

어머니는 아들 수발에 긴 외출 한번 못 해보고 묶여

산다. 식사 시중, 대소변 시중, 전화 시중, 시간마다 엎었다 뒤집기, 말동무…. 참으로 죽지 못해 산다.

그런 중에 몇 해 전 그분이 나타나 모자에게 희망을 주었다. 그분 말씀대로 감사와 기쁨이란 단어를 배웠고, 기다림을 배웠다. 모자는 그분 기다리는 낙으로 살았다. 그분은 몸집도 크고 눈도 큰 아일랜드 신부님이었다. 그곳 도봉동 성당에 부임해 온 뒤, 바오로의 처지를 알고 일부러 틈을 내어 찾아 주셨다. 성당에 나갈 수 없는 두 모자는 가끔 들러 주시는 신부님의 복음 말씀을 듣고 성가를 부르면서 신앙생활을 유지할 수 있었다.

그뿐인가. 성당에 나올 수 없는 모자를 위해, 한 달에 한 번 성체를 모시도록 배려했다. 때가 되면 하루 전날 전화로 알렸다. 몸 깨끗이 닦고 기도하고 있으라고! 약속은 철저히 지켰다. 정해준 시간에 꼭 오셔서 모자에게 고백성사를 봐 주고 성체를 나누어 주셨다.

그분은 빈손으로 오는 법이 없었다. 과자를 사 오기도 하고, 철 따라 과일을 사 오기도 하고 어머니가 좋아하는 떡도 사 왔다. 그분은 바오로 침대 한쪽에 앉아서 늘 바오로의 손을 잡고 이야기를 했다.

"저 구름도 흐르지 않으면 구름이 아니고 물도 흐르지 않으면 물이 아니지요. 그러니까 좋지 않은 생각일랑 다 흘려 버려요. 하느님만 믿고 하느님 나라만 생각해요. 그러면 기쁨이 오지요."

"하느님이 계신다면 제게 왜 이런 아픔을 주느냐 말에요. 저는 억울해요. 제가 다시 좋아진다는 보장은 없잖아요. 이러고 평생을 살 생각을 하면 끔찍해요. 저는 하느님이 원망스럽기만 해요."

"원망은 안 돼요. 다 이유가 있겠지요. 기도하다 보면 깨달을 때가 올 거예요. 오히려 감사를 드려야지요."

"네? 감사를 드리라고요?"

"그리스도인은 감사할 줄 아는 사람이에요. 바오로를 하느님 백성으로 불러 주신 것, 바오로를 돌봐줄 어머니가 계시다는 것, 바오로가 말할 수 있다는 것, 얼마나 감사한 일입니까. 그리고 어때요? 바오로 씨, 나 좋아하지요? 나를 아버지로 둔 것도 감사해야지요. 하하하. 그러니 바오로. 미운 맘 다 흘려보내고 좋은 일만 생각해요. 누워서도 좋은 일 할 수 있어요. 어머니랑 이웃을 위해 기도해요. 어려운 사람 많아요. 그러면 마음이 기뻐질 거예요."

"저는 가끔 신부님을 위한 기도는 해요."

"아, 그래요? 고마워라. 그래, 뭐라고 기도하나요?"

"우리 아버지 신부님, 모든 사람에게 존경과 사랑받는 신부님 되게 해 주세요. 그렇게 하지요."

그런데 뜻밖에도 신부님은 그 큰 눈을 더 크게 뜨며 말씀하셨다.

"바오로. 나를 위해 기도하려면 그 기도 고치세요."

"네? 왜요? 어떻게요?

"우리 아버지, 하느님께 사랑받는 신부 되게 해 주세요. 라고."

바오로는 그날, 그분이 진정으로 원하는 것이 무엇인가를 알았다.

바오로는 신부님을 견진 대부로 모신 것을 몹시 영광스럽게 생각한다. 신부님이 그곳 본당에 오시고 얼마 안 되어 견진성사가 있다고 했다. 바오로는 신부님께 견진성사를 받고 싶다 했다. 그러나 대부를 서 줄 사람이 마땅히 없었다. 그래서 신부님께 대부가 되어 줄 수 없는가 여쭈었다. 원칙적으로 사제는 대부가 될 수 없는데, 바오로가 원한다면 그렇게 해 보자고 하셨다. 그 날 도봉동 성당에 추기경님이 오시고, 그는 휠체어를 타고 가서 예식에 참석했다. 추기경님과 함께 식을 진행하던 신부님이 자기 차례가 되자, 얼른 자기 뒤로 와서 서시며 '제가 대붑니다'라고 말씀하셨다. 추기경님이 주춤하다가, 고개를 끄덕끄덕 하시며 안수를 해 주셨다. 그 날 이후 바오로는 신부님을 아버지로 모시고 있다. 최고의 영광이라 생각하면서.

신부님이 오토바이 사고로 입원했을 때, 가장 마음 아파한 사람도 바오로였다. 그분은 퇴원하신 후 건강도 아직 다 회복되지 않은 상태에서 바오로를 방문하셨다. 그때 하신 말씀.

"바오로, 나 누워 있으면서 바오로 생각 제일 많이 났어요. 단 며칠만 누워 있어도 답답해 미치겠는데, 이 생활을 바오로는 이십 년 넘게 하고 있구나, 싶으니까 바오로 마음을 더 많이 이해하겠고 조금 미안한 생각도 들었지요. 앞으로 내가 더 자주 올게요."

그는 신부님이 오시는 날을 기다렸다. 오직 삶의 기쁨은 그것뿐. 직접 오시는 것은 한 달에 서너 번이지만 전화는 매일 주셨다. 미사시간을 피해 바오로가 직접 전화를 걸기도 했다. 물론 어머니의 도움을 받아서이기는 하지만.

"신부님, 지금 뭐 하세요?"

신부님은 대개 기도를 드리고 있거나 책을 읽고 계신다고 했다. 전화벨이 다섯 번 울려도 안 받으시면 전화를 얼른 끊었다. 바로 그때는 기도 중이거니 싶기 때문이다.

"신부님. 오늘 날씨가 너무 더워요. 에어컨 좀 틀고 지내세요."

"아, 괜찮아요. 따뜻해서 좋아요."

어느 날은 날씨가 너무 추워 일부러 전화를 걸어 말씀드렸다.

"신부님. 오늘 저녁 영하 15도 넘는대요. 보일러 좀 틀고 주무세요."

"아, 걱정하지 말아요. 콧날이 시원하니 좋습니다."

신부님은 걱정도 없고 불평도 없었다. 그냥 다 좋다고 하시고 다 감사하다고만 했다. 사제는 청빈해야 하는데, 일반인들처럼 모든 것 다 만족하게 살면 안 된다는 것이었다. 이따금 레지오 단원들이 기도하러 오면 신부님의 이야기로 꽃을 피웠다.

"그런 사제는 드물지요. 우리 복이에요. 바오로 형제뿐 아니라 어려운 사람, 소외된 사람, 틈만 나면 개인 방문을 하셔요. 심장이 안 좋으시다고 해서 걱정이지요. 아무리 더워도 에어컨은커녕 선풍기도 안 틀어요. 추운 겨울에도 사제관에 들어서면 확 냉기가 돌아요."

그래서 바오로는 너무 덥거나 너무 추우면 자연히 전화를 걸게 되었다. 그래도 신부님은 괜찮다고만 하셨다. 신부님은 미운 사람도 없었다. 한번은 농약 뿌린 채소 이야기를 하다가 바오로가 호되게 불평을 했다.

"자기네 먹을 것은 따로 짓고 서울로는 농약 뿌린 걸 보낸대요. 그런 나쁜 놈들이 어딨어요. 다 총살시켜야 해요."

"에? 총살? 그런 소리 말아요. 그 사람들이 농사지으니까 우리가 먹고 살지요. 얼마나 고마운 사람들인데요. 다 하느님이 주신 생명인데 총살이라니, 그런 말 입에도 담지 말아요. 그런 마음도 먹지 말아요."

신부님은 남 흉보는 것을 용납하지 않았다. 어떤 때 전화하다가 속이 상해서 남 흉을 좀 보면 금세 목소리가 변하면서 '바오로, 끊으세요. 전화 끊으세요', 하고는 전화를 딱 끊기도 하였다. 흉보는 것 외에는 다 들어주셨다. 항상 그가 말하고 신부님은 들어 주셨다.

바오로를 방문하는 날은 세상 이야기를 들려주셨다. 외출을 못 하는 그로서는 신부님의 이야기가 늘 흥미로웠다. 신부님은 주로 오토바이를 몰고 오셨는데 집으로 올라오는 골목에서 부릉부릉 소리가 나면 신부님이 오시는구나, 하며 기쁨에 들떴다. 대개는 그 날 아침 어머니가 "신부님 오시려나 보다, 까치가 와서 운다."라고 말씀하셔서 은근히 기다리곤 했다.

한번은 전철 안에서 있었던 이야기를 들려주셨다.

"전철을 탔는데, 젊은 지체 부자유자가 내 곁으로 와서 앉았어요. 그러더니 다짜고짜 예수님은 언제나 오시느냐고 묻는 거예요. 예수님은 우리 마음에 와 계시지요. 하고 말했지만, 그 청년이 어찌나 마음에 걸리는지 내려서도 한참 동안 슬퍼하며 걸었지요. 지금 장애를 가진 사람들이 너무 많아요. 문명이 발달하면서 우리가 만든 기계에 너무 많은 사람이 목숨을 잃고 몸을 다치기도 합니다. 하지만 그런 일로 예수님을 원망하면 안 돼요. 예수님의 십자가 고통을 생각해 보세요. 다 받아들이고 기쁘게 살아야 해요. 안 그러면 더 괴로워져요. 기도하고 성가 부르고 누워서도 얼마든지 신앙생활하며 기쁘게 살 수 있어요. 자신을 위해서도 기도하고, 남을 위해서도 기도해요. 그게 봉사예요. 누워서도 남을 위해 봉사하고 기도할 수 있으니 얼마나 좋아요. 그게 바오로에게 제일 기쁜 일이 되어야 해요."

그는 신부님 덕분에 남을 위해 기도하는 법을 배웠다. 신문을 보다가도 불쌍한 사람이 있으면 그를 위해 기도했다. 연미사도 많이 드렸다. 신부님은 바오로가 요구하는 것은 안 들어 준 것이 없었다. 할아버지와 아버지를 위해 연미사 한 대 드려 주세요. 묘소에 가서 기도해 주셔요. 마침 할아버지와 아버지의 산소는 도봉동에서 가까운 천주교 묘지에 있었다 신부님은 정말 어머니와 함께 가 주셨다. 그리고 혼자서도 자주 가신다고 했다.

신부님이 본국에 가실 때는 바쁜 일정을 쪼개어 일부러 들러 주셨다.

"바오로. 내가 아일랜드 본국에 갑니다. 두 달 후에 와요. 그러니 그동안 몸조심하고 기도 열심히 하고 있어요. 나쁜 생각 하지 말고, 기도 열심히 하고 있어야 해요. 그래야 내가 잘 다녀올 수 있어요. 알았지요?"

두 달 동안이나 신부님을 뵐 수 없다니! 바오로는 신경이 살아남은 엄지 검지 두 손가락으로 신부님의 손을 꽉 잡고 오래도록 놓지 않았다. 신부님이 오실 때마다 그렇게 신부님의 손을 잡고 행복했는데, 두 달이나 그 일을 못 하게 되다니!

떠나신 뒤 얼마 안 되어 싱가포르에 계시다며 전화를 하셨다.

"아니, 왜 싱가포르로 가셨어요? 신부님 고향은 아일랜드 아니에요?"

"직접 가는 것은 비싸니까 둘러서 가요. 갈아타고 가면 싸거든요."

신부님은 가는 곳마다 전화를 주셨다. 온갖 사람들 다 돕고 다니면서 비행깃값까지 아끼느라고 멀리 돌아서 가시는 신부님을 자기는 이해할 수 없었다. 장애자, 독거노인, 백혈병 어린이, 신부님은 누가 말만 하면 다 돕고 다녔다. 그런 분이 자신에게 쓰는 돈은 왜 그리 아끼는지. 싼 비행기를 갈아타고 가시는 것도 속상한데, 또 비싼 요금 물며 가는 곳마다 국제전화를 주시다니!

신부님이 떠나실 때 바오로는 그냥 헛일 삼아 부탁한 게 있었다. 파리 루르드 성당에 가서 기적의 물 좀 구해 오셔요. 티브이에서 아일랜드 '록 성당'을 소개하던데요. 꼭 구경해 보시고 와서 이야기해 주세요.

신부님은 두 달 만에 돌아오셨는데 시차 적응도 되기 전 바오로를 방문하셨다. 루르드 성당의 기적수는 물론, 록 성당의 사진도 갖다 주셨다. 어머니에게도 장미 묵주를 사다 주셨다. 향기가 좋았다. 신부님은 루르드 성당이며 록 성당에서 보고 들은 것을 재미나게 이야기해 주셨다. 그리고 아일랜드에 가서 쌀을 사다가 한국식으로 밥을 짓고 어머니가 준 김에 싸서 누님과 함께 맛있게 먹었다는 이야기도 하셨다. 바오로는 몹시 기뻐하면서 한마디 거들었다.

"아이고, 신부님. 그 김은 맥주 안주로 좋은데, 고모님이랑 맥주 안주로 드시지."

"난 술은 못 하니까요."

"아니, 신부님들 다 술 좋아하시던데 왜 못해요?"

"사제 서품받을 때 맹세를 했거든요. 술을 마시고 실수하는 사람들을 많이 봐서 역시 술은 안 하는 것이 좋겠다 싶었어요. 그때 하느님께 맹세한 것이라 안 지킬 수가 있어야지요. 사제 되면서 끊고, 한국에 와서부터 한 번도 안 마셨어요."

그는 신부님이 오실 무렵이면 꼭 꿈을 꾸었다. 감나무에서 까치가 울지 않더라도 꿈을 꾸었기 때문에 오늘쯤 오시리라는 것을 짐작하곤 하였다.

신부님 오시면 고백성사도 봐야 하니까 목욕재계하고 기다려야 했다. 대개 2시쯤 오셨기 때문에 그 날도 그 시간에 오실 것만 같아 어머니에게 어서 목욕을 시켜달라고 부탁했다. 그러나 어머니가 미루다가 늦게야 목욕을 시켜주고 있었다. 그런데 바로 그때 신부님이 오신 것이다. 발가벗고 있는데 신부님이 오신 것이다. 발가벗은 모습을 처음으로 신부님께 보였다. 뼈밖에 없는 초라한 모습. 얼마나 창피했는지 눈을 바로 뜰 수가 없었다.

"허허, 우리 아들 옷 벗은 모습을 처음 보네요."

신부님은 아무렇지도 않은 듯 허허 웃었다. 그 웃음소리에 덩달아 기분이 풀렸다.

두어 달 전, 그 억장이 무너지던 날 새벽에도 꿈을 꾸었다.

여자들 네 명이 흰옷을 입고 신부님을 모시고 어디로 가고 있었다. 신부님은 영국신사같이 모자를 쓰고 하얀 사제복을 입고 걸어가셨다. 복사 둘이 앞에 서고, 둘은 뒤에 서서 신부님을 보호하며 걸었다.

"신부님. 어디 가세요?"

"응, 좋은 데."

깨고 보니 새벽 4시였다. 이상한 생각이 들었다. 신부님이 어디를 가시는 것일까? 아마 우리 집에 오시려나? 하면서 다시 잠이 들었다. 한잠 자고 일어나니 뉴스에서 밤새 폭설이 내렸고 기온이 뚝 떨어졌다고 했다. 아, 신부님이 보일러 좀 틀고 주무셨으면 좋은데, 하고 생각하고 있는데 전화가 왔다. 오늘 바오로에게 가려 했는데, 명동 성당에서 회의가 있어 못 가겠다고, 내일 가마고.

그런데 이상했다. 몸 상태가 너무나 안 좋았다. 밤새 눈이 많이 내렸기 때문인가. 여기저기가 쑤시고 아파 견디기가 힘들었다. 아파서 눈물이 났다. 내일이면 신부님 만날 생각만 하며 참고 기다리다 보니 오후가 되었다. 그때, 한 교우로부터 전화가 왔다.

"바오로 씨, 신부님이 돌아가셨대요. 명동 성당 회의에 가시다가 눈보라에 쓰러지셨대요. 그길로 돌아가셨대요. 심장마비래요."

바오로는 기가 막혔다. 도무지 믿을 수도 없었고 받아들일 수도 없었다. 정말 하느님이 계시다면 이럴 수는 없다. 오직 그분 오시기를 기다리는 것을 낙으로 삼고 있는 나에게, 이럴 수는 없다. 심술꾸러기도 유분수지. 도대체 하느님은 뭐하시는 분이야. 바오로는 침대에 누운 채 울고 또 울었다. 밥도 먹히지 않았다.

바오로는 밤마다 꿈속에서 신부님을 만난다. 그분이랑 미사도 드린다. 그 행복을 붙들고 싶어 조금이라도 더 잠을 자려고 노력한다. 그런데 꼭 오토바이 소리가 그를 깨운다.

그날 아침. 그렇게도 기다리던 까치가 와서 울었다. 칠순 노모는 창밖 느티나무 우듬지를 올려다보았다. 정말 까치가 두 마리 앉아 있었다. 요즈음 아들 따라 식사를 제대로 못 했더니 헛것이 보인 것일까?

침대에서 아들이 부르짖는 소리가 들린다.

"신부님, 저도 오토바이 태워 주세요. 저랑 함께 가요 함께!" **

2016년 《한국소설》

도나다 수녀의 증언

도나다 수녀는 가슴에 조그마한 피에타상 하나를 안고 나왔다. 성모님이 예수님을 안고 있는 좌상이었다. 밑바닥에 쓰인 글씨를 보라고 내민다.

도나다 수녀님
주님 안에 늘 머무르시기를
나 신부가 기도함

"이게 제가 평내동 성당을 떠날 때 주신 선물이에요. 이 독특한 피에타상을 어디서 구했는지 모르겠지만, 그보다도 이 딱딱한 동판에 이렇게 많은 글씨를 새기자니 얼마나 힘드셨을까요. 내내 저를 생각하면서 글씨를 팠을 신부님의 정성이 정말 고마웠어요. 그곳 떠나고 나서 여러 가지로 힘들 때, 늘 이 상을 보면서 마음을 가라앉히곤 했지요. 그분 곁에 있었던 사람들은 한결같이 자기가 제일 사랑받은 사람이라고 생각해요. 그게 제일 우스워요. 다 자기를 제일 사랑해 주셨다고 하니, 그분이 누구도 차별하지 않고 얼마나 큰 사랑을 베푸셨나 짐작하시겠지요?"

도나다 수녀는 <생활 성서>에서 근무하다가 처음으로 나온 평내동 성당에서 나 신부를 만났다. 오래전, 춘천 후평동 본당 주임 신부로 계실 때 신부님의 추천을 받아 수도회에 들어간 인연이 있기에 무척 반가웠다. 그 당시도 워낙 신자들을 사랑해 모든 사람이 다 따르고 존경했던 분을 본당에서 만나게 되었으니 큰 행운이었다.

멀리 있는 사람에게 존경받기는 어렵지 않다. 그러나 가장 가까이 있는 사람에게 존경받기는 쉽지 않다. 사회에서 존경받는 어른도 집안에서는 미움받는 경우가 많다. 그러나 나 신부님은 가장 가까이 있는 사람에게서 더욱 존경을 받았다. 이것 하나만으로도 그의 인품을 짐작할 수 있지 않겠는가.

수녀는 그를 돈 보스코 성인과 같은 분이라고 떳떳이 말했다. 한 사람 한 사람을 만나면 이 지구상에 그 한 사람뿐인 양 그를 인격적으로 대접하였다. 시골 사람들, 특히 여자들은 농사짓고 살림이나 하면서 인격적 대접이란 생각지도 못하고 살았다. 그런 촌부에게도 신부님은 깍듯이 인격적인 대접을 했고, 심지어 어린아이들에게도 반말 한번 쓰지 않으면서 존대를 했다.

한번은 신자들과 함께 산에 간 일이 있었다. 신부님은 어딜 가나 꼭 간단히 즉흥적으로 강론을 하셨는데 그 날 일이 오래도록 잊히지 않았다.

사람들이 모여 앉은 자리 옆에 큰 나무가 하나 서 있었다. 신부님은 누구 하나 저 나무에 기대어 서 보라고 했다. 누군가가 나가 기대어 섰다.

"여러분, 여기 남아 있는 우리는 다 착한 사람이고, 저기 있는 저 사람 하나만 죄인이라고 합시다. 자, 그러면 저 한 사람 때문에라도 예수님이 구원하러 오셨을까요, 안 오셨을까요?"

모두 멍하니 서서 대답을 못 하고 있는데 신부님은 말씀하셨다.

"무엇을 망설이십니까? 예수님은 오시지요. 저 한 사람 때문에도 오십니다. 예수님은 그런 분이십니다. 그토록 여러분 모두는 그분에게 소중한 존재이고, 사랑받는 존재입니다. 눈에 넣어도 아프지 않을 사랑하는 자녀들입니다."

그 순간이 얼마나 엄숙했는지, 하여간 여럿이 앉았던 사람이나, 혼자 나무에 기댄 사람이나 모두 눈물이 글썽해서 아무 말도 못 했다. 신부님은 침묵을 깨고, 촉촉이 젖은 음성으로 또박또박 말씀하셨다.

"여러분이 얼마나 귀한 존재라는 것 이제 아시겠지요? 서로 존중하고 사랑하십시오."

사람들도 여기저기서 젖은 음성으로 대답했다.

"네. 네. 감사합니다. 신부님!"

"이 못난 것이 신부님 덕분에 사람대접을 받습니다."

"우리 남편이 이런 말씀을 들어야 하는데…."

그분은 완전 백지상태에서 새로운 것을 모색하신다. 그런데도 이루어진다. 지성이면 감천이란 말이 꼭 나 요한 신부에게 해당하는 것 같았다.

신자들과의 관계에서도 그랬다. 그들의 고통을 들으면 지극정성으로 기도해 주신다. 도무지 이루어지지 않을 것 같은 것도 지극정성으로 기도해 주신다. 그러면 어느 날 그 일이 해결된다. 당사자는 기뻐서 감사헌금을 한다. 그런 돈들은 또다시 불쌍한 사람들에게 돌아간다.

신부님은 누가 경제적으로 곤란을 겪고 있으면 우선 있는 돈을 내주고 만다. 다음 일은 걱정도 안 하신다. 있으면 주고, 없으면 못 주고, 그러면 된다는 것이다. 내일 일을 걱정하지 말라는 것이다. 하느님 나라 건설의 신비는 어디서 채워져도 채워진다는 것이다. 오늘 이 사람이 돈이 필요해서 주고 나면 내일 다른 사람이 채워준다는 것이다. 왜 그 신비를 못 믿느냐는 것이다. 흥청망청 술 마시고 노는 데만 쓰지 말고 하느님 나라 건설에만 쓰면 분명히 채워진다는 것이다.

신부님은 강론 중에 이런 말씀도 하셨다.

"여러분은 내 몸과 바꿀 수 있을 만큼 사랑하는 사람을 한 사람이라도 가졌습니까?"

신자들이 아무 말도 안 하고 있었다. 과연 그런 사람이 있을까?

그러자 신부님이 말씀하셨다.

"저는 있어요."

신자들이 어리벙벙해서 신부님만 바라보고 있었더니 힘주어 말하기를
　"바로 예수님이지요. 저는 예수님을 위해서라면 내 몸을 바칠 수 있어요."
　바로 그것이었다. 그는 오직 주님만을 생각하고 살았기에 온갖 고통까지도 다 봉헌하면서 일생을 살다가 마지막 명동 성당의 시노드 회합에 가시던 중 하느님께 자신을 송두리째 봉헌하신 것이다.

　도나다 수녀는 평내동을 떠나 전라남도 어느 본당으로 가게 되었는데, 그곳 주임신부님이 조금 까다롭다는 소문이 있었다. 수녀는 그 일을 은근히 걱정하였다.
　그때 나 신부님은 조언하셨다.
　"아무 걱정하지 마세요. 한 가지, 가서 그냥 죽으세요. 그러면 됩니다. 죽기만 하세요."
　수녀는 그 말씀을 가슴에 담고 그곳으로 떠났다. 그런데 그 성당에 도착했을 때 신부님이 외출하시고 안 계셨다. 먼저 성당에 들어가 기도를 하고 성체조배를 하고 있는데 문득 깨달음이 왔다.
　"그래. 나 신부님 말씀대로 죽어보자. 상처란 양쪽이 다 받는 것, 어찌 그분과 함께 있던 수녀들만 받았겠나, 그분도 상처를 받으셨을 거야. 내가 죽어서 이분 상처를 치유해 드리자. 큰맘 먹고 죽어보자."
　그렇게 다짐하고 나니까, 본당 신부의 모든 것을 이해하고 받아

들이게 되었다. 수녀가 죽어 지내니까 부딪칠 일도 없었다. 내성적인 분이라 마음을 열지 못해 사람들과의 관계가 힘들었던 것 같다. 그러나 죽어지내는 수녀 앞에서 신부도 차츰 마음을 열면서 좋은 관계로 지냈다. 나 신부님의 '죽으시오' 한 마디가 두 사람을 살린 것이다.

신부님은 딸 같은 수녀를 멀리 보내놓고 은근히 걱정되셨는지 11월 초, 평내동 신자 부부를 대동하고 순천까지 오셨다. 수녀는 무척 기뻤다. 신부님도 신부님이지만 가까이 지내던 성모회 자매님이 함께 오셔서 더욱 반가웠다.
"잘 지내고 계시는지 보고 싶어서 왔지요."
"네, 신부님이 말씀하신 대로 죽어서 잘 지내고 있습니다."
"그렇지요? 나 도나다 수녀님 믿고 있었지요."
"그런데 성당 신축 과정에서 교우들이 두 패로 갈리어 그게 좀 힘듭니다."
"아하, 어디나 성당 지을 때는 교우들이 실컷 봉헌하고도 상처받는 사람들이 많습니다. 수녀님은 바로 그런 사람을 찾아 위로하셔야 해요. 그게 바로 이곳에서 수녀님이 할 몫입니다. 그래서 우리 주님이 이리로 수녀님을 보내신 것으로 생각하세요."
수녀는 그 말을 명심하였다. 그때까지 저들이 왜 저렇게 싸우는지 이해가 안 되어 짜증도 나고 미운 마음도 많이 쌓였는데, 신부님의 그 말씀을 듣고 나서는 다른 눈으로 그들을 보기 시작했다.

그러자 그들의 마음이 이해되면서 미움이 사라졌다. 그래서 한 사람 한 사람에게 따뜻이 대하게 되고 위로의 말까지 건네게 되었다.

그렇게 신부님은 사람들이 필요로 하는 사랑을 베풀어 주셨다. 우리가 보지 못하고 듣지 못하는 것을 영안(靈眼)으로 뚫어 보시고 꼭 그 사람 사람에게 맞는 사랑을 주신다.

신부님은 그때 그 멀리까지 오셔서도 11월 위령성월이라면서 기어코 어느 공동묘지를 안내하라는 것이었다. 위령성월만 되면 언제나 묘지에 가서 기도드리는 것을 알고 있었지만, 순천은 첫길이라 좋은 음식도 대접하고 싶고 좋은 구경도 시켜드리고 싶은데, 공동묘지로만 안내하라는 것이었다. 할 수 없이 인근 공동묘지로 안내했다. 늦가을 오후, 가로수 잎은 하염없이 떨어지고 을씨년스럽기 짝이 없는 저녁 무렵 공동묘지는 으스스하기까지 하건만 신부님은 어찌나 좋아하시던지. 누구 것인지도 모르는 묘소 앞에서 일행과 함께 정성껏 연도를 바치고 성가를 부르며 죽은 영혼을 위해 기도하시던 모습 잊을 수 없다. 그 길로 순천만을 모시고 갔는데, 무척 좋아하시면서 성가 2번을 함께 부르자고 하셨다.

> *주 하느님 지으신 모든 세계, 내 마음속에 그리어 볼 때,*
> *하늘에 별 울려 퍼지는 뇌성 주님의 권능 우주에 찼네…*
> *저 수풀 속 산길을 홀로 가며 아름다운 새 소리 들을 때,*
> *산 위에서 웅장한 경치 볼 때 냇가에서 미풍에 접할 때,*

> *내 영혼 주를 찬양하리니 주 하느님 크시도다.*
> *내 영혼 주를 찬양하리니 크시도다 주 하느님!*

신나게 노래를 마치자 말씀하셨다.

"우리 콜롬반 회 신부님들이 만나면 말이에요. 다들 자기 있는 곳이 아름답다고 해요. 나는 강원도가 제일 아름답다고 하니까 전라도에 계시는 신부님들이 전라도가 더 아름답다고 해서 이해가 안 되었는데, 와 보니까 정말 아름답군요."

그분은 한국의 자연을 무척 사랑하셨다. 특히 강원도는 그분의 고향 같은 곳이 되었고 구석구석 안 가 본 데가 없어 평내동에서도 가끔 행사가 끝나면 수고했다고 본인 스스로 봉고를 몰고 강원도 구경을 시켜 주시곤 했었다. 더구나 그분이 지은 양로원이 있기에 더욱 강원도를 자주 가셨다. 그분은 남을 기쁘게 하는 게 취미였다. 어디 다니다가 좋은 곳이 있으면 마음에 새겼다가 기회가 되면 수녀들이랑 신자들을 데리고 가서 자상히 안내해 주셨고, 혹시 그곳이 맛있는 음식점이었으면 기어코 데리고 가 점심을 사 주셨다.

한번은 어느 자매의 영명 축일이었는데, 평소 집안에서 대접도 못 받고 쓸쓸하게 사는 분이었다. 신부님은 우리 수녀와 그 자매를 같이 불러 번호판에 <허>자 붙은 자동차를 몰고 경춘가도를 달려 어느 음식점으로 갔다. 그런데 그곳에 가 보니 예약된 좌석에 꽃도 꽂혀 있고, 조금 있으니까 종업원이 케이크 상자를 내 왔다. 신부님은 거기 촛불을 켜고 축일 맞는 자매에게 축하의 박수를 보내라고 했다. 자매는 어른으로부터 생각지도 못한 축하 파티를 얻어 받고 얼마나 감격을 했는지 계속 눈물을 글썽거렸다.

"아니, 케이크는 언제 준비하시고?"

우리가 의아해서 묻자

"내가 미리 사다가 오토바이 타고 갖다 놓았지요."

"근데, 그 자동차는 누구 것이에요?"

"내 봉고차 하도 똥차라고 놀려서 오늘은 우리 글라라 자매를 위해 렌터카 했지요."

그 자매는 평생 이런 대접 받아보기는 처음이라고 울먹였다. 그렇게 신부님은 모든 사람의 마음을 헤아려 주셨으니 몸도 몸이지만 두뇌(頭腦)는 또 얼마나 바빴을까. 그는 많은 여인을 사랑해 주었다. 그러면서도 철저히 정결을 지켰다. 워낙 정신이 고양되어 계신 분이라 여성들이 처음엔 한 남성으로 대하며 설레다가도 서서히 영적 아버지임을 깨닫고 평정심을 찾도록 만들었다. 여성이 요구하면 망토 속에 품어 주시기도 했다. 안겨 본 여인들은 주님 품에 안긴 듯 편안하다고 말했다. 그분은 남자고 여자고 상관없이 괴로워하면 껴안고 평화를 선물하시는 트인 분이었다.

그는 누가 봐도 자신을 너무나 혹사하고 살았다.

평내동 성당에서 교우들이 식복사를 두자고 졸랐다. 그러나 그는 끄떡도 안 했다. 그는 긴가민가 한 것은 여론을 잘 수렴했지만, 자기가 옳다고 생각한 것에 대해서만은 고집불통이었다. 남들은 에어컨을 트는데 선풍기 한번 안 틀고, 겨울에도 난방 한 번 못 하고 늘 두터운 세터를 입고 살았다. 낡은 옷, 낡은 양말, 낡은 구두를 신고도 아무렇지 않게 거리를 활보하고 다녔다. 그러면서도 남을 위해서라면 모든 것을 아끼지 않았다. 그는 가까이 있는 이웃들은 물론 북한 어린이 돕기 후원회비도 매월 꼬박꼬박 보내고 있었다.

"나는 하느님께서 얼마나 마음이 아프실까 짐작이 가요. 우리 한국 잘 살잖아요. 음식도 여기저기 남아서 쓰레기가 대단하지요. 그런데도 북한에서는 어린이들이 굶어 죽는다고 하니 우리 하느님 얼마나 마음 아프실까요. 다 같은 자식인데 누구는 못 먹고, 누구는 잘 먹고, 나는 그 생각하면 비싼 밥도 못 먹겠어요. 그래서 내가 식복사 값이라도 절약해서 그곳에 보내는 거예요."

대개 식사는 감자 삶은 것에 마가린, 달걀 등을 으깨어 넣고 잡수신다고 했다. 아니면 햇반에 즉석 카레를 끼얹어 드신다고 했다.

"걱정하지 말아요. 난 대충 먹으면 돼요. 요즘 얼마나 편리합니까? 프라이팬 하나만 가지면 문제없어요." 하시며 하하 웃으셨다. 가끔 시장도 직접 가서 사람들과 이야기도 나누면서 먹거리를 사 들고 오셨다. 명절 때는 이것저것 먹을 것이 선물로 들어오기도 하는데, 그때마다 꼭 한 개는 맛보신 다음 우리 수녀들에게 보내셨다.

"내가 한 개는 뺐어요. 나도 먹어 봐야 다음에 인사하지요. 안 먹고도 맛있었다고 거짓말 안 하려고요. 하하하."

그런데 자주 감기에 걸리셨다. 너무나 안타까워 어느 날 콩나물

김치 국밥을 끓여 가지고 갔다. 한 번만 받아 달라고 사정을 했다. 신자들이 퇴짜 맞는 걸 하도 많이 봤기에 걱정을 하면서 갖다 드렸더니 다행히 받아 주셨다. 그것도 두 번은 안 된다고 말씀하시면서.

신부님은 콜롬반 정신을 늘 마음에 새기며 실천하려고 노력하신다고 했다. 청빈이나 정결도 중요하지만 안락하게 살고자 하는 것도 옳지 않다고 했다. 그러기에 태평하게 앉아서 티브이를 시청하는 것도 안 되고, 하루하루 안정된 교회에서 타성에 젖어 사는 것도 안 된다고 하셨다. 늘 전교에 힘써야 하고, 신자들의 고통에 동참하여 그들의 무거운 짐을 나누어 져야 한다고 했다. 무엇보다 기도 생활에도 철저하셨다. 어쩌다 잠이 깨서 새벽에 기도하러 성당에 나가보면 신부님 혼자 앉아 기도하고 계실 때가 많았다. 새벽 4시만 되면 꼭 성당에 나가 기도하신다고 했다.

그리고 아침저녁 기도를 강조하셨다. 그 기도를 제대로 안 했으면 성사를 봐야 한다는 것이다.

"아침에나, 저녁에나 1분 30초면 충분해요. 그걸 왜 못해요? 시간 때문이 아니라 귀찮아서죠? 하느님 아버지께 드리는 인사가 귀찮아요? 눈 뜨면 안녕히 주무셨느냐고 고개 한번 숙이는 거 그걸 못해요? 집안에서 어른 모시고 살면, '아침에 안녕히 주무셨습니까' 안 하고 살 수 있어요?"

신부님은 누구든 세례를 받으면 아침저녁 기도문을 큼직이 적어

코팅해 주셨다. 그 기도만 철저히 한다면 하느님 자녀로서 자격이 갖추어진 것이라고 강조하셨다. 하도 그 교육을 철저히 받아서 도나다 수녀는 자기도 모르게 새 영세자에게 아침저녁 기도문을 코팅해 주고 있다. 교육이란 그렇게 보배운 대로 답습되는 것임을 절실히 깨달았다.

신부님은 그림도 잘 그리시고, 노래도 잘 부르셨다. 시도 좋아하셔서 아름다운 경치 앞에서는 즉흥시도 지었다. 시인이요 음악가요 화가요 연극배우였던 신부님은 걸핏하면 우리 가곡에다 즉흥 가사를 붙여 부르곤 하였다.

감성이 워낙 풍부해서 꽃이 피고, 눈이 오면 어린이처럼 좋아하며 카메라를 들고나와 지나가는 신자들을 찰칵찰칵 찍어댔다. 그리고는 꼭꼭 사진을 빼서 주었다. 사진값 많이 드시겠다고 걱정하면, 내가 좋아서 쓰는 돈이니까 괜찮다고 하셨다.

그분은 참으로 겸손하셨다. 모든 사람을 존중해 주었다. 한국의 사제들이 권위적인 점을 못 마땅해하셨다. 특히 젊은 사제들까지도 신자들에게 반말 쓰는 것은 용납할 수 없다고 안타까워하셨다. 그분은 어린이에게도 존댓말을 썼다.

그분은 술은 전혀 안 하셨다. 사제 서품을 받을 때 하느님과 약속했기 때문에 그 약속을 어길 수가 없다고 하셨다. 젊은 청년들 모임에서 술 마시고 흥청거리는 것을 아주 싫어하셨다. 한국 대학가에서 신입생들에게 폭탄주를 먹이는 풍습은 하루속히 없애야 한다고 애통해하시기도 하였다.

그러나 담배는 즐겨 피우셨다. 너무나 좋아해서 신자들이 걱정할 정도로 피우셨다. 그래도 사순절만 되면 언제나 담배를 끊으셨다. 사순절에는 무엇이든 자기가 제일 좋아하는 것을 희생으로 바쳐야 한다고 금연을 택하셨다. 40일 동안 담배를 끊으면서 그 괴로워하는 모습은 신자들이 보기에도 딱했다. 금단현상 때문에 그냥 서 계시면서도 어쩔 줄 모르는 게 보였다. 그래도 참고 견디시며 그 고통까지도 봉헌한다 하셨다. 너무 안타까워 신자들은 빨리 사순절이 지났으면 하고 바라기도 했었다. 그런 분을 곁에서 지켜보기 때문에 신자들도 무엇인가 제일 하기 어려운 어떤 것을 희생하느라고 애썼다. 그렇게 그분은 신자들에게 말로가 아니라 행동으로 모범을 보이신 분이다.

그분이 이곳 성당에 부임하신 뒤 가장 신경 쓴 것은 가난한 사람 돌보기였다.

동네가 전체적으로 부유하지 못하지만, 산 밑 달동네는 가난한 사람이 많았다. 거기 10여 평 연립주택에서 근근이 살아가는 사람들 가운데에는 결손 가정이 많았다. 엄마가 장사 나가면 어린 것들은 종일 혼자 집을 보았고, 동생을 보았고, 어떤 집은 할머니 혼자 아기를 키우며 살았다. 그들은 보통 점심밥도 굶으며 지냈다. 신부님은 자주 그곳에 올라가 아이들을 지켜 주고 먹을 것을 갖다 나누어 주셨다.

그러다가 마침내 레지오 단원들에게 부탁하여 성당에서 공부방을 운영하게 하셨다.

레지오 단원들은 돌아가며 점심 준비를 했고, 젊은 엄마들이 교사 노릇을 했다. 방학 때면 주일학교 교사들을 시켜서 그 아이들에게 공부도 가르쳤다. 아기를 보고 있던 할머니들도 모셔다가 점심을 대접하고 그들 또한 어린아이 다루듯 감싸 안아 주셨다.

그분은 노인들에게도 워낙 관심을 보였기 때문에, 해마다 나들이를 계획했다. 그럴 때면 수녀에게 꼭 명단을 확인해 보라고 시켰다.

일이 있어서 못 가는 사람은 할 수 없지만, 돈이 없어서 신청 못 한 사람도 있을 테니 그런 사람을 꼭 찾아보라고 하셨다. 수녀는 명단을 확인해 보고 신청하지 않은 노인에게 전화를 걸어본다. 그분의 짐작은 옳았다. 서너 명은 돈이 없어서 신청하지 않았다고 하는 것이다. 명단을 보고하면 신부는 미리 준비해 둔 돈을 내밀며 말하였다.

"그거 보세요. 그분들이 얼마나 섭섭하셨겠어요. 안 그래도 외로운 노인에게 우리가 상처 줄 뻔했잖아요. 자, 이것 사무실에 내고, 그분들껜 내가 냈단 말 하지 말아요. 그냥 성당에서 다 모시고 가기로 했다고 하세요."

그는 도대체 도량이 얼마나 넓길래 그토록 오만 가지 것에 다 신경을 쓰는 것일까? 자나 깨나 오직 남을 행복하게 해 줄 궁리만 하고 사는 사람 같았다.

신부님이 교통사고로 입원해 계실 때, 콜롬반 신부님들이 면회를 오셨다. 그런데 문병 온 신자들이 하도 많아 밖에서 한참을 기다리다가 들어오실 수밖에 없었다. 그러고는 재미있는 말씀을 하셨다. 그 말씀이 오래 기억된다.

"요한 신부, 여기서 레지오 하고 있소?"

도나 수녀는 요한 신부님이 선물로 주셨다는 피에타 상을 가슴에 꼭 껴안으며 마지막으로 다음과 같은 말을 남겼다.

"신부님을 모셔본 수녀들은 한결같이 말해요. 그분을 얘기하자면 밤을 새워도 모자란다고요. 해도 해도 끝이 없어요. 그분은 하느님 나라를 이 땅에 옮겨 주신 분. 한마디로 신부님과 함께했던 3년은 천국이 어떤 곳인가를 어렴풋이 짐작해 본 시절이었지요. 그러기에 저는 그분 미담을 사람들에게 전해 드릴 의무를 느낍니다."

**

요한 형제의 증언

호평동 신자 중에 나 신부와 똑같은 세례명을 가진 송요한 형제가 있었다.

그는 서예학원에서 붓글씨를 쓰고 한자를 가르치는 팔십 노인이다. 그가 퇴근할 때면 성당 뜰, 성모상 옆에 앉아 계시는 신부님을 자주 만나게 되곤 했는데, 하루는 신부님께서 잠시 쉬었다 가라고 부르셨다.

신부님은 노인에게 어떤 글자 하나를 종이에 써서 물었다.

  𠀑

보통은 잘 쓰이지 않는 글자였다. 그러나 노인은 다행히 알고 있었다.

"아, 그것은 천자지요. 하늘 천의 고자(古字)이지요."

"네? 아아, 고자라면 옛 글자 말씀입니까?"

"네. 요즘은 잘 안 쓰는 글자입니다만."

"그렇군요. 아아, 지금까지 내가 이 사람 저 사람에게 물어도 그걸 몰라서 답답했는데 정말 반갑습니다. 천마산을 오르다 보면 <천마산 입구>라고 쓰인 나무판이 세워져 있지요. 거기서 저 글자를 보고 여러 사람에게 물었지만 아무도 대답해 주지 않았어요. 그런데 엊그제 어떤 사람이 한학자에게 물어서 알았다며 그것이 하늘 천자와 같은 자라는 것을 알려 주었지요. 형제님이 그것을 확인해 주신 겁니다. 정말 고맙습니다."

신부는 너무나 기뻐하는 표정이었다.

천마산(靝摩山).

요한 형제가 말했다.

"하늘은 푸른 빛을 띠고 있기도 하지만 하늘로부터 우리는 어떤 기를 받기도 하지요. 푸른 기운. 그럴듯하지 않습니까?"

"그렇습니다. 한자는 정말 심오해요."

그것이 계기가 되어 요한 형제는 요한 신부와 자주 이야기를 나누게 되었다.

신부님은 한자에 대해 궁금한 것은 노인에게 묻기도 하고 때로는 붓글씨를 써달라 부탁하기도 하였다. 지금도 호평동 성당에는 요한 형제가 쓴 붓글씨가 걸려 있다.

하루는 또 신부가 물었다.

"미사를 드린다 할 때 미사를 한자로 어떻게 쓰는지 아십니까?"

"전 영세한지 얼마 안 되어서 잘 모르는데요."

신부는 손가락으로 그의 손바닥에 한문 글자를 써 보이며 말했다.

"미사(彌撒)라고 씁니다. 그런데 이게 재미있어요. 미사가 본래

'집회가 끝났도다' 는 뜻을 담고 있는 라틴어 missa에서 온 것인데요. 중국에서 먼저 소리를 흉내 내어 한자로 표기해서 우리나라에 들어왔지 않습니까? 그런데 상당히 그 뜻에도 신경을 썼어요. 탈출기 24장 8절에 보면 "모세는 피를 가져다가 백성에게 뿌려주며 '이것은 야훼께서 너희와 계약을 맺으시는 피다.' 이런 말이 있지요. 그걸 생각해서 더할 미, 미칠 미, 자에 뿌릴 사 자를 쓴 거예요. 원음과 함께 본래의 뜻도 살려냈으니 얼마나 장합니까? 아주 재미있어요."

그는 미사를 드릴 때 쓰이는 도구들, 또는 세례 성사 때 쓰이는 도구들, 그리고 여러 가지 미사를 드리는 절차, 등을 틈틈이 설명하셨다. 일 년에 한두 번은 꼭 설명하고 신자들에게 정확히 알고 있는가 확인도 하셨다. 정확히 알고 있지 않으면 자기 지식이 아니다는 것이다. 그래서 그는 그때그때 필요한 사항 중 간단한 것은 주보에 공지하고 분량이 좀 많은 것은 유인물로 만들어 나누어 주었다. 이해를 돕기 위해 한자의 주석을 일일이 달아 놓는가 하면 그림을 덧붙이거나 만화로 나타내기도 해 보는 이를 미소짓게도 하였다.

주보에 나온 것 중에서 특히 교우들에게 새로운 지식을 주었던 것 몇 가지를 소개하겠다.

<묵주기도에 대하여> 2001년 9월 30일 주보
묵주기도는 매괴신공, 로사리오 기도라고 했다. 매괴란 한자로 玫瑰라고 쓰는데, 玫는 불구슬 매, 瑰는 옥돌 괴 입니다. 이것은

중국 남방지방에서 생산되는 붉은 색 구슬을 말합니다. 그리고 해당화를 한자로 매괴라고도 하지요. 아마도 중국에서 로사리오를 번역할 때 들장미에 해당하는 매괴를 염두에 두었거나, 묵주알이 붉은 구슬로 되어 있는 것을 염두에 둔 듯합니다.

로사리오란 라틴말로 장미 화관, 장미 꽃다발을 의미합니다.

교회가 묵주기도를 권장하는 10월에 우리는 가장 깊은 체험으로 예수 그리스도의 구속사업에 전적으로 협력하신 성모님과 더불어 예수 그리스도의 구원 신비에 참여하는 것입니다.

10월은 묵주기도 성월(聖月)입니다. 묵주 기도의 맛을 새롭게 발견합시다. 개인으로나, 식구들끼리나, 이웃끼리나, 열심히 묵주기도를 바칩시다. 우리 성당에서는 매일 저녁 7시 30분 묵주 기도가 있겠으니 많이 나와 주십시오. 우리를 위해 십자가 고통을 짊어지신 예수님의 그 크신 업적을 우리 어머니 성모 마리아와 함께 기억하고 묵상합시다.

<로사리오(Rosarium 라틴어)의 의의와 역사> 2001년 9월 29일

로사리오란 묵주, 혹은 묵주의 기도를 말하며, 이는 '장미 꽃다발' 혹은 그 화관(花冠)을 뜻합니다. 예전에는 묵주를 매괴(玫瑰), 묵주기도를 매괴신공(玫瑰神功)이라고 하였습니다. 매괴란 중국에서 주로 많이 나는 장미과의 낙엽관목으로 향기 나는 떼찔래를 말합니다.

로사리오의 기원은 초세기로 거슬러 올라갑니다. 당시 이교인들에게는 자기 자신을 신에게 바친다는 뜻으로 머리에 장미꽃을

엮은 관(冠)을 쓰는 관습이 있었는데, 초대교회 신자들도 기도 대신 장미 꽃다발을 바치곤 했습니다. 특히 순교자들은 콜로세움 경기장에 끌려가 사자의 먹이가 될 때 머리에 장미꽃으로 엮은 관을 썼습니다. 이들은 이 관이야말로 하느님을 뵙고 자신을 하느님께 바치는 데 합당한 예모(禮帽)라고 생각했습니다. 이때 신자들은 밤중에 몰래 순교자들이 썼던 장미 관을 한데 모아놓고 꽃송이마다 기도를 한 가지씩 올렸습니다.

한편 이집트 사막의 은수자(隱修者)나 독수자(獨修者)들은 머리에 쓰는 관처럼 작은 돌맹이나 곡식 낱알을 둥글게 엮어, 하나씩 굴리면서 기도의 횟수를 세었습니다. 또 죽은 자들을 위하여 매일 시편 50편이나 100편을 염송하였는데, 글을 모르는 자는 시편 대신 '주의 기도'를 그 수만큼 바쳤습니다.

<판공성사에 대하여> 2001년 11월 25일

판공이란 말은 한국에서만 특수하게 사용하는 용어로, 교우들은 일 년에 두 번, 의무적으로 고해성사를 보는 것을 말합니다. 신자들은 부활절 전에 봄판공과 성탄절 전에 가을 판공 때 판공성사를 보게 되어 있습니다.

판공은 한자로 辦功(힘써 혹은, 노력하여 공을 세움), 또는 判功(공로를 헤아려 판단함), 둘 다 사용합니다. 아마도 전자는 교우쪽에서 '판공을 본다' 할 때, 즉 교우가 1년 동안 힘써 공로를 세움을 판단 받음의 의미로 사용한 듯하고, 후자는 사제의 입장에서 '판공을 주다'

할 때, 즉 일년 동안 세운 신자의 공로를 헤아려 판단한다는 의미로 사용한 듯합니다.

<연옥에 대하여> 2002년 11월 10일

연옥이란 한자로 煉獄(쇠불릴 련, 달굴 련, 감옥 옥)이라 쓰고 있으며 세상에서 죄 사함을 받지 못하였거나 작은 죄를 범하고 죽은 사람이 천국으로 들어가기 전에 그 영혼이 불로써 정화된다고 일컬어지는 곳입니다. 즉 천국과 지옥의 사이에 있는 곳입니다. 하느님께 귀의하여 죄를 용서받았으나 다소의 흠이 있는 자는 세상을 떠난 후 하느님 대전에 나아가기 전에 스스로 연옥의 불에 의해 정화되어야 할 것입니다. 이렇게 정화되는 상태를 장소로 표현하여 연옥이라 일컫습니다.

***

나 요한 신부님은 철저한 교육자였다. 우리 옛말들은 한자를 떠나서는 이해가 어려우니, 제대로 이해하기 위해서는 한자부터 알아야 한다는 것에 착안하여 더욱 한문 공부에 열심했다고 한다. 어쨌거나 요한 형제는 자기보다 훨씬 나이 어린 외국인 신부가 한자에 관심을 보이는 게 더 재미있었다.

한번은 또 온고지신(溫故知新)이라는 한자를 써 왔다.

"이 뜻은 '옛것을 알고 미루어 새것을 알라.'라는 뜻이라지요? 그런데 이 글자에 왜 따뜻할 온(溫)자가 들어가지요?"

노인은 대답했다.

"그것은 그냥 겉만 아는 것이 아니라 깊이 안다는 것을 뜻하지요. 음식을 익힐 때 불을 때서 익히지 않습니까? 그래야만 화학적 반응이 일어나서 새로운 것이 창조되지요. 옛날의 것도 그 정도로 익혀서 깨달은 다음이라야 새것을 알 수 있게 된다는 것이지요."

"아, 네. 정말 그렇군요. 완전히 익혀야 새것을 만든다고요. 맞아요. 그렇군요. 하여간 한문은 아주 매력적이에요."

"그런데 신부님은 언제 그렇게 한문 공부를 많이 하셨어요?"

"젊었을 때지요. 우리가 한국에 처음 왔을 땐, 한문이 많이 쓰이고 있었거든요. 아주 열심히 공부했는데 지금은 다 잊어버렸어요."

"하지만 지금도 한국 신부님보다 더 많이 아십니다."

"다른 사람은 몰라도 아무 말 안 하고, 나는 재미있으니까 자꾸 묻는 것뿐이지요. 하하하."

"아니에요. 요즘 젊은 사람들이야 한자 쓰기나 하나요?"

"저는 또 불치하문(不恥下問)이란 말을 좋아해요."

"아, 네. 아주 좋은 말이지요. 아랫사람에게 묻는 것을 부끄러워하지 않는다."

"모르면 물어야 해요. 어린아이에게라도 배워야 하고요."

"맞습니다. 공부는 묻는 데서 발전하지요."

"대지약우(大智若愚)라는 말도 참 좋아합니다."

"네. 큰 지혜는 바보와 같다. 좋은 말이지요."

"사람이 너무 약으면 똑똑해 보여도 진짜 지혜로운 사람은 바보 같아 보이지요. 조금 약은 사람은 제 꾀에 제가 넘어가고, 진짜 지혜로운 사람은 남의 꾀에 넘어가 주지요. 다 알면서도 넘어가 주지요. 자신의 이익에 급급하지 않고 남을 위해 다 주는 그런 바보 같은 사람이 하느님 나라에 드는 사람이겠지요."

"저는 최근에 세례를 받았습니다만, 이웃을 사랑한다는 게 어디 쉽습니까? 조금이라도 자기 손해 안 보려고 하는 게 우리네 범인이지요."

"그러나 하느님 말씀 자주 듣다 보면 형제님도 생각이 달라지실 겁니다. 남을 위한 삶이 얼마나 행복한 것인가 느끼실 겁니다. 맹자 사상에 인의예지(仁義禮智) 있잖습니까? 그 인(仁)은 바로 측은지심(惻隱之心)인데 저는 그것이 가장 아름다운 마음이라고 생각합니다. 불쌍한 사람을 보면 연민이 이는 게 당연하고 그럼 도와야지요. 더 나아가서 이웃 중에 어려운 사람이 없는가 관심을 가지고 살펴봐야 하고요."

요한 형제는 자기보다 젊은 사제가 참으로 대단하다 싶었다. 더구나 세례명도 같은 요한 사제와 이렇게 격의 없이 대화를 나눌 수 있다는 게 기쁘고 즐거웠다.

또 한번은 사제가 기기(攲器)라는 글자를 써 보이며 물었다.
"이 말을 어느 책에서 봤는데, 이게 무슨 뜻입니까? 옥편을 찾아보니 기울어질 기, 그릇 기자더군요. 기울어지는 그릇이 무엇입니까?"

요한 형제는 이 물음에 대답할 자신이 없었다. 마침 그는 매주 토요일, 서예협회에 나가 한문 강의를 듣고 있었으므로 그곳 선생님께 물어서 곧 알려 드릴 수 있었다.

"그건 중국 '회남자(淮南子)'라는 책에 나오는 말이랍니다. 공자님이 노나라 환공의 묘에 갔더니, 무슨 그릇이 하나 놓여 있더래요. 그래 묘지기에게 무슨 그릇이냐 물었답니다. 그는 대답하여, '똑바로 앉기를 돕는 그릇'이라고 했습니다. 달리 말해 옆에 두고 마음을 경계하는 그릇이라는 뜻이라고. 그랬더니, 공자님이 말씀했답니다. 내가 듣기를 이 그릇이 오묘해서 텅 비면 쓰러지고 너무 꽉 차면 엎어지고 중간쯤만 차야지 똑바로 선다고 하더라. 하고는 제자들에게 물을 떠오라 해서 그대로 시험해 보았답니다. 아니나 다를까, 물이 너무 없으면 쓰러지고, 너무 꽉 차면 엎어지고, 중간쯤만 차야 똑바로 서 있더랍니다. 그것을 보고 공자님이 탄식하면서 말씀하셨답니다. 과연 그렇구나. 무엇이든지 너무 꽉 차면 엎어지는 법이다. 인생도 그러하다. 너무나 꽉 채우려고 하지들 말아라. 공자님은 중용지덕(中庸之德)을 강조하신 분이니 충분히 납득이 갑니다."

"아, 그렇군요. 그래요. 중용지덕, 참으로 어려운 것이지요. 조금만 더해도 한쪽으로 기우니 어떻게 중간을 맞춥니까? 그래서 기우는 그릇, 기기라고 하였군요. 정말 동양사상은 매력적이에요. 전 정말 반했다니까요."

"사람들이 자기를 경계하는 말, 좌우명 같은 뜻으로도 쓴다고 합니다."

"네, 그렇군요. 잘 알았습니다. 감사합니다. 요한 형제님이 계셔서 참 좋습니다."

또 한번은 鉉(현)자를 써 가지고 보이면서 물었어요.

"이게 무슨 현자입니까?"

"네, 솥귀 현이라고 하지요."

"안 그래도 옥편에 솥귀 현이라고 되어 있는데, 솥귀가 무엇입니까?"

"하하, 참 그것, 요즘 사람들 아무도 모를 것입니다."

"아, 옛날 것입니까?"

"옛날에는 우리가 큰 가마솥을 걸어 놓고 불을 때서 밥을 지었지요. 그런데 그 솥에 귀가 달렸어요. 부뚜막에 걸어서 흙으로 단을 만드는데 솥에 귀가 있어야 잡고 일을 하지요. 말하자면 손잡이 같은 것이라고 할까요. 요즘도 돌솥밥이란 것 있지요? 잡숴 보셨습니까?"

"네. 영양 돌솥밥 같은 것 먹었지요."

"맞습니다. 그 돌솥에도 귀가 달려 있지요. 손잡이 말입니다."

"아, 네. 알았습니다. 하하하. 그것이 귀이군요. 그 귀를 나타내는 게 솥귀 현이라구요. 하하하. 확실히 알았습니다. 요한 형제님을 만나서 제가 즐겁습니다. 스승이 있다는 것은 행복한 일이지요."

"아이고, 감사합니다. 제 힘 닿는 데까지는."

"맹자에 나오는 역자이교지(易子而教之)라는 말도 저는 좋아해요.

"역자이교지라, 그렇지요. 내 자식을 내가 직접 가르치지 않고 남에게 맡겨서 가르친다는 말이지요. 즉 자식을 부모가 직접 가르치다 보면 자꾸 꾸짖게 되고, 꾸지람이 잦으면 종당에는 부자간의 의를 상하게 되어 소원해질 염려가 있다는 뜻이지요. 옳은 말이에요. 자기 자식은 가르치기 어렵습니다."

"그래서 제가 주일학교 선생님들한테 가끔 그 이야기를 하지요. 사랑을 가지고 잘 가르치라고."

어느 날은 저녁때, 성당 앞으로 지나가는데 사제가 일부러 불렀다.

"제가 부탁이 하나 있는데요. 좀 어려우실지 모르겠지만 들어주세요."

"네, 신부님. 말씀하십시오."

"이 글을 참 좋아하거든요. 이걸 요한 형제님이 붓으로 써서 우리 성당에 붙여 놓고 싶은데요. 좀 수고해 주실 수 있을까요?"

노인이 보니 『대학(大學)』에 나오는 글이었다. 노인도 좋아하는 글이어서 금방 알아보았다.

"그러지요. 날마다 붓글씨 쓰는 사람이 이것 못 하겠습니까? 걱정하지 마십시오."

"감사합니다. 80이 넘으셨는데, 정말 훌륭하십니다. 무리하지 마시고 천천히 쓰십시오."

노인은 그 글귀를 초서로 기꺼이 써다가 드렸다. 사제는 아주 좋아하면서 성당 유리창에 붙였다. 그러나 신자들이 보더니 저렇게 흘려 쓴 초서를 누가 읽겠느냐고 심드렁했다. 노인은 아차 싶어 다시 행서로 또박또박 써다가 드렸다. 사제는 그것을 또 먼저 것 옆에다 붙였다. 하나를 떼자고 해도 그냥 두라면서 두 개를 나란히 붙였다. 노인이 정성껏 쓴 글이니 다 살려야 하고, 초서와 행서의 구별도 알려 주고 싶어서라고 했다. 그리고 신부님은 강론 시간을 통해 교우들에게 강의하는 것이었다. 그 글과 우리 말 해석은 다음과 같다.

> 欲明明德於天下者 先治其國
> 欲治其國者 先齊其家
> 欲齊其家者 先修其身
> 欲修其身者 先正其心
> 欲正其心者 先誠其意
> 欲誠其意者 先致其知
> 致知 在格物

밝은 덕을 천하에 밝히고자 하는 자는 먼저 나라를 다스리고,
그 나라를 다스리고자 하는 자는 먼저 그 집안을 가지런히 하고,
그 집안을 가지런히 하고자 하는 자는 먼저 그 몸을 닦고,
그 몸을 닦고자 하는 자는 먼저 그 마음을 바르게 하고,
그 마음을 바르게 하고자 하는 자는 먼저 그 뜻을 정성스럽게 하고,
그 뜻을 정성스럽게 하고자 하는 자는 먼저 그 지식을

극진히 할지니

지식을 극진히 하라, 함은 사물의 이치를 궁구함에 있느니라.

노인은 말했다.

"성당 유리창에 붙은 내 글씨도 머지않아 뜯겨 나가겠지요. 요즘 젊은 신자들 케케묵은 한문, 읽어 볼 생각이나 하겠습니까? 우리나라 사람도 아닌 외국 신부님이 동양 사상에 관심을 가지고, 이 늙은이를 사람 대접하면서 묻고 공부하고 하던 것 보면 우리나라 사람보다 더 한국 사람이었지요. 특히 삼강오륜을 어지간히 좋아해서 강론할 때 자주 예를 들곤 했었지요. 참말로 대단한 분이에요. 저녁때가 되면 성당 뜰에 앉아 오고 가는 동네 사람들 눈인사하며 웃어주던 모습, 아직도 눈에 선합니다. 나보다 스무 살이나 젊은 사람이 왜 그렇게 황망히 떠나버렸는지, 요즘은 나도 대화할 사람이 없어서 허전합니다."

그가 떠나고 난 뒤 그의 유품 중 가장 많았던 것은 물론 책이었다. 그중에서 한문 서적이 여러 권 쏟아져 나왔는데, 모두 그가 공부한 연필 자국이 갈피갈피 담겨 있었고 어떤 것은 너무 닳아 너덜너덜해 있었다.

논어, 맹자, 대학, 중용, 시경, 서경, 역경 등 사서삼경을 비롯해 중국 고서화집, 중국의 문자 도안, 고사성어 집, 그림으로 푸는 역술 전서, 고문진보, 한문의 이해, 기초한자 명해, 최신 대자원, 강희신옥편, 한석봉 천자문, 실용 천자문, 한문 박사, 천자문 한자 쓰기…. 한학자 아니고서야 어느 한국인이 그토록 열심히 공부할 수 있었으랴.

그뿐인가. 더 놀라웠던 것은, 한자 카드가 수백 장이 쏟아져 나왔다. 도톰한 달력 종이의 뒷면을 이용한 것이었다. 가로세로 5센티쯤 되는 정방형으로 잘라서 한 장마다 한 글자씩 한자를 크게 쓰고 그 아래에 뜻과 소리를 적어 놓은 카드였다. 그리고 커다란 달력 온 장에는 한문 구절을 써 붙여 둔 것도 여러 장 나왔다. 그 어려운 한자를 외느라고 그가 얼마나 노력했는가를 짐작할 수 있는 증거물이었다.

요한 형제는 최근에 사제를 꿈속에서 만났다고 했다.

"제가 신부님 돌아가시고 워낙 충격을 받아 사는 게 허무해졌어요. 그러다 보니 차츰 밥맛도 잃고 감기까지 붙들어 한동안 몹시 앓았어요. 날마다 누워만 지냈지요. 그런데 어느 날, 꿈에 요한 신부님이 나타났어요. 너무나 반가워 서로 손을 잡고 흔들며 인사를 했지요. 그리고는 평상시처럼 즐겁게 이야기를 나누다가 헤어질 때가 되었어요. 제가 일어나 신부님을 따라나서는데, 신부님이 나를 밀치며 극구 따라오지 말라는 거예요. 왜 이리로 오느냐고, 저쪽으로 가세요, 저쪽으로! 하며 손가락으로 반대 방향을 지시해 주시는 거예요. 이상히 생각하면서 신부가 가리키는 쪽으로 갔어요. 그러다가 꿈을 깼지요. 그런 다음 아침에 일어나 보니 몸이 좀 개운한 거예요. 그날부터 병석에서 일어나 움직이게 되었어요. 참으로 신기한 꿈이 아닌가요? **

아녜스 자매의 증언

나 요한 신부님은 1992년 12월 27일 우리 도봉동 성당에 부임하셔서 3년 동안 사목하셨다. 우리 신자들은 하나같이 그 시절을 그리워한다. 가장 행복하게 신앙생활을 하던 때라고 입을 모은다. 그분은 교육자였다. 뭐든 가르치기 위해 노력하셨다. 말로만 해서는 한 귀로 흘려 버린다고, 꼭 써서 붙이셨다.

성당에 들어오면 감실 안에 계시는 예수님께 먼저 인사드리는 것이 예의입니다.
미사 시간 10분 전에 오는 것이 하느님께 대한 예의입니다.

집에서도 밖에 나갔다 오면 어른한테 먼저 인사드리듯이 성당에서도 반드시 감실 앞에서 인사를 드리라고 강조하셨다. 미사 도중에는 들어오지도 못하게 하셨다.

평소 때는 한없이 부드러운 분이 무서울 때는 엄청 무서웠다. 성당 내에서 큰 소리로 떠들거나 예절 없는 행동을 할 때는 이쪽이 무참할 정도로 엄격하게 나무라셨다.

신부님은 레지오단 모임이 있으면 꼭 참석하셨다. 한쪽에 앉아서 회원들의 이야기를 듣고, 마지막에 꼭 한마디 좋은 말씀을 해주셨다. 성당의 어떤 단체에나 관심과 애정을 보이시고 참석하기를 즐기셨다.

그는 시간약속에 철저했다. 일반적으로 신부님들은 미사 시간 30분 전에 고백성사를 주신다고 말은 하지만 그 시간을 지키는 분이 드물었다. 그러나 나요한 신부님은 언제나 새벽 미사 30분 전에 정해진 자리에 앉아서 성무일도를 하시며 신자들을 기다리고 계셨다. 그래서 누구나 고백성사 보기가 수월했다.

그분이 처음 강원도에서 오실 때 오토바이를 타고 오셔서 화제가 되었다.

그분은 강원도를 유난히 사랑하셨다. 사제 생활 초기 강원도에서만 25년 사목을 하셨다고 했다. 그곳에 그분이 서둘러 지었다는 <파티마 양로원>이 있었다. 그곳을 자주 가셨다. 계절 따라 그곳에서 소출한 농산물을 가져다 이곳 교우들에게 팔아 주셨다. 속초에서 나는 해산물도 이곳 교우들에게 가져다 팔아 주셨다. 누이 좋고 매부 좋아서 하는 일이라며 그 일을 열심히 하셨다. 바로 그곳에 가시다가 오토바이 사고를 당하신 것이었다.

신부님이 부임하시고 얼마 안 되어 헌혈차가 왔을 때, 맨 먼저 헌혈을 하셨다. 두 번째 또 헌혈차가 왔을 때 역시 맨 먼저 팔을 걷고 들어섰지만 검사 결과 피가 모자라 의료진들로부터 퇴짜를 맞았다. 아무래도 잡숫는 것도 시원찮아 건강이 나빠지는 것 같았다. 그 후 얼마 안 되어 오토바이 사고가 났다. 우리 성당에 온통 난리가 났다. 하느님의 도우심으로 신부님은 기적처럼 살아나 다시 사목에 임하셨다. 신부님으로부터 우리는 당시 상황을 자세히 들었다.

혼자 오토바이를 몰고 강원도 속초 양로원을 가던 길이었다. 구비 길에서 차를 피하려다가 난간을 들이받고 20미터가량 붕 떠서 낭떠러지로 곤두박질쳤다. 그는 순간 정신을 잃었다. 아무도 없는 비탈길이어서 그냥 시간만 흘렀다. 한참 후 정신이 든 그는 있는 힘을 다해 언덕 위로 기어올랐다.

"도와주세요, 여기 좀 도와주세요."

그는 있는 힘을 다해 손을 흔들고 소리를 질렀다. 마침 지나가는 차가 그의 구조 요청을 알아듣고 피투성이가 된 그를 병원으로 옮겼다. 인근 병원에서 응급조치를 마친 그는 도봉동 성당 근처의 병원으로 옮겨졌다.

다리와 손, 온몸이 상처투성이가 되었고 갈비뼈 일곱 대가 부러지는 대형 사고였다. 진단 결과 한 달 넘게 입원해야 한다고 했다. 하지만 신부님은 고집을 부렸다. 겨우 움직일 만해지자 퇴원을 하겠다고 보챘다. 그는 보기 드문 고집쟁이, 의지의 화신이었다.

"이제 괜찮아요. 나 괜찮아요. 신자들을 두고 내가 이러고 있을 때가 아니지요. 휠체어라도 타고 나가 미사를 드려야 해요."

의료진은 물론 도봉동 신자들이 안 된다고 극구 말렸다.

"의사로서 환자에게 명령합니다. 그건 안 됩니다. 최소 4주 동안은 안정하셔야 뼈가 붙지요. 안 됩니다. 안 됩니다."

"신부님, 며칠 일찍 가려다가 건강이 더 안 좋아지면 어쩌려고 그러십니까?"

"신부님. 제발 부탁입니다. 며칠만 더 쉬었다가 퇴원하십시오."

그러나 그분은 조금도 흔들림이 없었다. 미사를 드려야 한다는 것이었다. 그래서 결국은 의료진이며 신자들 의사를 꺾어 버리고 퇴원 수속을 해야 했다. 입원한 지 딱 10일 만이었다.

"신부님. 왜 그렇게 고집을 부리세요? 제발 좀 의사 선생님 말씀 들으세요."

"내 건강은 내가 알아요. 이제 이만하면 움직일 수 있어요. 나 나가서 미사만 드리게 해 줘요. 다른 것은 안 할 거예요. 나 미사를 드리지 않고 누워있는 것이 아픈 것보다 더 괴로워요. 제발 내 맘대로 좀 하게 해 줘요. 부탁이에요."

"그 몸으로 미사 드리다가 쓰러지면 어떡해요?"

"미사 드리다가 쓰러지면 진짜 천당에 가지요. 사제가 미사 드리다 죽었다고 신문에 나면 영광이지요. 하하하."

"아이고, 신부님, 지금 웃음이 나오세요?"

"이만하고 일어났으니 얼마나 감사합니까? 내가 살아나서 기쁘시지요? 그러니 웃읍시다."

아무리 긴박한 상황에서도 그는 웃음을 잃지 않았다. 신자들은 더 이상 어쩔 수가 없어 그의 퇴원을 도와 드리고 말았다.

성당에는 신자들이 모두 나와 그를 에워싸고 울기도 하고 웃기도 하며 법석을 떨었다.

"신부님. 신부님. 괜찮으세요? 정말 괜찮으세요?"

여기저기서 어린이도 노인도 그를 부르며 모여들었다.

"안녕들 하셨어요? 죄송합니다. 그저 죄송할 뿐입니다. 다 제 탓이에요."

그는 연신 고개를 주억거리며 진실로 미안함을 드러내다가 신자들을 웃기느라 농담을 하기도 했다.

"죽고 싶었는데, 여러분 보고 싶어서 이렇게 살아왔어요."

"신부님, 신부님. 얼마나 고생하셨어요?"

"고생 안 했어요. 병원에서 놀다가 왔어요. 그동안 미사를 못 드려서 큰일 났어요. 죄송합니다. 내일부터 바로 드립시다. 새벽 미사에 많이 오세요."

그렇게 그분은 미사를 소중히 여기셨고, 신자들을 사랑하셨다.

그분은 성모 신심도 대단하셨다.

도봉동 교회 성모상도 그분이 세우셨다. 한 사람이 큰돈을 내는 것은 사양하고 반드시 전부가 동참해야 한다며 가족 수를 비례하여 조금씩 걷게 하셨다. 그리고 모자라면 신부님이 알아서 하셨다.

돈 때문에 신자들의 마음을 상하게 한 일은 한 번도 없었다.

5월 성모성월에는 꼬박 한 달 동안 성모상 앞에서 묵주의 기도를 드리도록 했다. 레지오 단원 한 팀씩 돌아가면서 3일씩 당번을 세웠다. 보통 저녁 8시쯤 그 기도를 드렸는데 신부님은 매일 참석하셨다. 그때 신부님이 시작해 놓은 성모성월 묵주기도를 도봉동 신자들은 지금껏 계속하고 있다. 한 달 내내 끊이지 않고 저녁 8시가 되면 여러 신심 단체들이 돌아가면서 성모상 앞에서 기도를 드리는 것이다. 그리고 당신 돈으로 그 많은 레지오 단원들에게 향나무 묵주 하나씩을 사서 돌렸다.

사순절 때는 신자들 가정을 일일이 방문하셨다. 가정 방문을 해야 신자를 파악하고 가까워질 수 있다고 오토바이를 타고 골목골목 누비며 몇 날 며칠 그 일을 계속하셨다.

신자들 가정을 방문할 때도 음료수 한 잔을 안 드셨다. 그 돈 있으면 불우이웃을 도우라는 것이었다. 단 초대받아 간 집에서는 아주 맛있게 음식을 드셨다. 한국 음식을 다 좋아하셨다. 밥을 좋아하시고, 매운 찌개, 매운 김치도 아무 말 없이 잘 드셨다. 당시 도봉동에는 신축 가정이 많았다. 그래서 새집 축성들을 많이 했는데 그때는 초대받은 입장이니까 새집을 축성하고 음식도 맛있게 드셨다. 그러나 예약 없이 어쩌다 들른 집에서는 물 한 모금을 안 마실 만큼 예의를 철저히 지켰다.

신부님은 소외계층에 관심이 많았다. 도봉동에 있는 장애자의 집 <요셉의 집>에도 자주 갔고, 일반적으로 환자 방문을 많이 하셨다. 박천서 바오로를 비롯해서 집에 누워있는 환자들도 자주 찾아갔다. 모든 사람이 신부님의 사랑을 받았다. 누구 하나도 소홀함이 없었다.

도봉동 시절 가장 큰 행사로 5월 어버이날 무렵에 열었던 노인잔치를 꼽을 수 있다.

매년 뒷산에서 그 행사를 치렀는데, 이때는 교인이나 외인이나 가리지 않고 동네 노인을 다 초대하였다. 도봉동은 물론 방학동 노인들까지 다 불러 모았다. 음식뿐 아니라 타올 등 기념품도 준비해서 나누어 드리며 종일 노래와 춤판을 벌였다. 판소리 하는 사람, 사물놀이패와 소리꾼도 초청해서 노인들을 흥겹게 해드렸다. 3년 넘게 계시는 동안 그 일을 한 번도 거르지 않아서 노인들은 그 날이 기다려진다고 했다. 온 동네 몇백 명이 모여 뒷산이 그들먹했다. 신부님도 놀기를 좋아하셔서 노인들과 함께 춤도 추고 노래도 불렀다.

그분은 노인 환자에겐 참 유별났다. 한 불쌍한 노인을 끝까지 잘 돌봐 주셨고 임종도 함께 지켜 주셨다. 겨우 대엿 명 온 친구들 데리고 정성껏 장례미사를 드려 주셨다. 그 할아버지가 냉담 중이셨는데 암으로 고려대 병원에 입원 중이란 것을 알고 일부러 찾아다니시면서 종부 성사도 주셨는데, 나중 위령의 달에는 그분 묘지까지 찾아가 미사도 드렸다.

하여간 그분은 죽은 자에 대한 정성이 지극해서 도봉동 성당에서는 영안실을 짓기도 했다.

영안실을 만든다는 소문을 듣고 동네 사람들이 데모를 했다. 그때 신부님은 굉장히 화를 내시면서 "당신들은 안 죽습니까?"하는데 목소리가 쩌렁쩌렁 울려 우리도 놀랐다. 신부님이 그 일을 해 주셔서 지금도 잘 사용하고 있다.

신부님은 죽은 이를 위해 미사를 드려 주는 것이 연옥 벌을 면케 하는 것이라고 자주 연미사를 드렸다. 신자들에게도 그것을 권했는데, 신자들이 미사 예물 때문에 부담이 될까 봐 형식적으로 2000원 3000원을 받고 미사를 드려 주셨다. 서울 교구에서 미사 한 대 드리려면 대개 최저가 20,000원 정도라고 하는데 도봉동만은 예외여서 다른 성당 노인들도 이곳에 와 미사를 드리기도 했다. 노인들은 돈은 없는데 연미사 드려 주고 싶은 사람이 많다는 것이었다. 신부님은 수요일은 생미사, 금요일은 연미사 정해 놓고 드렸다.

신부님은 사람들을 좋아했다. 지나가다가도 누구를 보면 언제나 이름을 부르고 반가워했다. 도봉동 교우들이 호평동으로 찾아가면 반가워하시며 봉고차를 태워 식당으로 데리고 가시는데, 200만 원 주고 샀다는 차가 폐차 직전의 헌차였다. 틀림없이 어떤 신자를 도와주기 위해서 그 차를 사 주신 것인 듯했다.

"신부님. 또 누구 도와주셨지요? 이 똥차를 200이나 주고 사셨어요?"

"아니요, 아니요. 내가 도움을 받았지요. 이것으로 우리 신자들이랑 강원도도 가고 충청도도 다니면서 감자도 사다 팔고 배추도 사다 팔고 얼마나 긴요하게 쓰는데요. 놀러도 다니고. 내가 오히려 도움을 받았지요."

성당 내에서가 아니면 사제로서의 권위도 다 벗어 버리고 순진한 어린이와 같이 장난기도 많았다. 오토바이를 타고 가다가 신자가 오면 살짝 멈추어 숨었다가 "까꿍" 하면서 나타나기도 하셨다. 하여간 아일랜드 본국에서 누님이 해 준 그 멋진 망토를 펄럭이며 파이프 담배를 물고 우리를 얼마나 즐겁게 해 주셨는지.

그분은 한국의 자연을 무척 사랑해서 신자들과 함께 놀러 가는 것을 좋아하셨다. 자연뿐이 아니었다. 한국 음식을 한국 사람보다 더 좋아하고 잘 잡수셨다. 된장찌개, 김치, 매운탕, 회, 냉면, 김밥…. 밖으로 나들이를 갈 때, 식당에서 사 먹는 것보다는 자매들이 손수 해 오는 것을 더 좋아하셨다.

또 한복을 어찌나 좋아하는지, 본인도 설날로는 꼭 한복을 입고 세배를 받았다. 신부님이 한복을 좋아하니까 성당에 올 때는 남자나 여자나 한복들을 많이 입었다. 한마디로 신부님은 영락없는 한국의 아버지였다. 그런 신부님 덕분에 우리는 성당을 친정집처럼 드나들며 행복을 누렸었다. 우리가 살아생전, 언제 어디서 그런 분을 또 만날 수 있을까! **

아델라 자매의 편지

항상 제 안에 계시는 나 요한 신부님.

신부님이 그렇게도 좋아하시고, 알고자 하시고, 닮고자 하시던 예수님 곁으로 가셔서 행복하십니까?

솔직히 신부님 살아계실 때는 모두의 신부님이라 속상할 때도 많았습니다. 언제나 많은 신자들로 둘러싸여 계셨기에, 신부님과 맘껏 얘기하고 싶어도 기회를 못 잡고 쓸쓸히 뒤돌아간 적도 많았지요. 이제야말로 저만의 신부님이 되셨습니다. 혼자 산을 오를 때나, 깊은 밤 잠들기 전에나, 고요한 혼자만의 시간엔 어김없이 신부님과 대화를 즐기며 삽니다.

세상살이라는 게 고통의 수레바퀴 같아서 저마다 자기만의 고통이 제일 큰 것인 양 울며 하소연하는 저희를 다 잘 받아 주시던 신부님. 당신께선 손에 잡힐 듯 잡힐 듯 잡히지 않고 멀리서 침묵만 하고 계시는 예수님보다 훨씬 더 가까운 분이셨답니다.

제가 고통 중에 절망하며 있을 때, 신부님은 저의 큰 기둥이 되어주셨고, 저에 대한 특별한 대접으로 저를 일으켜 세워주셨습니다. 남편 따라 이탈리아에서 십여 년 살았던 저는 인간관계에서의 고달픔 때문에 기독교에 입문했었지요. 목사님의 설교나 성경 구절들이 저를 추스르는 데 도움이 되었거든요. 그러나 영혼 구원까지는 되지 않았어요.

하느님은 정말 하느님을 믿는 사람만을 구원하는 것일까. 그럼 믿을 기회도 없었던 아프리카 난민들은 어떻게 되는 것일까. 풀리지 않는 질문들이 꼬리에 꼬리를 물고 일어나 기독교는 차츰 제게서 멀어졌지요. 오히려 불교에 매력을 느끼고 관심을 기울여 이곳저곳 절을 드나들 무렵, 우연히 천마산에서 신부님을 만났습니다.

외국 생활을 해서인지 외국인을 만나니까 반가워 말을 걸게 되더군요. 그 후로 저는 솔직히 천주교에 관심이 있어서가 아니라 신부님과 대화가 즐거워 성당에 나가곤 했습니다. 저는 그동안 종교에 관심은 많이 가졌지만, 목사님이나 스님들도 사람인지라 그들에 대한 불신이 마음 깊이 자리하고 있었기에 신부님도 마찬가지겠거니 하고 처음부터 크게 기대하지 않았었습니다. 외람되게 신분님한테서도 종교에 심취한 인간들의 답답함, 깨어지지 않는 인간의 벽을 발견하려고 일부러 비판적인 눈으로 대했었지요.

그러나 신부님에게는 그동안 누구에게서도 발견하지 못했던 개방적인 생각과 모든 것을 다 수용할 수 있는 넓은 가슴이 있다는 것을 알게 되었습니다. 제가 누군가에게 고통을 호소할 때 대뜸, '기도하세요. 다 하느님께 맡기세요.'라고 말해 버리는 것보다 저와 함께 걱정해 주시는 신부님에게서 훨씬 더 인간적인 정을 느꼈습니다. 그런 다음에 신부님은 저를 위해 열심히 기도해 주셨고 저는 그 고통을 이겨냈습니다.

지금은 절대적인 하느님의 존재도 믿고 기도의 강력한 힘도 믿게 되었으니 그건 오직 신부님의 인간적인 사랑이 큰 몫을 한 것이라 확신합니다. 그러고 보면 신부님은 우리 한 사람 한 사람에게 당신께서 그리도 사랑하시는 예수님의 참모습을 훌륭하게 전해 주신 것이지요.

어느 날, 제가 신부님께 하소연하듯 말씀드렸지요. 이탈리아어는 제법 되는데, 영어가 부족해서 원하는 곳에 취직할 수가 없다고. 신부님은 그걸 가슴에 새기셨다가 며칠 후 저를 보자 말씀하셨지요.

"아델라 씨, 영어 클래스 하나 만들어 볼까요?"

저는 그때 속으로 그렇게 생각했습니다.

'흥, 그냥 직업의식에서 말 대접 한번 해 주시는 거겠지. 너무도 많은 사람이 자기들의 걱정거리로 예수님의 옷자락을 붙들 듯 신부님께 매달리고 있는데, 나의 그런 걱정 정도야 얼마나 중요하게 생각되시겠나.'

그러나 신부님께서는 금세 저의 생각이 얼마나 짧고 건방진 것인가를 깨닫게 해 주셨습니다.

"시간은 언제가 좋아요?"

저를 바라보는 눈빛이 너무나 부드럽고 따뜻했으며 저의 답을 기다리고 있음에 틀림없었습니다. 사실 영어 이야기를 해 놓고도 그걸 기억해 주시리라는 생각은 전혀 못 했었지요. 그러다가 신부님의 질문을 받고 나니 제멋대로 평가하고 있었던 자신이 너무나 부끄러웠습니다. 하지만 신부님의 그 따뜻한 눈빛이 저의 모든 것을 다 용서해 주시는 것 같아 마음이 편해졌습니다.

마침내 2002년 여름 저에게 편안한 금요일 저녁 7시 30분, 영어 클래스를 마련하셨습니다.

영어를 전공했던 젬마 자매님, 금곡의 크리시타 자매님, 평내의 비아 자매님, 그리고 저까지 겨우 네 사람이었습니다. 각자 영어의 수준은 달랐지만, 영어를 좋아하고 배우려는 열정은 비슷해서 우리는 매주 열심히 나왔습니다. 그리고 신부님은 그 바쁜 시간을 쪼개어 정성껏 가르쳐 주셨습니다. 날씨가 추워지자 늘 먼저 나오셔서 난롯불을 켜 놓고 교리실을 데우며 기다려 주시던 신부님. 신부님의 모습은 검은 망토와 함께 옛날 큰 성의 벽난로 옆에 앉아 있는 백작의 모습, 아니면 참스승의 모습을 연상케 했습니다.

잦은 기침에 혈색도 안 좋아 보였지만 늘 괜찮다 하시고 오히려 유머를 잃지 않으시던 신부님. 우리는 너무나 아둔하여 그토록 병이 깊은 줄 알아차리지 못했습니다.

지금 되돌아보면 신부님은 정말 '슈퍼맨'이었습니다. 수녀님도 사무장도 없이 그 많은 미사를 혼자 다 집전하시고, 성당 살림하랴,

주보 만들랴, 예비 신자 교육, 줄을 이어 찾아오는 신자들의 면담, 혼자 사는 노인들 방문, 거기다 저희 영어 클래스까지 한 번도 거르지 않고 성실하게 해 주셨거든요.

그것도 모자라 중고등학생 영어 미사를 만들었습니다. 청소년들 영혼 구원이 시급한데, 하도 안 나오니까 영어 공부도 할 겸 영어 미사를 하면 나오지 않을까 싶다면서요.

지금도 수수께끼에요. 신부님의 사랑이 얼마나 크고 깊으면 그토록 슈퍼맨이 되는 걸까요. 신부님의 눈에는 늘 사랑이 넘쳐 흘렀어요. 그냥 사랑이 샘물처럼 솟아 나왔어요.

마침내 제가 천주교에 입교하기로 결심하고 교리공부를 시작했는데, 마지막 12월엔 신부님이 직접 성체에 대해 교육을 시켜 주셨지요. 한번은 밀떡을 가지고 오시더니 저희더러 그냥 먹어 보라고 하셨습니다. 저희는 놀라서 어떻게 영세도 안 받고 그럴 수가 있느냐고 주춤거렸습니다. 그랬더니 신부님이 말씀하셨어요.

"이건 아직 축성이 안 된 거예요. 축성이 안 된 상태로는 그냥 밀떡에 지나지 않아요. 이걸 내가 미사 중에 축성해야 성체로 변하는 거예요. 내가 잘 나서 그런 위대한 일을 하는 겁니까? 내가 남보다 잘 나서 여러분 앞에 나와 뭐라고 떠들어대고, 이 밀떡을 축성하는 줄 아십니까? 아니지요. 나는 모자라지만 하느님이 기뻐하시는 일이니까 그대로 행할 뿐이에요. 우리 모두 예수님 앞에서는 어린아이고 완벽하지 못한 존재예요. 그러나 예수님이 기뻐하시는 일은 할 수 있어요. 갓난이들이 엉뚱한 짓으로 부모를 기쁘게 하잖아요? 그러니까 여러분도 영세하는 것 두려워하지 말아요. 예수님이 얼마나 기뻐하시는 일인데요. 아시겠어요?"

우리는 모두 예수님 앞에서 어린아이라는 말씀에 공감이 갔어요. 영세 날이 다가오자 자꾸 두려워지던 차에 신부님의 그 말씀은 큰 힘이 되었지요. 저는 마침내 독실한 개신교 신자인 시어머니의 반대를 무릅쓰고 세례를 받았습니다. 그로 하여 많은 고통을 견뎌야 했습니다. 그래서 저는 신부님께 어린애처럼 창피한 줄도 모르고 온갖 고민을 털어놓았는지도 모르겠습니다.

크리스마스가 되기 전, 신부님께 점심 대접을 한번 하자는 젬마 자매님의 말에 우리가 한번 모시고자 했더니, 기어이 신부님이 사시겠다고 우리를 봉고차에 태워 양수리로 갔습니다.

"아델라 씨와 아주 안 어울리는 곳이에요, 허름한 곳으로 갑니다."

그런데, 도착하고 보니 무척 근사한 곳이었어요. 와와, 우리는 신부님의 농담에 또 한 번 속았었지요.

식사를 마치고 돌아오는 길, 운전하시는 신부님의 숨소리가 가쁘게 들렸어요.

"신부님, 건강이 안 좋으신 것 같아요."

"나는 괜찮으니 아델라 씨 몸이나 신경 쓰세요."

신부님이 그렇게 말씀하시며 웃으시기에 저는 또 황당한 질문을 했지요.

"신부님, 혼자 사시는 것이 행복하세요? 외롭지 않으세요?"

"예수님과 늘 함께 있는데 뭐가 외롭습니까?"

"좋으시겠어요. 그런데 신부님, 한 가지 질문이 있어요. 저는 늘 제 자신이 아무것도 아닌 먼지처럼 느껴지는데 그것도 죄악일까요?"

"나쁘지요. 왜 그런 생각을 하세요? 예수님이 우리 한 사람 한 사람을 얼마나 사랑하시는데 감히 자신이 어떻게 자기를 미워해요? 그러면 하느님이 섭섭해하셔요. 아델라 씨 그만하면 잘났지 않아요?"

그렇게 말씀하시며 제 눈을 맞추고 특별한 사람으로 대접해 주셨지요.

신부님 돌아가시던 1월 26일. 그날따라 새벽 미사에 나가고 싶어 일찌감치 성당에 나가 웃으며 인사드렸더니, 신부님이 또 농담을 하셨어요.

"그 웃음이 뭐에요? 나 새벽 미사에 나왔으니 잘 났지요? 하는 것 같아요."

가끔 농담도 잘 건네시던 신부님. 영세를 앞두고 사도신경, 주님의 기도, 성모송, 등 외운 것을 점검해 주시던 때가 정말 그립습니다.

모든 종교인이 자기 교권 확장에만 신경 쓰는 것 같아 늘 불신만 키워오던 제가 마침내 참 사제이신 신부님을 만나 겨우 정착했는데 왜 그렇게 빨리 떠나셨나요.

우리는 너무나도 미련해서 눈에 보이지 않으면 믿으려 하지 않고, 손에 잡히지 않으면 외면하고 맙니다. 부디 신부님 같은 영적

지도자가 많이 나와서 예수님의 사랑을 직접 깨닫게 해 주셨으면 좋겠어요.

신부님,
이제는 저희가 신부님을 향해 사부곡을 부를 차례입니다. 당신이 남기고 가신 그 아름다운 사랑은 우리에게 빛이 되고, 희망이 되고, 기쁨이 되어 찬란한 꽃으로 피어나고 있습니다. 이 꽃은 당신이 그렇게도 사랑했던 한국교회의 쇄신으로 열매 맺을 것입니다.
신학, 철학, 문학, 고고학을 전공하셨고, 하느님을 지극히 흠숭하셨고, 예수님을 지극히 사랑하셨으며, 그분의 사랑을 전달하고자 우리를 피붙이처럼 사랑하시던 신부님.
신부님은 가셨지만, 신자들은 신부님을 보내지 않았습니다. 신자들의 가슴 가슴에 남아 더욱 또렷이 살아 계십니다. 예수님의 옆 자리에 겸손히 서 계시는 모습 보입니다.
시노드의 희생양으로 뽑혀 가신 신부님. 우리 모두 신부님처럼 잘 살다 가게 도와주세요.
걸핏하면 부르시던 노래. 지금도 들립니다.
"주님 안에 우리 모두 한 형제"
신부님과 우리는 주님 안에 하나였듯이 이제 당신을 떠나 보내고 남은 우리는 신부님 안에 하나가 되었습니다. 강원도의 여러 성당, 그리고 서울 도봉동, 평내동, 마지막 호평동까지 당신의 양 떼인 우리는 당신 안에 하나가 되었습니다.

신부님. 제가 하도 서러워하니까 그러셨나요? 얼마 전 꿈으로 와 주셨어요. 보라색 제의를 입으시고 분칠을 한 것처럼 하얀 얼굴로 나타나셨어요. 그리고 평상시처럼 제게 말씀을 하시는 것이었어요.

"아델라, 우리는 이렇게 영원히 사는 거예요."

저는 너무나 감격해서 신부님 손에 입 맞추고 마구 울었지요. 눈물이 나서 견딜 수가 없었어요. 너무나 생생했어요. 울다가 깨어보니 꿈이었지요. 정말입니다. 신부님은 저희들 모두 안에 영원히 살아 계십니다.

당신은 진짜 성직자였지요. 당신은 바로 성인이었습니다.

감사합니다. 사랑하고 존경합니다.

아, 나 요한 신부님! **

2003년 8월 김 아델라 올림

3부

전쟁 중에 살아남은 우리 가족 이야기

아픈 환상(幻想)

❖ 일본 파견 연식 정구선수권 대회

봄이다. 나른한 사월. 첫 휴일. 날씨는 화창했지만, 외출은 싫다. 따신 아랫목에 등을 대고 누워, 재치 있고 구수한 수필이나 두어 편 읽었으면!

그런데 따르릉 전화가 왔다. 방정!

"지은이냐? 오늘 별일 없니? 숙부님이 올라오셨대. 서울고등학교에서 정구대회가 있다는구나. 너라도 나가보지 않겠니?"

오빠였다. 그런 걸 모르고 '방정'이라니. 죄송해요, 오빠.

숙부님!

나는 그분에게서 언제나 따뜻한 부성(父性)을 느끼면서 살아왔다. 생의 황금기라는 고등학교 시절을 그분 보살핌 밑에서 생활했으니까.

숙부님은 훌쩍 큰 키에 퍽 깡마른 체구로 그 고장의 대표 정구 선수이시다. 소화 기관이 좋지 않아 항상 누룽지를 푹 끓여 잡수시곤 했다. 숙모님은 건강이 좋지 않으신 숙부님 뒷바라지에 퍽 신경을 쓰셨다. 게다가 넉넉지 않은 공무원 살림에 조카인 나까지 끌어안고 살았으니 얼마나 힘드셨을까. 시집 식구 거느리기 좋아하는 사람 없다는데 숙모님은 전혀 그런 내색을 안 하셨다. 늘 따뜻한 얼굴, 즐거운 대화로 나를 아껴 주셨다. 그랬기에 나는 5남매나 되는 사촌 동생들과 이리 얼리고 저리 얼려 전혀 불편함 없이 생활할 수 있었지 않은가.

가고말고! 나는 따뜻한 아랫목의 감미로움을 서슴없이 뿌리치고 일어났다.

문득 한 장의 사진이 망막에 떠올랐다. 광주여고 졸업식 날. 숙부님 곁에 단정히 서 있는 나의 모습. 흰 카라 위로 나란히 드리워진 두 갈래의 땋은 머리 그때가 근무시간이셨을 텐데도 그렇게 나와 내 졸업식에 참석해 주셨지. 카메라를 메고.

외출 준비를 하고 거리로 나갔다. 봄이라지만 아직도 바람끝이 차가운 4월 초. 군데군데서 휘잉 흙먼지가 일어 눈을 찔렀다. 정구엔 안 좋은 날씬데….

서대문에 있는 서울고등학교 앞 버스 정류장에 내리자 길 건너편에 <일본 파견 연식 정구 선수권 대회>라는 현수막이 펄럭이고 있었다. 천천히 육교를 건넜다. 나는 세 아이의 엄마답지 않게 조금

감상에 젖어 천천히 뚜벅뚜벅 계단을 밟았다.

정문에 이르자 훤히 트인 교정이 눈에 들어왔다. 많은 나무와 꽃들이 시새워 나를 반겼다. 노란 개나리가 재잘재잘 매달려 그 옛날 사촌 동생들처럼 깔깔대고 웃었다. 옛 모습 그대로인 숙모님께선 흰 목련 곁에서 다정히 웃으시고.

정구장은 교문에서 조금 들어가다가 왼쪽으로 굽어진 곳에 있었다. 삼면이 바다가 아니라 언덕으로 둘러싸여 그야말로 최적의 위치였다. 오늘 같은 바람에도 아랑곳없이 별천지인 양 아늑하기만 했다. 조금 전 거리에서 마신 흙먼지를 모두 씻어내 주기라도 할 만큼 공기는 신선했다. 저 나무들 좀 봐. 언덕이 온통 파랗지 않은가.

숙부님은 마침 경기 중이셨다. 두 개의 면에서 열심히들 경기하고 있었는데, 저쪽 면에서 전위를 보고 계시는 숙부님이 맨 먼저 눈에 들어왔다. 나는 본부석 뒤로 돌아 숙부님이 계시는 면 앞으로 갔다. 벤치에서 한 청년이 후딱 일어선다.

"누님!"

"오, 동생도 왔어? 오래간만이야. 잘 있었어?"

회사에 다니는 숙부님의 장남, 내 사촌 동생이다. 서울이란 어찌 된 게 일가친척도 몇 달씩 못 만나고 살게 만든다. 조부님께서 살아계신다면 얼마나 야단을 치실까.

경기는 팽팽히 계속되고 있었다. 숙부님은 그 큰 키로 높이 떠가는 볼도 찰칵찰칵 내리쳐서 관람객을 통쾌하게 만들었다.

찰칵!

"그렇지, 좋오타!"

박수박수박수!!

오랜만에 정구 경기를 보고 있으니 어린 시절 아버지 방에 대롱대롱 걸려 있던 라켓도 떠오르고, 여학교 때 방과 후 친구랑 남아서 땀 흘리며 배우던 생각도 났다. 그뿐인가. 대학교 때 남학생들이랑 즐겁게 경기하던 생각, 더 훗날 직장에서 동료들이랑 점심 후의 몇십 분을 즐기던 생각도 어지럽게 떠올랐다.

아버지가 일본 주오대학에 다니실 때, 정구 선수였던 것이 계기가 되어 숙부님, 오빠, 언니들까지도 정구에 관심을 가졌었다. 참, 오빠도 선수였었지. 어느 날 해묵은 앨범에서 중학생인 오빠가 다른 몇 학생들과 우승기를 가운데 놓고 빙 둘러서서 찍은 사진을 보았다. 그 오빠도 지금은 불혹을 훨씬 넘겼다. 병원을 차리고 환자들에게 진종일 시달리느라고 그 좋아하는 정구나 제대로 치시는지 모르겠다.

숙부님이 이제 후위를 보신다. 긴 볼이 보기 좋게 네트를 넘어간다. 30여 년 정구로 다져진 몸매가 예순을 바라보는 연세에도 오히려 날렵하시기만 하다.

"조오타!"

누군가의 흔쾌한 고함. 그와 동시에 박수박수박수!! 긴 볼이 세차게 날더니 상대편 코트의 구석 자리에 찰칵 떨어지고 공중은 잠시 고요하다. 상대가 볼을 놓친 것이다. 정구는 분명 귀족이다.

아픈 환상

아무도 밟히지 않고, 다치지 않고, 흥분하지 않은 가운데 경기는 끝났다. 숙부님 만세!

본부석을 향해 걸어오시던 숙부님이 나를 보시자 무척 반가워하시며 한마디.

"바쁜데 뭐하러 왔어?"

그러나 저 표정 좀 봐. 얼마나 기뻐하시는지. 아무렴, 따신 아랫목의 수필 한 편에 댈까.

숙부님 다음으로 한 노인 선수가 코트에 나오셨다. 하도 늙은 분이 나오는 바람에 나는 신기해서 멍하니 쳐다보고 있었다. 어깨는 앞으로 굽고, 머리카락은 거의 은발이었으며, 얼굴은 검고 주름이 주글주글. 게다가 검버섯이 군데군데.

그런데 막상 정구를 시작하자 전혀 딴 모습이 되었다. 공을 들고 몸을 약간 뒤로 젖히며 서브를 넣는데, 아, 이게 웬일인가. 탄력 있는 젊음이 씨잉 날아간다. 어머나, 나는 신이 나서 활짝 웃었다. 상대는 50대. 중년과 노년의 선수가 길게 난타를 친다. 잠깐 연습인 듯.

나는 대단한 흥미를 느끼며 노인을 바라보았다. 젊은 날의 향수를 불러 굳은 몸을 힘주어 푸시겠지. 조금 안 되었다는 생각과 함께 존경의 박수를 드리고 싶기도 했다. 고희의 나이도 넘었을 할아버지가, 세상에!

그때 문득 음료수를 들고 계시던 숙부님이 나를 쿡 찌르신다.

"아, 너 참, 인사드릴래? 저분이 바로 일본에서 형님이랑 함께 선수 생활하셨던 김 영감님이시다."

나는 깜짝 놀라 그 노인으로부터 시선을 거두어 숙부님께로 쏟았다.

"네? 아버지랑요?"

"그러니까 올해 일흔여섯이시다. 형님 동기이시니까."

"네?"

나는 아까보다 더 놀랐다. 빠른 속도로 가슴이 콩닥거렸다. 일흔여섯이라니. 도대체 무슨 말씀을 하시는 건가. 그런 나이는 우리 조부님 것이지, 왜 우리 아버지 것이란 말인가. 나는 아직 한 번도 돌아가신 아버지의 나이를 헤아려 본 기억이 없다. 그분은 언제나 마흔여덟. 아직도 패기만만하고, 선이 굵고, 호탕하고, 엄한 눈빛으로 우리를 제압하고, 공무를 위해 밤낮없이 바쁘신 분이거니, 하는 생각으로 아버지를 기억하고 있을 뿐이다.

그런데 저렇게 늙은 분이 아버지의 동기라고? 그럼 아버지가 살아 계신다면 저렇게 노인이 되셨을 거란 말인가? 아냐, 아냐. 그럴 순 없어. 믿어지지 않아. 저렇게 어깨가 굽고 주굴주굴한 얼굴. 아냐, 아냐. 나는 도저히 그런 아버지를 상상할 수 없어. 싫어, 싫어. 상상하기 싫어. 나는 눈을 감고 고개를 잘래잘래 저었다.

"가자. 경기 시작하기 전에 인사드리게. 퍽 반가워하실 거다."

숙부님이 앞장을 서셨다. 나는 재빨리 숙부님 앞으로 건너가 만류하면서 소리쳤다.

"싫어요. 가기 싫어요. 숙부님!"

내 목소리가 금세 촉촉이 젖었다. 동공도 물론. 숙부님은 그런

내 눈을 보시더니 민망한 듯 되돌아오셨다.

아버지.

나는 그 노인을 바라보며 오래 잊고 있었던 그 말을 오랜만에, 참으로 오랜만에 정감 어린 마음으로 불러보았다. 가슴 저 밑바닥에서 찌잉한 전류가 치솟아 목울대를 울려왔다. 침을 꼴깍 삼키며 두 눈을 깜빡깜빡 대여섯 번 움직여서 동공에 어린 물기를 말렸다.

그때 바로 그분의 경기가 시작되었다.

요즈음 우리 시대가 즐기는 테니스와는 달리, 어딘가 유연한 울림. 텅. 텅. 텅. 텅. 거의 규칙적으로 울려 퍼지는 연식 정구의 음량이 질 좋은 악기 소리처럼 감미롭다. 감미로운 게 어찌 소리뿐이랴. 말랑말랑한 그 촉감. 여학교 때 정구를 치면서 서브를 넣을 때마다 만지작거렸다. 마치 어머니의 젖가슴처럼 부드럽고 좋아서. 보들보들. 보들보들.

이쪽에서 저쪽으로, 저쪽에서 이쪽으로, 공 튕기는 소리는 때로 안정감을 주기도 하고, 때로는 숨차게 긴박감을 주기도 하면서 공중을 가르고 날랐다. 나는 갈매기처럼 포물선을 그리며 공중을 넘나드는 공을 따라 고개를 좌우로 돌려대며 관전을 즐겼다. 양쪽이 다 팽팽해서 나의 고개는 좀처럼 멈출 줄을 모른다. 그러다가 새라도 한 마리 날게 되면 나는 그만 어리둥절해진다. 공이 새인지, 새가 공인지…. 포르르, 폴 포르르, 그것들은 너무나도 닮아버린 비상을 한다. 아이, 어지러워라.

❖ 우리 가족이 겪은 한국전쟁

아버지는 그때 왜 그렇게 상황 판단이 둔하셨을까. 아, 그때 그 분 말씀만 들었어도 목숨은 구할 수 있었을 텐데…. 아버지와 친분이 두터웠던, 당시 국회의원 정일형 박사 가족이 서울을 떠나 피난 길에, 일부러 우리 집에 들러 이틀 밤을 묵은 일이 있었다. 그때 그 분은 공산군이 전주까지 쳐들어올 게 뻔하니 어서 함께 부산으로 떠나자고 종용했지만, 아버지는 고집을 부리고 전주에 남으셨다. 지금 현재로는 야인(野人)인데 무슨 변을 당하겠느냐고. 아버지는 1950년 봄, 전주시장 직을 사표 내고, 5월 총선 때 고향 광양에서 국회의원에 출마했다가 낙선했으니 야인이라는 게 맞긴 맞다. 하지만 겪어 보지 않은 상태에서 누가 감히 저들의 만행을 짐작이나 할 수 있었으랴.

호남지방까지 점점 붉은 물이 번져 들기 시작한 어느 날, 아버지는 간단한 옷 가방 하나를 들고 피난길에 나섰다. 중학교 5학년이던 오빠, 당신의 단 하나뿐인 아들을 데리고.

아버지의 모습이 제일 진하게 남아 있는 기억은 역시 그날 피난길에 오르시던 마지막 모습이다. 어머니와 우리 세 딸은 대문 앞까지 전송을 나가 불안하고 암담한 눈길로 한없이 그들 뒷모습을 바라보고 서 있었다. 아버지가 뒤를 돌아다 보며 말씀하셨다.

"어서들 들어가거라."

오빠도 뒤를 돌아보았다. 말이 없다. 아버지가 다시 한 걸음 앞으로 내딛으셨다. 오빠도 마지못해 따라 걷는다.

"잘 가서 몸조심해라."

어머니의 젖은 음성이 나직이 울린다. 다시 아버지가 뒤를 돌아보신다.

"어서 들어가라니까!"

조금 짜증 섞인 목소리다. 한마디 하시고 또 걸으시고, 한마디 하시고 또 걸으시고.

나는 그때 만 열 살도 안 된 막내로 도무지 무겁디무거운 그 분위기가 으스스하여 엄마의 허리춤을 꽉 붙든 채 아무 말도 못 하고 눈만 껌뻑거리고 서 있었다. 그게 가여웠던 것일까. 아버지가 문득 우리에게로 걸어오셨다. 그러고는 내 머리를 쓰다듬으며 언제보다 다정히 말씀하시는 거였다.

"잘 있거라. 세상이 조용해지면 아버지가 곧 돌아올게. 우리 지은이 선물이랑 사 가지고 곧 올게. 자, 이제 들어가거라. 응?"

곧 돌아올게. 곧. 곧. 도대체 그 '곧'이란 것은 몇 분, 몇 시간을 두고 이야기하는 것일까. 한 달을 지나고 일 년을 지나고, 세상이 조용해져서 많은 가족이 상봉하는데도 아버지는 돌아오지 않으셨다. 당신이 그렇게도 사랑하던 막내딸이 그 많은 학교를 졸업하고 입학해도 선물은커녕 빈 몸 한번 나타내지 않으셨다. 카메라를 어깨에 멘 수백의 아버지들 틈에서 나는 끝내 당신의 모습을 찾아내지 못하고 말았다. 무려 30년이 가까운 오늘토록.

아버지가 돌아가신 뒤, 첫 번째 타격을 받은 건 초등학교 졸업 때였다. 담임 선생님이 학급 아이들 여남은 명을 불러 은밀히 연필

한 자루씩을 주면서 그것으로 중학교 입시를 잘 치르라고 격려를 했다는 것이었다. 그때만 해도 중학교 입시경쟁이 치열했던 때라 나의 섭섭함은 대단했다. 세상에 내가 그 열 명 중에 끼지 못하다니. 성적순으로 한다 해도 아무 문제가 없지 않은가. 그런데 왜? 아버지가 계셨으면 절대로 그런 일은 없었을 거라며 눈물지었다. 나는 그 담임의 뚱뚱한 몸매와 훌렁 벗겨진 대머리를 기억한다. 그뿐인가. 중고등학교 담임도 다 기억 못 하는데 그분의 이름까지도 기억한다. 어린 나의 가슴에 너무나 쓰라린 아픔의 자국을 꾹 찍어준 그 선생님. 결국, 그분은 교직에 있는 나에게 뜨거운 교훈을 남겨 주셨다. 가난하고 소외된 아이를 더욱 따뜻이 대해 주어라. 네. 네. 알겠습니다. 그래서 지금 세심한 배려를 하고 있어요. 그분은 참으로 훌륭한 나의 반면교사가 되었다.

그때 그 친구들은 대개 지방 유지의 딸들이었고, 어머니가 학교엘 자주 들르곤 했었다. 그때로는 참으로 보기 드문 치맛바람인 셈이었다. 그런데 한없이 부럽게만 보이던 그 연필이 예상 밖으로 영험은 없었던지, 내 성적이 훨씬 앞질러 먹글씨로 쓴 긴 방(榜)의 머리 부분을 차지하게 되었다. 어린 마음에 얼마나 자랑스럽고 고소했던가.

텅. 텅. 텅. 텅.
연식 정구공 소리는 고요히, 그리고 감미롭게 들려왔다. 일정한 간격으로 계속 울려오는 깊은 산사의 북소리와도 같이. 어깨가 굽고 주름살투성이인 노인은 외모를 무색하게 잘도 치신다. 나는 숙부님께 여쭈었다.

"지금은 뭘 하신대요?"

"변호사지. 이제야 뭐 아들들이 장성해서, 운동이나 하고 여행이나 하시며 편안히 사시는 거지. 멋진 분이야."

나는 숙부님의 말씀을 들으며 은근히 그분이 승리하시기를 바라고 있었다.

아버지…. 나는 또다시 일흔여섯의 아버지를 상상해 보았으니 도저히 불가능한 일이었다. 문득 초등학교 때 월사금 타러 가던 기억이 떠올랐다. 우리 가족에게 아버지는 늘 엄해서 무서웠고, 어려웠다. 언니 오빠는 야단도 많이 맞았다. 그래도 나에게는 야단도 안 치셨고 다정한 아빠였다. 그러다 보니 언니 오빠는 돈 타러 갈 때마다 꼭 나를 앞세워 들어갔다. 아버지는 '공부 잘하니까 예쁘다' 하시며 깨끗하고 빳빳한 새 돈을 골라 나를 먼저 주시곤 했다. 그뿐인가. 미술엔 소질이 없어 교실 뒷벽에 그림 한 번 걸려본 적이 없는데, 어느 날 여름방학 때, 숙제 공책 표지에 나온 수박을 보고 그대로 그렸더니 '우리 막내, 그림도 잘 그리네' 하시며 궁둥이를 토닥토닥 두드려 주시기도 했다.

그런 아버지가 가족 중 누구의 손 한번 잡아보지 못하고 유언 한마디 남기지 못한 채 허허벌판 산비탈에서 무참히 죽임을 당하고 말았다. 아버지는 그 순간 어떤 기분이셨을까. 아무런 준비도 없이 적의 총부리를 대하고 무엇을 생각하셨을까. 허무? 고독? 체념? 그날 할아버지가 그곳에 가시지 않았더라면 어떻게 되었을까. 오묘한 피의 정기, 신의 계시여!

곳곳에 폭탄이 떨어지는 전쟁 속, 며칠 전 광양에서 올라오신 할아버지께선 불볕더위가 한창이던 7월 25일, 아버지를 찾아 길을 떠나셨다. 어머니가 놀라서 몹시 말리셨지만, 굳이 괴나리봇짐 하나를 메고 집을 나서셨다. 꿈자리가 사나워 도저히 그냥 있을 수가 없노라고.

그 무렵 우리는 사방으로 진을 치고 있는 공산군들 틈 속에서 주눅이 잔뜩 들어 감옥이나 다름없는 생활을 하고 있었다. 두 칸 겹집으로 방이 여덟 개나 되는 큰 한옥. 그동안 일산 가옥인 관사에서만 살던 우리는, 아버지가 시장직 사표를 낸 뒤, 할아버지를 졸라 고향 까끔(산)에서 가장 좋은 목재들을 베어다 온 정성 다해 지은 그 기와집을 얼마나 좋아했더가. 그러나 마지막 세부 손질도 끝내기 전에 전쟁이 터졌다. 그들은 이게 웬 떡이냐며 우리 집 큰 대문에 <인민 위원회>라는 간판을 걸고 이 방, 저 방, 사무실로 썼다. 대문에는 핏빛보다 선명한 인공깃발이 펄럭이고, 비행기 소리만 나면 누군가 잽싸게 뛰어가 그 깃발부터 땅바닥으로 철썩 눕히던 일도 뚜렷이 기억된다.

그들에게 본의 아니게 큰 공로를 세운 우리는 가운데 방 하나를 보상받고, 말도 크게 못 하면 숨죽이고 살았다. 하루아침에 모든 살림살이는 그들 차지였고, 우리는 불쌍한 더부살이였다. 식량도

의복도 어느새 주인이 바뀌고 말았다. 나는 너무 배가 고파 그들이 우리 뒤주에서 쌀을 퍼다 씻을 때 얼른 바가지를 들이밀어 뜨물을 받았다. 그리고 어머니는 텃밭에서 뜯어온 푸성귀를 그 뜨물에 넣고 끓여서 우리를 먹였다.

그뿐인가. 하루는 장롱이며 다락이며 벽장이며 온통 문짝마다 딱지를 붙여 도장을 쾅쾅 찍더니 절대로 손대지 말라고 엄포를 놓았다. 그러고는 며칠 후 트럭 두 대를 가져와 살림을 모조리 실어 가는 것이었다. 우리는 그 끔찍한 만행을 눈앞에서 보면서 아무 저항도 못 하고 그냥 당해야만 했다.

아, 생각난다. 어머니, 어머니, 우리 어머니. 어머니의 저항은 눈물겨웠다.

시집올 때 갖고 오신 노리개. 온갖 패물이 조랑조랑 엮인 그 영롱한 보석 꾸러미. 급한 일이 있으면 돈을 만들어 쓰라고 외할머니께서 넣어 주셨다는 그 노리개 꾸러미는 우리도 몇 번 만져본 일이 있었다. 그러나 워낙 소중하게 다뤄 혼자만 알게 두신 모양인데 그날 실어 낸 이불 짐 속에서 그것이 나왔었다.

"이것만은 주고 가시오. 이것만은."

"뭔데?"

"노리개요. 우리 어머니가 물려주신 노리개요. 아무것도 아니요."

그러나 그들이 보석을 못 알아보겠는가. 얼굴이 밝아지며 더 소중히 챙기는 것이었다.

"우리 어머니가 주신 거란 말이요. 그것만은 안 돼요. 그것만은!"

그렇게 애원하며 매달리다가 놈들의 발길질에 채이고 나동그라지신 어머니. 철없는 나에게는 그까짓 노리개가 뭐길래 저토록 창피를 당하는가 싶어 어머니가 밉고 바보 같아 보였다. 나는 추석에 신으려고 아껴둔 운동화를 빼앗기고도 아무 말 않고 그냥 있는데….

까만 운동화. 얼마나 신고 싶었던가. 아버지가 서울 갔다 오시면서 사다 주신 고 예쁜 운동화. 바탕은 까만색인데, 앞에 골무 크기만 한 하얀 천이 붙어 있어 산뜻했다. 거기에 자기 이름을 써서 신었다. 대부분 고무신을 신던 때라 참으로 귀한 운동화였다. 아끼지 말고 그냥 신어서 흙이라도 묻혔더라면 그들이 뺏어 가진 않았을 텐데 아깝고 아까워라.

그러나 훗날 오빠가 와서 더 속상해한 것은 자전거였다. 얼마나 아끼고 사랑하던 자전거인데, 그거 하나를 못 지켰냐고. 그러나, 그러나, 고향에서 올라오신 할아버지가 통탄하신 것은 전혀 다른 것이었다. 두 개의 왕골 고리짝. 아들이 그렇게도 애지중지하던 왕골 고리짝을 빼앗기다니 이럴 수가 있느냐는 것이었다. 아버지는 유별나게 서화(書畫)를 좋아하셨다. 좋아하시는 것을 넘어 수집광이셨다. 멀리 중국 것에서부터 우리 선인들의 귀하고 값진 글씨며 그림들. 단원 김홍도, 사임당 신 씨, 이당 김은호 선생의 그림들이며 의제 허백련 선생으로부터 선사 받은 열두 폭 병풍 등.

수집한 서화를 표구해서 걸어 놓으려면 많은 공간이 필요하다고, 모으는 족족 두루마리로 말아서 왕골 고리짝 속에 넣어두고,

시간 날 때마다 넓은 방에 좍 펴 놓고 무아경에 빠져 감상하시던 아버지. 어쩌다 예술 애호가들이 찾아오면 하나둘 꺼내놓고 즐겁게 느낌을 나누시던 아버지. 할아버지 역시 서화의 가치를 알았기에 아들과 함께 감상하고 즐기셨는데 그걸 빼앗기다니 말이 되느냐는 것이었다. 조부님은 죄 없는 담뱃대만 텅텅 두드리셨다. 그것은 물론 어머니나 우리에게 책임을 묻는 일과는 달랐다. 그렇게라도 화풀이를 하지 않고서는 어찌 견디시겠는가.

아, 할아버지. 아들의 죽음을 예감하고 폭탄 속을 걸어 걸어 50리 길. 마침내 산야에 팽개쳐진 아들의 주검을 찾아 바로 그 자리에 엉성히 땅을 파고 손수 묻어 준 부성애야말로 삼십 년이 가까운 오늘토록 나에겐 놀라운 신비가 아닐 수 없다.

할아버지 길 떠나신 뒤의 상황을 나에게 자세히 일러주신 분은 숙부님이셨다. 언젠가 꼭 소설을 써야지 하며 내 기억의 정수리에 묻어 두고 6·25 때마다 살포시 꺼내보며 더운 가슴 달래 온 게 어느새 몇 년인가. 이제 그 생생하던 몇 개의 장면은 희미해졌다. 더 이상 안개가 끼지 않게 오늘 또 한 번 꺼내 봐야지.

❖ 숙부님이 들려주신 이야기

심상치 않아, 심상치 않아, 아무래도 심상치 않아. 노인은 허공을 바라보며 중얼거리곤 다시 한 발 한 발, 완주군 구이면(九耳面)을 향해 초조한 걸음을 옮겼다. 칠월의 태양은 뜨거웠다. 인가라도 있으면 찬물 한 사발만 얻어 마셔도 한결 수월할 텐데. 부우웅 붕, 우잉, 쌔앵! 비행기 소리가 진동한다. 봇짐을 등에 진 채 노인은 보리밭 속으로 몸을 감춘다. 오늘 한나절, 벌써 이런 고역을 몇 번째 치르는가. 비행기는 어딘가에 폭탄을 던지는지 청력이 좋지 않은 노인의 귀에도 굉음이 들려온다.

'제발, 제발, 아들을, 아들을 만날 때까지만 내 앞에 폭탄이 떨어지지 말기를. 늙은 이 몸, 지금 죽어도 그만이지만 틀림없이 아들한테 무슨 일이 난 것 같아. 아들을 만날 때까지는 살아야 해. 아들을 구해야 해. 가다가 죽어선 안 되지. 안 되지.'

노인은 안간힘을 쓰며 비행기를 피해 걷고 걸었다. 아침이라고 꽁보리밥 겨우 한술 뜨고 점심도 굶은 채, 언덕바지를 넘고 산을 넘자니 칠십 나이에 도무지 말이 아니었다. 배는 등에 달라붙고 다리는 휘청거려 그냥 길바닥에 쓰러져 눕고만 싶었다. 해그림자를 봐서 4시는 넘었을 듯, 이제 거지반 다 왔는가. 폭격만 아니라면 좋은 길로 갈 수도 있으련만 인적 드문 산길로 더듬더듬 오르자니 하루해가 다 걸릴 모양이다.

투르륵 투르륵 쾅! 귀청이 터질 듯한 폭음 소리. 노인은 반사적으로 몸을 엎었다. 땀이 등줄기를 타고 내린다. 아예 모시 적삼이 찰싹 붙었다. 몇 번이나 안경을 벗어 닦았다.

그때 어디선가 사람 소리가 났다. 저쪽에서 장정들 여남은 명이 이리로 걸어온다. 인민군 같은 사람이 앞장을 서서 인도하는 듯. 노인은 으스스한 기분이 들어 그들을 피해 걸었다.

"쯧쯧. 또 저 젊은이들 어디로 데리고 가서 부역을 시키려고!"

노인은 슬슬 피해 걷는데, 머지않은 데서 또 굉음이 들린다. 투루룩 투루룩 쾅! 비행기는 계속 쏘아 대고 배는 고프고 너무나 너무나 힘이 들었다. 그래도 아들을 만나야 한다는 일념으로 마지막 온 힘을 다하여 걷고 또 걸었다. 노인은 마침내 아들이 가 있기로 한 구이면 친척 집에 당도했다.

여름철이라 여럿이 마루 끝에 나와 앉아 있었다. 느닷없는 노인의 출현에 모두 깜짝 놀란다.

"아니, 아저씨. 이 난리 중에 어쩐 일이십니까? 이 산골까지 오시다니요?"

"응. 우리 아들 좀 보려고 왔네. 꿈자리가 하도 사나워서."

노인은 가쁜 숨을 몰아쉬며 단도직입적으로 말했다.

"어서 좀 불러오게. 아들은 어디 있는가?"

온 식구들은 아무도 입을 열지 않는다. 잔뜩 겁먹은 사람처럼 눈치만 보고 있다. 노인은 애가 탄다. 후들후들 다리가 떨린다. 혹시 아까 그 무리 속에? 예감이 자꾸만 그쪽으로 쏠린다.

"어디 있냐니까? 어서 말 좀 하게."

그때 마침 아범과 같이 떠났던 손자 지훈이 건넛방에서 빠끔히 얼굴을 내밀다가 조부님이 와 계시는 걸 보고 후다닥 뛰어나왔다.

"할아버지!!"

손자 녀석은 후줄근히 젖은 할아버지의 모시 적삼 등을 부여안고 어엉어엉 울어댄다. 할아버지, 할아버지, 그 소리만 연속해서 지르며.

"무슨 일이 있었지야? 내 다 알고 왔으니 어여 말을 해봐라. 꿈자리가 하도 사나워서 그 폭격 속에 걸어왔다. 어서 말을 해라. 어서! 네 애비가 끌려갔지야?"

"할아버지, 할아버지, 어쩌면 좋아요. 바로 조금 전 유격대들이 와서…."

"아니, 아까 오다가 저 산 몬당에서 먼발치로 본 놈들이 바로 그 놈들이구나. 세상에, 세상에!"

"죄송합니다. 놈들이 어찌나 냄새를 잘 맡는지, 이 마을에서 일곱 분이나 끌려갔습니다."

순박한 농부인 당질은 자기 잘못이라기도 한 양 기가 푹 죽어 말했다.

"그나저나 좀 올라오시지요, 아저씨."

안 식구는 이제야 부채를 챙겨 오고 미숫가루를 타오고 한참 분주하다. 그러나 온 집안에는 이미 숨 막힌 긴장이 번질 대로 번지고 말았다.

"아, 글쎄 아무 일 없이 잘 계셨는데, 여러 명이 느닷없이 들이닥쳐서 그만! 옷도 일꾼 것으로 갈아입고 신발도 검정 고무신으로 바꿔 신고 감쪽같이 농부 차림을 하고 계셨는데, 하필 오늘사 말고 못된 놈들이 왔그만요. 유격대 중 한 사람이 시장님을 알아봤지 뭡니까? 건넛방에 숨어 있는 사람을 찾아내어 고개를 갸웃갸웃하더니 대번에 전주시장이 아니냐고, 손목을 끄는 거 아닙니까? 아무리 우리 집 일꾼이라고 소리쳐도 얼굴이며 손이 이렇게 흰 일꾼이 어디 있느냐며 믿질 않는 거라요. 그래 그만 이 마을 유지들과 함께 끌려갔습니다. 전주 재판소로 넘긴답니다."

온 식구가 노인의 표정만 살핀다. 혼자 남은 손자도 눈물을 거두고 노인의 얼굴만 쳐다본다.
노인은 멍하니 말이 없다가, 드디어 눈물 젖은 지훈의 손을 잡고 한마디 했다.
"지훈이 너라도 남아 있으니 천행이구나."
"유격대가 왔다고 마을 사람들이 귀띔해 주어서 후다닥 피신을 서둘렀는데, 시장님은 건넛방으로 숨고, 지훈이는 칙간으로 숨었답니다. 저 애가 뛰어나올까 봐 얼마나 가슴을 졸였던지요."
"할아버지, 용서하세요. 애비가 끌려가는 소리를 듣고도 못 뛰어나왔어요. 어째야 좋을지 몰라 몹시 괴로웠어요. 할아버지, 저는 죽일 놈입니다. 어째야 좋을까요. 제가 어째야 좋을까요?"
"시끄럽다. 무슨 소리를 하는 거냐? 너는 우리 집안의 종손이다. 형제도 없어. 그 점 명심하고 앞으로도 몸조심 각별히 해야 한다."
노인은 하나뿐인 손자 녀석이라도 이렇게 남아 있는 것이 몹시 고마웠다. 까까머리가 자랄 대로 자라 부스스 밤송이 모양을 하고 죄인처럼 웅크리고 서 있는 지훈의 손목을 움켜잡았다. 열아홉 살 한창나이에 전들 오죽 괴로웠을까. 그 마음 알고도 남지.

다시 꿈 생각이 났다. 무슨 물이 그렇게 시커멓던가. 강인지, 소

(沼)인지, 하여간 시꺼먼 진구렁 속으로 아들이 빠져들어 가는 걸 아무리 건져내려 애를 써도 되지 않던 것이다. 그래서 그만 그 폭염 속에, 그 폭격 속에 달려왔는데 아들의 얼굴 한번 못 보고 이게 무슨 변고인가.

"좀 들어와 쉬시지요. 피곤하실 텐데…. 정말 면목 없습니다."

노인은 말없이 방으로 들어갔다. 간단한 요기를 하고 시들대로 시들은 몸을 눕혔다. 머릿속이 어지럽다.

'전주로 간다고? 그럼 내일 또 전주로 가야지. 미련한 놈. 부산으로 피난 가라니까 지금은 야인이라 괜찮다고 고집을 부리더니만. 시장 사표 내고 국회의원 출마하여 온 집안을 북새통으로 만들더니 그 상처도 아물기 전에 이게 웬 변고인가. 차점으로 낙선되는 바람에 지금은 야인이라고 고집을 부리더니만. 아이고, 틀림없어. 아까 산 고개에서 먼발치로 본 그놈들이 바로 아범을 끌고 간 거야.'

노인은 좀 더 태연히 그들 가까이 가 보지 못한 것이 후회스럽다. 이 생각 저 생각에 한숨만 쉬고 있는데 문득 바깥이 수군수군, 무언지 수상하다. 무슨 일이 또 생겼나? 벌떡 일어나 문을 열고 내다보았다. 웬 여인이 노인과 눈을 맞추자 겁에 질린 모습으로 후다닥 외면한다.

"무슨 일인가?"

"… 글쎄요. 저, 저."

"뭘 또 감추나? 어서 말 좀 하게."

마당에서 함께 수군대던 손자가 노인 곁으로 다가온다.

"할아버지!"

"어여 말해 보아라. 무슨 일이 또 난 게지?"

"글쎄 확실치는 않습니다만 애비가 어떻게 된 모양입니다."

그제야 여인이 고개를 들고 말한다.

"제가 저 고개를 넘어오는데요. 갓 피 흘린 시체가 대여섯 구 쓰러져 있구만요. 혹시나 해서 가 보셨으면 하고요."

"뭐라고?"

"너무 놀라진 마십시오. 확실친 않으니까요. 어르신."

노인은 벌떡 일어나 신을 신었다.

"가자, 어서 가 보자. 자네도 같이 가 주게. 날이 어두운데 이 일을 어쩌나."

노인이 앞장을 서고 당질과 손자가 뒤따랐다. 언제 50리 길을 걸어왔느냐는 듯 노인은 허둥지둥 아까 넘은 고개 쪽으로 급히 걸었다. 저녁 어스름이 되어서인지 비행기 소리는 조금 뜨음한 것 같았다. 한걸음에 여인이 말한 고개에 다다랐다.

"아니, 이럴 수가! 세상에 무지막지한 놈들 같으니라고!"

띄엄띄엄 쓰러져 있는 여섯 구의 시체들. 주위엔 온통 갓 흘린 선혈이 낭자했다. 인적 끊인 산비탈에 죄명도 모르고 죽어간 젊은 이들. 쯧쯧. 불쌍도 하지. 제 명에 못 죽고 객사를 하다니! 노인은 자기도 모르게 소리쳤다.

"이놈들아, 이 날도둑놈들아, 새파란 내 아들을 이 꼴로 만들다니! 너는 자식도 없느냐? 하늘이 무섭지도 않으냐? 이놈들아, 천벌을 받을 이 몹쓸 놈들아!"

그 곁에서 당질도 울고 손자도 울었다.

"아버지, 아버지, 죄송해요. 제가 나왔어야 하는 건데, 아버지 대신 제가 붙들려 갔어야 하는 건데, 아버지, 아버지…."

어둑한 저물녘, 아무도 올 리 없는 산마루에서 쌓인 울분을 터뜨리려는 양 울고 또 울었다. 얼마 후 노인이 먼저 눈물을 거두고 일어났다. 시체를 처리해야지. 남의 집으로 끌고 갈 수도 없고 이 일을 어찌해야 한단 말인가. 아무리 생각해도 묘안이 없었다. 이곳에 그냥 묻어줄 수밖에.

"괭이랑 삽을 얻어 와야겠네. 자네가 수고를 좀 해주게."

당질을 가까운 인가로 내려보내 놓고, 노인은 허울 좋은 염습의 형식을 치렀다. 가슴에 총알이 지나간 자국이 역력했다. 한 발이 아니었다. 적어도 서너 발은 쏜 모양이다.

"쯧쯧, 이 피를 다 어찌할꼬. 물이 있어야 닦기라도 하지. 전주로 간다더니 해가 저무니까 다급했던 게지. 누가 도주를 시도라도 했나?"

당질이 삽과 괭이를 얻어 왔다. 구덩이를 팠다. 시체 옆 비탈진 언덕에 겨우 한 사람 웅크리고 누울 정도의 구덩이를! 어이하랴. 이미 빳빳이 굳어진 아들을 피 묻은 옷 그대로 묻고 흙을 덮었다. 그리고 손자에게 마지막 한 삽을 떠넣게 했다.

쯧쯧, 불쌍한 것. 칙간에 앉아 애비 붙들려 가는 소리를 들었을 때, 제 마음인들 얼마나 괴로웠을꼬. 게다가 이 꼴을 다 보고 말았으니…. 그나저나 저들 시체는 어이할꼬. 서로 연락해서 가족들이 찾아오려면 그대로 두는 게 낫겠지.

노인은 마지막 삽을 거두고, 무릎 꿇고 앉아 훌쩍거리는 손자를 일으켜 산에서 내려왔다. 돌아오는 걸음은 유난히 다리가 휘청거렸다. 당질과 손자가 눈치채고 양쪽에서 부축했다. 아무도 말은 없다. 끊길 듯 끊길 듯 이어지는 한숨 소리만이 엇섞여 흐를 뿐.

"지훈아, 마음을 굳게 먹어라. 너라도 살았으니 천만다행이다."

"할아버지!"

이번에는 휘청거리는 손자를 노인이 부축한다. 당질은 죄스러운 몸짓으로 고개를 숙인다.

"고개 들게나. 자네 잘못 하나도 없네. 세상을, 세상을 잘못 만나서 이런 걸 어쩔 것인가."

이튿날 노인은 오십 리 길을 되짚어 전주로 왔다.

부우웅, 휘잉, 비행기가 무수히 지나갔지만 왜 그런지 무섭지 않았다. 아들을 만나러 갈 때는 혹여 다칠까 아깝던 목숨이었지만, 이제 아무런 의욕도 없었다. 마흔여덟. 사내 나이 마흔여덟이면 한창때다. 무르익은 인생 체험을 바탕 삼아 한참 일하기 좋은 나이다. 아들 다섯 중 큰아들인 그는 어릴 때부터 머리 쓰는 게 달라 기대가 컸다. 중국 마량의 백미(白眉)처럼 되려나 싶어, 서울로 중학교를 보냈고, 결혼 후 처가의 돈으로 일본 유학까지 간다고 할 때도 흔쾌히 허락했다. 그러나 그 결과는 무엇인가. 서울로, 광주로,

전주로, 관리 생활한답시고 다만 며칠도 함께 있어 보지 못한 채, 마침내는 국회의원에 출마하여 온 집안 식구의 진을 빼고, 그리고는 갔다. 아무 말도 없이 저만 갔다. 처자식을 버리고, 부모를 버리고, 저만 혼자 갔다. 불쌍한 것. 당선만 되었으면 부산으로 피난을 갔을 텐데, 야인(野人)이라 괜찮을 거라며 고집을 부리다가 저 지경을 당했다.

부우웅, 휘잉, 씨잉, 투루룩!

비행기가 요동을 쳤다. 어딘가에 폭탄을 투여하나 보다. 새파란 아들도 갔는데 이 늙은 몸 아등바등 살아서 무얼 하나…. 아아, 그래도 남은 것들을 생각하면…. 애비 없는 오 남매 손주들이 하나둘 떠오른다. 노인은 한숨이 절로 나온다. 마음이 다시 조급해진다. 어서어서 가 보자.

해거름에 전주 집 대문을 들어섰다. 며느리가 화들짝 반긴다.

"아이고, 아버님! 비행기 등쌀에 어찌 다녀오셨는가요?"

"별일은 없었냐?"

"네. 거기는 모두 무고하시던가요?"

"다 잘 있더라."

"꿈자리가 하도 시끄러워서 저도 내일쯤 가 볼까 했었습니다."

노인은 가슴이 미어진다. 전들 느껴지는 게 없었으랴. 어떻게 사실을 알린단 말인가. 한없이 숨길 수도 없는 일. 저 어린 것들을 며느리가 어떻게 추스르며, 생활은 또 어떻게 꾸린단 말인가. 쯧쯧, 불쌍한 것들.

그때 열 살짜리 막내 손녀가 밖에서 놀다가 들어온다.

"할아버지 오셨어요?"

전쟁이 났건 말건, 폭탄이 떨어지건 말건, 애비가 죽었건 말건, 어린 손녀는 표정이 밝기만 하다.

"비행기 조심해라. 될 수 있으면 나돌아다니지 말고, 폭격 소리 나면 얼른 지하실로 숨고, 응?"

"네. 할아버지."

쯧쯧. 저 어린 것이 애비를 잃다니. 그래도 열대여섯은 넘어야 무얼 좀 알지. 노인은 손주들이 클 동안 무슨 일이 있어도 자신이 살아남아야 한다는 생각이 들었다. 죽어서는 안 돼. 애비 없는 저것들을 내가 돌보지 않는다면 누가 돌보랴. 고향에 있는 까끔과 전답. 그리고 사람들이 생금(生金) 밭이라고 하는 대밭 등이 떠올랐다. 잘만 관리하면 저것들 뒤는 댈 수 있으리라. 죽은 아들을 위해 할 수 있는 일은 바로 그것뿐이잖는가.

여고생인 둘째, 여중생인 셋째 손녀가 들어섰다. 철든 아이니까 사실을 이야기할까? 노인은 몇 번이나 망설였다. 그러나 입이 열리지 않았다. 못 해. 못 해. 고개를 절레절레 흔들었다.

아무것도 모르고 텃밭에서 상추를 뜯고 있는 며느리가 보였다. 말해 버릴까? 그래도 에미한테는 알려 줘야지. 그래도…. 좀만 더 참자. 이따 저녁이나 먹고 애들이나 잠들거든.

꽁보리밥 한 술을 상추에 싸서 뜨는 둥 마는 둥, 저녁상을 물리고 밤이 되기를 기다렸다. 며느리는 잠이 오지 않는지 풀잎 긁어

모은 것을 마당 가운데 놓고 모깃불을 피운다. 매캐한 연기가 뜨락에 번지자 기승을 부리던 모기들이 윙, 윙, 도망을 간다. 파리 한 마리가 노인의 정강이를 간지럽힌다. 손에 들고 있던 태극선 부채로 정강이를 철썩 쳤다. 그러나 파리는 잽싸게 도망쳐 달아났다. 며느리를 불러야지, 불러야지, 하면서도 용기를 못 내고 애꿎은 파리만 줄곧 쫓았다. 쯧쯧. 노인은 문득 아들 생각을 한다. 파리 목숨만도 못하게! 아들을 향한 놈들의 총구가 선명히 떠오른다. 눈물이 와락 솟구친다. 안경을 벗어 삼베 적삼에 문지르며 눈 딱 감고 며느리를 불렀다.

"에미야, 이리 좀 오너라."

모깃불을 뒤적이던 며느리가 놀란 얼굴로 돌아본다.

"애들은 다 자냐?"

"네."

"그 사람들은?"

"모르겠어요. 다들 방에서 무얼 하는지."

"그리 앉거라."

"……."

"내 아무리 생각해도 너한테는 말을 해야 할 것 같다."

"무슨 일입니껴?"

"맘 굳게 먹고 들어라. 너무 놀라지 말고…. 아범이 갔다."

"네? 가다니요? 어디로요?"

"죽었어. 놈들한테 붙들려서 총살을 당했어. 소리치지 마라.

저자들 들을라."

"아니, 아버님. 무슨 말씀이신가요? 왜 죽어요? 살자고 농삿집으로 피난 간 사람이 죽다니요?"

"그 골짝까지 유격대가 왔더란다. 엊저녁에 내 손으로 묻어주고 왔다. 관도 없이 피 묻은 옷 그대로 그 자리에 묻었다. 전쟁이 끝나면 고향 선산으로 이장을 하자."

멍청히 노인을 바라보기만 하던 며느리가 조금 실감이 나는지 훌쩍이기 시작했다. 이 방, 저 방, 놈들이 차지하고 있으니 크게 울 수나 있는가. 쯧쯧, 죽은 아들보다 더 불쌍한 게 너로구나.

"세상을 잘못 만나 그런 걸 어쩔 것이냐. 남은 식구들이라도 별 탈 없이 지내야 할 텐데 걱정이구나. 언제까지 이 난리를 겪어야 할지. 내 아무래도 심상치 않다고 안 하더냐. 아범 말고도 몇 명이 끌려갔단다. 산 몬당에서 죄다 그 지경을 당했더라. 전주 형무소로 데려간다고 했다는데, 날이 저무니까 그냥 총살을 한 모양이야. 그래도 하늘이 도와서 시체라도 반듯하고, 또 내 손으로 묻어주고 왔으니 다행 아니냐. 저 과수원집 영감처럼 삽괭이로 찍어 토막 내서 죽였다면서? 그러면 시체인들 반듯하겠냐. 거기다 비하면서 너무 상심하지 말고 잘 견뎌라. 비행기가 뜨음하면 나랑 한번 산으로 가서 실컷 울자."

며느리는 입 밖으로 터지려는 통곡을 참느라고 두 손으로 입을 막고 엎드려 운다. 저 설움이 오죽하랴. 노인은 안경을 벗어 자꾸 닦으며 며느리를 달랜다.

"자, 애들 알라. 어서 일어나 정신을 차려라."

며느리가 고개를 들고 자세를 가눈다. 울어도 울어도 신통치 않은 슬픔이지만 어이하랴. 남은 사람들은 이 무서운 전쟁 속에서 또다시 살아가지 않으면 안 되는 것이다.

"아, 참, 지훈이는 어찌 되었는가요?"

"다행히 무사하다. 그놈까지 붙들렸더라면 어쩔 뻔했냐. 조금 더 있다가 세상 조용해지면 나오라고 했다."

"아, 네. 그나마 다행이네요. 후우우!"

며느리가 긴 숨을 몰아낸다. 애써 눈물도 거두어들였다. 노인은 그렇게 큰 슬픔도 그보다 더한 슬픔에 비기며 체념하고 자위할 줄 아는 며느리가 그저 기특하고 고마울 뿐이었다.

그 뒤, 할아버지께서는 전주에서 할 일은 다 하셨다고 생각되셨는지 막내 아들이 있는 광주로 가셨다. 그러니까 그분이 바로 여기 정구를 하러 오신 숙부님이시다.

텅. 텅. 텅. 텅.

칠십 노인의 정구는 여전히 계속되고 있다.

할아버지께서는 광주에서 한 사흘 머무르셨는데, 무언가 긴한 말을 할 듯, 할 듯, 하다가 끝내 안 하시고, 고향으로 떠나는 길에 오르셨다고 한다. 숙부님의 이야기는 계속되었다.

"예감이란 건 무시 못 해야. 아버님이 그렇게 그늘진 얼굴로

담뱃대만 물고 계시는데, 꼭 형님한테 무슨 일이 일어난 것 같더라. 그래도 내 쪽에서 먼저 그런 말을 꺼낼 수가 있어야지. 헌데 끝내 아무 말씀 없이 떠나시는 거라. 그 비행기 통에 노인이 광양에서 전주로, 또 엊그제 전주에서 광주로 오셨는데 이제 광양(光陽)으로 가신다니, 참 애가 탈 일이지. 그러나 아버님 성질이 간다 하면 가시는 분이니까 어쩔 것이냐. 배웅을 나갔지. 그런데 거기서 또 그러시는 거야. '아이, 아범아!' 하고 불러서 걸음을 멈추면, '아니다, 어서 들어가거라. 에미 기다리겠다.' 하시고는 한숨만 푸욱 쉬시고, 또 무슨 말을 할 듯하다가 그냥 가시고 하니까 내가 여엉 집으로 들어갈 수가 없는 거라. 그래서 그만 화순 고개까지 따라가지 않았겠냐. 나는 속으로 더 이상 따라가서는 돌아갈 길이 바쁜데 어쩌나 하며 아버님을 졸랐지. '제발 들려주십시오. 무슨 일이 있는 거지요?' 했더니 나를 한참이나 물끄러미 바라보시다가 입을 여시는 거야.

'놀라지 마라. 네 큰 형이 죽었다. 피신해 있던 구이면에 유격대들이 나타나서 그만! 이번에 내가 가서 묻어 주고 왔다. 여기저기 알릴 건 없고 너만 그냥 알고 있거라.'

하시더니 목이 메시는지 더 이상 아무 말씀도 못 하시고 그냥 줄달음을 치시는 거야. 내가 쫓아갈 엄두도 못 내고 멍하니 바라만 보고 섰는데, 아버님 옷자락이 빨딱 고개 너머로 사라지더구나. 어찌나 슬프고 허무하던지. 그때처럼 아버님이 가여워 보인 적이 없어. 무엇이든 당신 주장대로 하시고, 한다 하면 끝까지 다 해내시던 분이 그렇게 무기력해지시다니! 참 기가 차더라."

내가 고등학교 1학년 때였다. 오랜 투병을 끝내고 여름방학 중 어머니가 돌아가시자, 할아버지는 큰 용단을 내리셨다. 언니들은 고등학교 졸업도 못 마친 상태에서 고향으로 불러갔지만, 나만은 숙부님 계신 광주로 옮겨 학업을 계속하게 해 주신 것이다. 방학이 끝날 무렵, 전주여고에서 광주여고로 전학 절차를 마치고 숙부님 댁으로 거처를 옮기던 첫날 저녁, 숙부님께서 들려주신 말씀이다.

숙부님은 그 긴 사연을 전달하고 나서 잠시 쉬었다가 한마디 하셨다.

"다 전쟁 탓이지. 앞으로야 그런 고생을 또 하겠냐. 하루아침에 부모를 잃었으니 너희들 외로움이 오죽하겠느냐만 조부모님이 그만큼 건재하셔서 보살피고 계시니 혹여 비투루 나가지 않도록 조심해라."

나는 젖은 눈매 체로 짧게 '네.' 하고 대답했었다. 나의 미래를 회의하면서.

❖ 놀라운 영(靈)의 세계

그해 봄으로 기억된다.

어머니가 이삼 년 전부터 내내 편찮으셔서 집안 식구들 마음 편할 날이 없었다. 6·25의 상처가 쌓이고 쌓여 심장과 신장 질환을 일으킨 것으로 나타났다. 갑자기 먹을 것 입을 것에 궁핍을 느끼며 남은 자식들을 보살피자니 오죽 고달팠을까.

"사람을 데리고 갈라면 살림이라도 좀 남겨주든지, 그렇게 몽땅 살림을 뺏어 갈라면 사람이라도 좀 살려 주든지. 세상에 그런 무지막지한 놈들이 또 어이 있을꼬."

어머니는 자주 우두커니 앉아서 그런 푸념을 하셨다. 사실 아버지만 살아계신다면 두 트럭, 석 트럭 실어간 살림이 아까울 게 무어랴.

하여간 전쟁이 끝나고 이 땅엔 그런대로 평화가 찾아왔건만 어머니는 날로 건강을 잃어 갔다. 구례군 수령, 정3품 통정대부의 손녀요, 김 진사댁 셋째 딸로 부러울 것 없이 자란 어머니로서는 한꺼번에 몰아친 시련이 너무나 견디기 힘들었던지, 병세는 날로 안 좋아졌다.

그 무렵 가까이 살던 어머니의 당고모님이 자주 우리 집을 드나드셨다. 그러다가 그 봄에 나를 데리고 <그곳>에 가신 것이다. 그곳. 지금도 내 머릿속에 선명히 남아 있는 그곳. 중년 여인의 변화무쌍한 얼굴, 흰 눈자위, 쉰 목소리….

변두리 철로 길을 건너서 언덕을 지나 좁은 오솔길로 한참 들어가니 잘 가꾼 채소밭이 나왔었다. 그리고 하얀 감꽃이 졸랑졸랑 매달린 감나무 한 그루가 딱 버티고 서 있는 곳에 그 집 대문이 있었다. 옛날 부잣집 같은 인상.

"자식들이 알면 큰일 난단다. 양갓집 마나님인데 어쩌다 신이 들려서 그리 용한 점쟁이가 되었다는구나. 참, 점쟁이하고는 다르지. 바로 죽은 사람이 그 여자를 통해 나온다는 거야. 그러니까 망인 중에 누군가 만나보고 싶은 사람이 있을 때 이 집을 찾아오는 거지. 전쟁을 치렀으니 집집마다 보고 싶은 사람이 오죽 많겠냐.

남편, 부모, 형제들을 만나러 곳곳에서 온단다. 나는 느이 엄마가 하도 골골해서 느이 아범이나 한번 불러 볼라고 그런다."

겁먹고 따라간 나를 보고 할머니가 말씀하셨다. 나는 생전 처음인 그런 일에 공포와 더불어 상당한 호기심을 느꼈고, 동시에 과학을 배우는 학생으로서 누군가에게 들킬까 봐 퍽 부끄러움도 느껴 살살 눈치를 보며 따라갔다.

대문을 밀고 들어섰다. 잘 가꿔진 텃밭에서 싱그러운 초록색이 한꺼번에 나를 보고 웃었다. 그 아름다운 풀잎이 그날의 나에겐 왜 그렇게도 으스스했던가. 마치 먼 영(靈)의 세계에서 마중 나온 요정들만 같았다. 할머니는 그 집 아들 없는 틈을 타서 사전 계획을 잘 짜 두었기 때문에 순조롭게 그 여인을 만났다. 얼핏 보아 오십 대가 될락 말락. 옷매무새도 깔끔하고 얼굴 모습도 귀티가 났다. 아무리 보아도 양반집 마나님이었다. 방안 살림도 반지르르 윤기가 났다.

"자, 빨리 서두릅시다. 중간에 애들이 들어오면 다 망쳐버리니까."

여인이 맘씨 좋은 웃음을 지어 보였다. 할머니는 접어 가지고 온 쪽지를 내밀었다. 아버지의 생년월일, 이름, 죽은 날짜 등이 적혀 있는 쪽지였다.

여인은 무어라고 중얼중얼 주문을 외기 시작했다. 중얼중얼 중얼중얼. 곁 사람이 알아듣기 힘든 이상한 말로 숨도 안 쉬고 계속 중얼거렸다. 나는 조금 무섭기도 해, 긴장하며 그 여인을 지켜 보고 있었다. 잠시 후 여인의 얼굴이 일그러지기 시작했다. 조금 전의 양반집 마나님 같은 얼굴이 아니었다. 양미간을 찌푸리며 무언가 견디기 힘든, 어딘가 몹시 아픈 몸짓으로 자신의 얼굴을 깨뜨려 갔다.

"물, 물, 물, 물 좀. 한 모금만, 어서!"

몹시 다급한 목소리로 부르짖었다. 그 집 일 하는 아줌마가 물 한 사발을 떠다가 내밀었다. 얼른 받아 단숨에 벌컥벌컥 들이켰다. 그러고는 정신이 난 듯 고개를 들어 나를 보더니,

"아가, 지은아, 네가 왔구나. 내 새끼야!"

하고는 한 걸음 내게로 가까이 몸을 옮겼다.

으음! 아! 그때의 경악을 무어라 표현할 수 있으랴. 귀신 이야기를 듣고 무서워하며 잠 못 이루던 어린 시절 잠자리에서처럼, 나는 오들오들 떨며 할머니의 허리춤을 붙들었다.

"고모님도 오셨소. 이것들은 어찌 지내고 있습니꺼? 아가, 지은아! 우리 막둥이, 그동안 어떻게 살았느냐? 이리 좀 와 봐. 내 새끼야!"

여인은 내 앞으로 가까이 다가오며 나의 대답을 강요했다. 할머니가 나를 달래며 좀 가까이 가라고 재촉한다. 나는 그 여인에게 손을 잡힌 채 도무지 입이 열리지 않아서 발발 떨고만 있었다. 몸은 온통 할머니에게로 젖히면서.

"지은아, 애비다, 애비야. 왜 애비를 몰라보느냐. 지은아, 대답을 좀 해라. 지은아!"

그 목소리는 쉰 듯한, 갈증에 탄 듯한, 거친 숨소리까지 섞여 무척 다급하게 들리는 아버지의 것이었다. 아까 처음 들어섰을 때 듣던

그 여인의 것과는 사뭇 달랐다. 나는 차츰 그 얼굴이 아버지의 얼굴로 보이고 있다는 것을 느꼈다.

"지은아!"

이윽고 조금 용기가 났다.

"네."

나는 겨우 그 한마디를 끌어냈다.

그제야 그는 기분이 나는 듯 대고모님을 바라보며 우리 집 식구의 안부를 줄줄이 묻기 시작했다. 너무나 놀랍게도 그는 할아버지, 할머니를 비롯해 우리 가족 전부를 알고 있었다. 할아버지가 가는 귀 잡수시어 많이 불편하실 텐데 귀찮아 말고 옆에서 잘 보살펴 드리라는 말까지 했다. 세상에, 어찌 그런 세세한 일까지 다 안단 말인가.

"지훈이는 잘 있냐. 학교 공부는 어쩌는고. 가가 나 때문에 많이 놀랐을 거다. 할아버지한테 말씀드려라. 그날 그렇게 뜻 밖에 나타나셔서 내 주검을 거두어 묻고 가느라 얼마나 고생하셨냐고. 나는 만날 객지로 돌면서 효도 한번 제대로 못 했는데 아버님은 그 전쟁 중에 거기까지 오셔서 나를 묻어 주고 가셨다. 그런데 꼭 여쭈어라. 나 묻힌 자리가 평지가 아니고 비탈이라서 반듯하니 다리를 뻗을 수가 없다. 어찌나 불편한지. 언제 여유가 생기면 날 꼭 고향 선산으로 데려가 달라고 여쭤라, 응?"

여인은 정말 이미 자기 자신이 아니었다. 목소리도 얼굴 모습도 자꾸만 아버지를 닮아갔다.

"쯧쯧, 이것아. 내 귀염 어지간히 받은 막내야. 지금도 공부는 잘 하냐? 네가 남자만 되었어도 지훈이가 든든할 텐데. 참, 네 어머니는 좀 어떠냐. 아직도 그렇게 아프시냐?"

나는 이때다, 하고 얼른 말했다.

"네, 아버지. 안 그래도 그 때문에 오늘 아버지를 뵈러 왔어요. 아버지! 제발 좀 알려 주세요. 어떻게 하면 어머니의 병환을 낫게 할 수 있나요. 부탁입니다. 어머니는 절대 데려가시면 안 됩니다. 어머니라도 남아야 저희가 살지요."

나는 엉겁결에 그 여인의 무릎에 얼굴을 묻고 흑흑 느껴 울면서 애걸했다. 옆에서 할머니도 끼어들어 거들었다.

"자네 혼자 갔으면 그만이지, 애들은 어쩌라고 그려? 제발 어멈 좀 살려 주어."

"고모님, 제가 데려가려 하다니요? 그 일 때문에 나도 얼마나 걱정하는데요."

"그럼 어떻게 혀? 저것들 부모 없이 크는 걸 어떻게 봐? 딱해 죽겠어."

"살릴 방법이 있기는 해요. 약을 잘만 찾아 쓰면."

"아니, 정말? 무슨 약을 어떻게?"

"아가, 잘 들어라. 풀이다. 약초여. 다섯 가지 약초다. 인동넝쿨, 바다나물, 꾸지나무, 어육, 해산초. 이 다섯 가지 풀을 구해다가 끓여 드려라. 그중 한 가지만 빠져도 안 돼. 잊지 말고."

"뭐? 뭐? 다시 한번 말하소. 지은아, 얼른 받아 적어라."

고모할머니는 구세주라도 만난 듯 서둘렀고, 나 역시 눈이 번쩍 뜨이는 관심으로 큰 희망을 품고 받아 적었다.

얼마 후 여인은 본래의 자기로 돌아왔다. 우리가 너무 신기해하니까 자기는 아무것도 모른다고 했다. 그중 목이 몹시 타던 것은 기억이 나는데, 그것은 총 맞아 죽은 사람들의 경우에 느끼는 공통점이라고 했다.

아버지! 마지막 눈 감을 때, 꼭 그렇게 숨 가빠하고 목말라 하셨나요. 무슨 생각을 하며 가셨나요. 신앙도 없던 아버지. 마지막 누구를 부르며 가셨나요.

나는 그 일로 해서 누가 뭐래도 영혼의 '존재, 있음'을 믿게 되었다. 단지 그 영혼은 아무런 권리도 능력도 있을 수 없다는 것, 그러나 존재는 하고 있다는 것을 믿었다. 동작이나 의지나 그 밖의 어떤 것도 따를 수 없는 상태 그대로, 존재만 하는 영혼.

나는 허탈했다. 아버지라 부르며 그냥 무릎에 엎드려 울었던 그 여인. 본연의 자기로 돌아와 방글방글 웃으며 맑은 목소리로 이야기하는 그 여인을 옆에 두고 나는 심한 회의에 빠졌다. 도대체 어떻게 된 것일까. 그것은 누구에게도 말하기 싫은 비밀의 세계였다. 그러나 분명 내가 영혼의 세계에 다녀온 것만은 사실이 아닌가. 누가 이것을 믿어 줄 것인가.

할머니와 함께 그 집 대문을 나오자, 갑자기 온 세상이 새하얀 빛깔로 보였다. 눈이 부셨다.

어둠의 세계에서 갑자기 눈을 뜬 느낌이랄까? 언덕을 오르고 오솔길을 걸으면서 나는 아직도 가슴이 뻐근하여 말 한마디 할 수가 없었다. 할머니도 내 심정을 눈치채신 듯 아무 말이 없으셨다. 금지된 구역에 숨어 들어가 남몰래 은밀한 것을 보고 나온 사람처럼 가슴을 두근대며 사방을 둘러보았다. 하얬다. 어찌나 눈이 부신지 몇 번이고 눈을 깜빡거렸다. 내 흰 교복 윗도리에 오월의 햇살이 쏴아 부서져 내려 더욱 눈이 시린 오후였다. 게다가 한길 옆 채소밭에는 때마침 무 장다리꽃이 무더기로 피어 있어 금가루를 뿌려 놓은 듯 찬란했다. 아무래도 딴 세상에 온 것만 같은 착각이 들었다. 나는 자꾸 눈을 깜빡거려 보았다. 그러나 다시 언덕에 보이는 아가씨들. 어린이들. 분명 아무 일도 없는 일상의 거리였다. 한 아이가 시든 민들레꽃을 따서 후루룩 불며 내 곁으로 지나갔다. 솜털 같은 꽃씨가 팔래팔래 날아갔다. 틀림없는 이승이었다.

"아가, 어떠냐? 참으로 그 여자, 용하지야?"

이윽고 할머니가 내게 말을 걸었다. 나는 비로소 내 위치를 깨달았다.

"네. 좀 무서워요. 어떻게 우리 남매 이름을 다 알고, 할아버지 귀 어두운 것까지 알까요?"

"그러게 말이다. 어서 가서 그 약초나 알아보자꾸나. 그리고 할아버지께 말씀드려 어서 이장을 서둘러야겠구나. 평지가 아니라 불편하다고 하네. 아이고."

철로에 다다르자 아까 보이던 인가도 보이고 이제 갓 피어나기 시작한 아카시아 꽃 숭어리며 이름 모를 나뭇잎들이 화창한 봄볕 아래 반짝이고 있었다. 그러나 그 방의 어둑한 분위기와 그 여인의 일그러진 얼굴, 가쁜 숨을 몰아쉬던 그 목소리는 나를 놓아주지 않았다.

그곳을 다녀온 뒤, 우리 가족은 예의 다섯 가지 풀을 구하러 나섰다. 그러나 이 일을 어쩌나. 그 중 해산초라는 풀만은 아무리 물어봐도 아는 사람이 없는 것이었다. 도대체 어떻게 생긴 것을 알아야 구할 것이 아닌가. 약초에는 상당히 박식하신 조부님이셨지만 끝내 그 풀만은 못 찾고 말았다.

우리는 그냥 한 가지 모자란 대로 네 가지 약초만을 달여 어머니에게 드리기로 했다. 혹여 넘을세라, 탈세라, 온갖 정성을 다해 달여드렸다. 아버지가 구해 보내신 약이니 효험이 있을 거라고 모두 희망을 품었고, 어머니 자신도 기꺼이 그 거무튀튀한 풀물을 마셨다.

그러나 몇 날이 가고, 몇 달이 지나도 어머니의 병환은 아무런 차도를 보이지 않았다. 내가 학교에서 돌아오면 어머니는 얼굴이며 손, 발, 등 퉁퉁 부어서 차마 볼 수 없는 몰골로 나를 기다리고 있었다.

텅. 텅. 텅. 텅.
지금도 생각난다. 정구가 그렇게도 재미있었을까. 진종일 대문께만 보고 날 기다릴 어머니 생각은 않고 해거름까지 친구들과 정구를 즐겼었다. 한 번만! 이번 한 번만! 그 대신 공 떨어뜨리지 않기! 하며 왼발 앞으로 살짝 내고, 두 손 함께 공중으로 모두어 찰칵, 서브를 넣던 소녀. 철없는 단발머리 중학생.

그때 의과대학생이 된 오빠는 이따금 집에 들러 어린 나에게 어머니 간호에 필요한 의학지식을 가르쳐 주었다. 바로 위 언니에겐 혈관 주사 놓은 법까지도. 말코피린? 마르코피린? 아마도 그런 이름인 듯. 독일제 주사약으로 기억되는데, 그때로는 상당히 귀한 약이었던 것 같다. 아무튼, 가용을 쪼개서 이틀 거리 약국에 들러 그 약을 사 왔었다. 기껏 내 약지 손가락만 한, 쬐끄만 유리병 속의 주사약을.

어찌 된 약인지 그 주사만 놓아드리면 징그럽도록 부어오른 부기가 싸악 빠지고, 내 선량하고 다정한 어머니, 평상의 모습이 되던 것이었다. 그때 요강이 철철 넘치도록 방뇨를 했음은 물론이다. 마지막 무렵엔 언니들도 여학교를 졸업하여 모두 조부님 곁으로 내려가고, 나 혼자 남아 어머니를 모셨었다. 손수 밥 짓고 빨래하며 학교에 가는데 정말 눈코 뜰 새 없었다. 그런데도 그놈의 정구를….

텅. 텅. 텅. 텅.

나는 그때 학창 가를 휩쓸던 연식 정구에 상당한 재미를 가졌었다. 배구도 농구도 공이 내게 오는 것이 무서워 피하던 나이지만 정구는 달랐다. 너무나 좋았다. 오빠가 쓰던 헌 라켓을 얻어 들고 시간 가는 줄 모르게 즐겼었다.

터엉! 라켓의 한중간에 공이 와 닿으면 울림소리부터가 그렇게 경쾌할 수가 없었다. 그 흔쾌한 순간을 위해서 몇 번이고 실수하면서 땅거미가 내리도록 정구를 즐겼다. 그러다가 문득 어머니 생각이 나면, 아이고, 나 좀 봐. 내가 미쳤지. 하고는 죄송스러운 마음으로 줄달음을 치곤 했었다.

"어므니이."

나는 대문을 밀면서 늦은 귀가를 용서해 달라는 듯 정답게 불렀다. 어머니는 늘 우두커니 문께를 바라보며 안방 문턱에 기대앉아 나를 반겼다. 나는 울컥 솟는 연민과 참회의 눈물을 가슴 속으로 삼키며 책가방을 내려놓고 잽싸게 손을 씻은 다음, 퉁퉁 부은 어머니의 팔뚝에 주사를 놓는 것이었다. 그러고는 허둥지둥 부엌으로 들어가 쌀 씻어 밥 짓기. 밤이면 또 남에게 뒤질세라 예습, 복습하기.

그런 생활이 몇 달 계속되자 조부님께서 오빠를 시켜 어머니를 고향으로 데려갔다. 그때의 허전함이라니. 징그럽도록 부은 얼굴로라도 좋았다. 대문을 밀고 들어서면 문턱에 팔을 괴고 앉아 나를 반겨주시던 어머니. 내겐 그런 어머니의 모습이 뜨겁도록 필요했다. 방방이 세 들어 사는 여인들의 동정을 사는 것도 어찌 그리 싫던지.

❈ 고향 집

여름방학이 되자마자 나는 고향으로 내려갔다. 방학 때마다 들뜬 흥분 속에 자랑스럽게 내려가던 나의 고향! 고향 가는 길은 멀고도 멀었다. 기차를 타고 순천까지 가서 그곳에 사는 이모님 댁에서 하룻밤 묵고 이튿날 아침 다시 버스를 타고 두어 시간 달려

진상(津上)이란 곳에 내린 다음, 거기서부터는 '뱀재'라는 산 고개를 넘어 한 시간 남짓 걸어가야만 도착하는 산간벽지 진월면 차사리(津月面 車蛇里). 그런데도 방학마다 기꺼이 내려갔던 것은 조부모님의 훈훈한 사랑 덕분이었으리. 그리고 또 있지. 그 아름다운 자연. 우리 집 뒤란을 빼앵 둘러싼 대숲의 운치. 철 따라 날아드는 갈가마귀 떼들의 날갯소리. 퍼 써도 퍼 써도 다시 솟아 넘치는 마당 가 우물물. 감히 어떤 음료수가 그 맛을 당하랴. 한여름에도 이가 시렸지. 샘물이 얼마나 잘 솟는지, 동네 사람이 다 길어가도 물은 넘쳤다. 맨 위 본 샘은 제법 깊었다. 큰 시멘트 통을 세 개나 묻었고, 그곳 중간에 구멍을 내서. 그리로 흘러넘치는 물을 받아 통 하나를 묻은 중간 샘을 만들었다. 여름이면 그곳 중간 샘엔 늘 수박이나 참외, 또는 열무김치 단지 등이 담겨 있었다. 냉장고 역할이다. 그곳에서도 물은 흘러넘쳤다. 그래서 또 그 아래에 옴팍 패인 돌을 놓고 물을 받았다. 맨 아래 돌확 샘이다. 그곳에서 우리는 세수도 하고, 걸레도 빨았다. 도시에 와서 수돗물이 귀할 때, 나는 우리 집 샘이 그리웠다. 또 여름만 되면, 어떤 음료수보다 맛있었던 그 샘물이 정말 그리웠다. 그 모든 것들이 방학만 되면 나를 손짓해 불렀다.

순천에서 버스를 타고 진상면 정류소에 내리면, 너른 들판의 한 가운데 한참을 서 있곤 했다. 툭 트인 시야. 초록의 세상. 사방의 논에 벼잎들이 살을 엘 듯 시퍼렇게 잘도 자라있는 모습이 보기 좋아서다. 이윽고 모퉁이 가게를 돌아 왼쪽으로 구부러져 산길로 접어

든다. 얼마쯤 오르면 처녀 무덤이 있고, 목화밭이 있고, 산딸기나무가 있고, 저만큼 비탈의 인가에선 교복 입은 여학생, 도회 아가씨를 구경하러 꼬마들이 줄을 지어 나오고.

언덕바지를 오르면 언제나처럼 팔 아름 크게 벌리고 서 있는 낙락장송이 나를 반겼다. 고향 집에 갈 때마다 잠시 쉬는 휴게소 같은 곳. 짐을 내려놓고 시를 읊거나 노래를 부르며 짧은 휴식을 즐겼다. 주변에 즐비하게 서 있는 산딸기나무. 그 빨간 열매를 따서 입에 퐁당 넣으면 달콤한 진액과 함께 오돌오돌 씹히던 씨알의 감촉. 나는 산딸기를 간식 삼아 산길을 걷고 또 걸었다. 그러다 보면 산 몬당 상봉이 나왔다.

상봉에 서서도 잠깐 멈추었다. 바람이 있는 대로 불어와 등허리에 흥건히 밴 땀을 씻어준다. 타올로 닦듯이 말끔하게. 나는 낱낱이 흩어지는 머리카락 소리를 즐기며 저만큼 아랫마을을 내려다 본다. 우리 집은 금방 눈에 띄었다. 80여 호 인가에 딱 두 채의 기와집. 하나는 둘째 숙부님 댁 안채고 하나는 조부님 계시는 사랑채였다. <용암세장(龍岩世庄)>! 할아버지 손수 쓰신 현판이 걸려 있는 자랑스러운 고택. 그리고 바로 그 아래 초가가 나의 생가이다.

할아버지! 할머니! 거기서부터 나의 걸음은 바빠졌다. 산비탈을 이용한 논에서 피를 뽑고 있는 동네 아저씨들. 콩밭을 매다가 나무 그늘에서 새참을 먹고 있는 아낙네들. 햇빛에 부서지며 졸졸거리는 산골 물줄기들. 푸른 잎 싱싱하게 빛내며 얼기설기 어우러진 고구마잎 넝쿨들. 나뭇가지 위에서 온갖 애교스러운 소리로 지저귀는 산새들을 만나며 나는 걸음을 재촉했다.
 그런 것들은 여름방학 때마다 맞게 되는 즐거운 공식이었다.

 그러나 그날은 그런 아름다운 자연을 벗 삼아 낭만에 젖어볼 틈도 없이 단숨에 십리 길 좋이 넘는 산 고개를 넘어, 우리 집 대문에 도달했다.
 "어머니, 어머니! 어떻게 견디셨어요? 어머니, 마르코피린 안 맞고도 괜찮았어요?"
 나는 땀 닦을 새도 없이, 그 맛있는 우물물 떠 마실 새도 없이, 어머님 누워 계시는 방으로 들어가 가쁜 숨을 몰았다.
 "객지에서 혼자 고생했지야? 이 에민 괜찮다. 할아버지, 할머니가 온갖 좋다는 약 다 구해다가 달여 주셨다. 봐라. 부기도 없지야? 나 때문에 네가 너무 고생했지. 인제 다 낫거든 내가 너 호강시켜 줄게. 잉?"
 어머니는 아닌 게 아니라 조금 차도가 있으신 것 같았다. 머리를 깨끗이 감아 빗고 단정히 앉으신 품이 전주에서 뵙던 그 모습은 전혀 아니었다. 그때의 얼굴을 모습이랄 수 있을까. 몰골. 그렇지, 그건 몰골이었지. 너무 끔찍하여 차마 입에도 담을 수 없는 이상야릇한 몰골. 그런데 그날은 누구보다 선량한 모습, 시댁 식구들을 위해 희생만 하던, 걸핏하면 남편의 손님 치르기, 심지어는 기생 놀이 뒷바라지까지 하던, 그래서 보살 같다던 내 어머니의 참모습으로 돌아와 있지 않았던가.

조부모님은 더할 수 없는 정성으로 어머니를 간호했다. 화로에 숯불을 피워 약 단지를 올려 놓고, 일하는 언니들 손도 못 대게 하시며 숯 넣는 것에서부터 부채질이야 불 조종을 손수 하셨다. 그리고 마루 한쪽에 삼베 수건이랑 하얀 사기 대접을 챙겨 놓고 하루 세 차례씩 한 치의 어김도 없이 손수 약을 짜서 먹이시는 것이었다. 옛날 고생시킨 며느리에 대한 보상이라도 하듯이.

어머니가 광양 산골 한학자인 할아버지의 며느리로 시집을 오게 된 경위도 독특했다. 할아버지 누님이 매천 황 현(黃玹) 선생의 동생 황 원(黃瑗)에게 시집갔는데, 거기서 난 딸 황태화가 구례 김 진사 댁으로 시집을 갔더란다. 그런데 함께 살아보니 셋째 시누이가 아주 영리하고 얌전하더란다. 그러자 광양 외갓집 종손 생각이 나더란다. 워낙 똑똑해 외가 식구들이 자랑으로 여기는 외사촌 동생, 그와 딱 어울리는 배필이라 싶어 발 벗고 광양과 구례의 다리를 놓게 된 것이란다. 그래서 그분은 우리 외숙모가 되었다.

그때 아버지는 서울 중동 중학교에서 공부하는 열다섯 살 소년. 어머니는 열여덟 살 규수. 당시 살림이 넉넉했던 외갓집에서는 서울에 집을 얻어 외삼촌 내외와 함께 살게 하고, 어머니는 새댁들이 다니는 <하나 요메>에 입학시켜 공부를 시켰단다. 그 뒤, 아버지는 중학교를 마치자 외할머니를 졸라 일본으로 유학을 떠나고 어머니만 광양 시골집으로 내려와 시부모님을 모시게 되었단다. 어머니는 아직 태기가 없고, 이미 5형제를 둔 시어머니만 아기를 계속

아픈 환상 225

낳아 막내 시동생과 시누이의 산 간호를 어머니가 직접 했다고 한다. 열여덟 푸른 나이. 친정에서 그리운 것 없이 살다가 첩첩 산골로 시집와서 시동생들 뒷바라지에 시어머니 해산바라지까지 했다니 그 고생이 오죽했을까. 그래도 군말 없이 부지런히 잘해 내서, 조부모님이 얌전한 며느리라고 칭찬하시며 무척 아끼셨다고 한다.

조부님은 아들을 속수무책으로 보냈지만, 며느리는 살려야 한다고, 정말 최선을 다하셨다. 그리고 약을 달이고, 삼베 수건에 짤 때마다 말씀하셨다.

"약이란 세 가지 중 하나만 잘 못 돼도 효험이 없는 법이다. 첫째 짓는 사람의 정성, 둘째 달이는 사람의 정성, 그리고 무엇보다 먹는 사람이 신념을 가지고 먹어야 하는 법이야."

그 말씀은 지금도 내 가슴에 박혀 있어, 가족 중 한약 먹을 일이 생길 때마다 신경을 배로 쓰게 한다.

어머니가 조금 우선해지자 우리는 신바람이 났다. 그런 중에 음력 유월 초 열흘, 아버지의 기일이 돌아왔다. 조부님은 하루속히 아버지 묘를 이장해야 한다고 별렀지만, 어머니 병환이 더 다급하다 보니 손도 쓰지 못한 채 또 제사를 맞게 된 것이다.

할머니께선 섬진강 건너 하동(河東) 큰 장까지 사람을 보내어 제수 거리를 사들이고 대소가 어른들은 우리 집으로 모여들기 시작했다. 닭을 잡는 사람, 생선을 다루는 사람, 남포를 닦고 석유를 붓는 사람, 마당 앞뒤를 깨끗이 청소하는 사람…. 갑자기 온 집안이 법석을 떨었다.

언니랑 나랑은 할머니가 시키는 대로 놋그릇 닦기를 맡았다. 가마니를 깔고 마당 가에 앉아 무슨 기왓장 가루라고 하는 잿빛 약료를 물 적신 짚수세미에 묻혀 힘껏 닦으면 푸르스름히 녹이 났던 그릇들이 눈부실 정도로 반짝거려지곤 했다. 그 중 좀 더 힘이 들었던 것은 향로(香爐)와 촛대였다. 오불탕꼬불탕 굴곡을 따라 민첩하게 손을 움직이며 우리는 시종 재잘거렸다. 이제 어머니의 병환은 낙관적이라고. 마치 지금부터 씻어야 할 제기(祭器)는 힘들이지 않고 물에 헹궈 마른 행주질만 하면 되듯이, 앞으로는 하루가 다르게 회복되실 거라고 키들거렸다.

그러기에 종일 일을 해도 피곤을 몰랐다. 심지어 시원해지라고 아래 샘물에 띄워둔 수박이며 참외도 그날따라 방실방실 웃는 듯 희망스럽게 보였다. 집안 어른들도 모두 그렇게 생각하는 것 같았다. 마당 한쪽에 자리한 전철 가에서도 몇몇 아녀자들이 전을 부치면서 재잘재잘. 깔깔깔. 요즘 들어 보기 드물게 밝아진 집안 분위기였다.

"아이고, 그만들 웃어. 제사상에 올릴 생선전에 침 튀기겠네."

진두지휘하는 둘째 숙모님 목소리.

"형님, 그런 말씀 마세요. 우리 오빠 그까짓 걸로 섭섭해하실 분 아닙니다. 큰 형님 건강이 우선해지는데 이 이상 기쁜 일이 어디 있겠어요. 모처럼 모였으니 실컷 웃읍시다."

광주에서 일부러 내려오신 고모님도 한마디.

"원, 뭐라고들 해 쌌는지, 어서어서 일들은 않고."

가는 귀 잡수시어 잘 못 들으시는 조부님 말씀. 어쨌거나 집안은 밤이 늦도록 웅성댔다.

어머니도 예외일 수는 없었다. 제사에 참석하려면 머리를 감아야 한다고 칭얼대시어 저물녘에 우리가 머리를 감겨 드렸고, 의복도 속옷부터 차례로 일습을 갈아입혀 드렸다. 어머니는 기운이 나시는지 높은 문턱에 양팔을 짚고 앉아 밤이 이슥토록 밖에서 일하는 사람들의 모습을 지켜보고 계셨다. 그러다가는 말참견도 하셨다.

"그 양반은 파 산적을 좋아하셨어. 육회도 좋아했지. 생선회도. 아이고, 날씨나 좀 선선할 때 돌아가셨어야 싱싱한 해물을 상에 놓지. 원 이 복더위에!"

그뿐인가. 나도 뭐 할 일을 좀 달라고 조르기도 했다. 할아버지가 그 마음을 아시고 손수 치고 계시던 밤 그릇을 건네주셨다.

"기운이 좀 나냐? 한번 쳐 볼래?"

"네, 아버님."

어머니는 아주 좋아하며 고개를 굽신하고 덜컥 받더니, 비늘째 물에 담긴 밤톨을 하나씩 건져내, 성했을 적 솜씨로 동글납작 잘도 치시는 것이 아닌가.

이윽고 자정이 넘어 제사상에 메 진지가 오르고 숙부님 축문 읽는 소리가 나직이 번져갔다. 숯불 담은 향로에 연필 밥처럼 깎아 놓은 향나무 조각을 계속 집어넣어 온 집안이 매캐한 향 내음으로 가득한 가운데 의식은 정중히 진행되고 있었다.

"이제 다들 곡(哭)해라."

얼마 후 조부님의 지시가 있자, 온 가족들은 제청 마루 앞에 엎드려 '어이, 어이, 어이' 곡을 했다. 우리 딸들은 소리만 내는 게 아니라 진짜 눈물을 뚝뚝 떨구며 슬피 울었다. 오랫동안 어머니의 병환으로 인해 제각기 쌓였던 눈물이 출구를 찾아 분출하는 것 같았다.

"고만들 해라. 이제 고만들 거두어라."

목멘 할머니의 목소리가 우리를 제지했다. 아, 그런데 이게 웬일인가. 언제 기어 나오셨는지 어머니가 제청 마루까지 오셔서 머리를 풀고 어엉어엉 통곡을 하는 것이 아닌가. 우리는 너무나 당황하여 어머니를 부축하고 고정하시라 만류했지만, 결국 거기 모인 친척들이 합세하여 어엉어엉, 어엉어엉, 한도 없이 울었다. 낮은 담을 넘고 넘어, 고요한 고향 산천을 흔들어 놓았던 그 밤의 곡소리!

바로 그날이 어머니가 살아 계시다는 것을 실감하게 한 최후의 날이었다. 마치 다 나은 듯이 지껄이고 행동하던 어머니. 그러나 그 날 이후, 어머니는 다시 기력을 잃고 몸져누우시더니 보름 만에 아버지 곁으로 가 버리고 말았다.

❈ 폭풍우 몰아치던 새벽

그 무렵은 우기(雨期)를 맞아 며칠을 두고 장맛비가 내렸었다. 하루도 빠안 할 새가 없이 추적추적 비가 내렸다. 젖은 빨래들이 이 방 저 방에 널려 퀴퀴한 냄새를 풍기고, 사람의 몸에서도 쉰내가 났다. 부엌에선 땔감이 눅눅히 젖어 매운 연기를 내뿜고. 조부님은 약 단지 앞에 쪼그리고 앉아 습기 때문에 꺼져가는 화롯불을 지키기에 여념이 없으셨다. 하지만 그 크신 정성도 어머니의 심장에 멍울진 한국전쟁의 상처만은 달랠 수가 없었다.

그러던 어느 날 아침이었다. 해라도 솟았다면 또 몰라. 그 우중충한 날 아침에!

간밤 내내 비바람이 부는데, 어지간한 집은 날아가려니 싶었다. 부엌문 옆에 걸린 키가 후루루 날았다. 처마 밑에 걸어둔 남포등이 토방에 떨어져 산산조각이 났다. 비 젖을까 봐 장작더미를 덮어둔 가마니가 훌훌 날았다. 샘물 지붕에 씌워둔 함석 챙이 요란한 소리를 내며 떨어져 내려 마당을 휩쓸었다. 참으로 무시무시한 밤이었다.

그런데 말이다. 참 우습기도 하지. 아무리 생각해도 미친 짓이다. 어머니 시중을 들며 함께 자고 있던 우리 세 자매는 누가 먼저였는지 치기 어린 제의를 했고 모두의 찬성을 얻어 그 일을 실천했다. 그것이 바로 나의 뇌리에서 지워지지 않는 '은행 줍기'의 생생한 기억이다.

고향 집 동구 밖에는 다섯 그루의 은행나무가 있었다. 은행은 참 묘한 것이어서 꽃도 없이 마주 바라보는 음양만으로 열매가 연다는 식물이다. 아닌 게 아니라 다섯 그루 중 한 그루는 한 번도 열매를 구하지 못했다. 수 나무이던 것이다. 수컷 나무?

그들 은행나무는 둘째 숙부님 댁 것이었는데, 꽤 수입원이 되고 있어 동네 사람들이 부러워했던 나무다. 나무가 어찌나 우람한지 도시의 가로수에서 보던 은행나무와는 감히 비교도 할 수 없었다. 그런데 비바람이 부는 늦여름 아침이면 그 열매가 온 바닥에 떨어져 한 가마 정도 긁어모으는 것은 문제가 아니었다. 그래서 동네 처녀애들은 늦여름 소나기 때마다 재빨리 삼태기를 들고나와 은행을 줍곤 했다. 그 풋풋한 은행을 발로 비벼서 까는 재미, 알갱이를 빼내어 살짝 굽거나 전철에 볶아 먹는 재미, 그 재미야말로 시골 아이들만이 누릴 수 있는 순박한 즐거움이었다. 전철 가에서 '앗 뜨거, 앗 뜨거' 소리치며 비늘을 벗겨 내면 반지르르 윤기 도는 연초록 알갱이가 쏙 나왔었지. 입에 퐁당 넣으면 야들야들 식감도 좋고 잘도 씹히던 그 맛!

"야, 이런 날이야말로 은행 줍기로는 최고다. 빗소리 때문에 잠도 안 오고, 우리 갔다 오자."

아마 둘째 언니였던 것 같다. 겁 많던 나도 얼씨구나 찬성했다. 어머니 간호에 지친 우리들의 치기가 발동했던 것은 아니었을까. 셋째 언니가 말했다.

"엄마, 우리 잠깐 나갔다 올게. 은행 주워다 볶아 드릴게."

"아이구, 야야, 비가 저렇게 오는디 어딜 나간다고?"

"그래도 재미로. 얼마나 재밌다고."

"알아서 해라. 하기야 요즈음 맛있을 때다만"

새벽 4시. 그야말로 컴컴한 밤이었다. 우리는 삼태기, 자루, 양동이, 등 그릇 하나씩을 챙겨 들고 쓰나 마나 한 낡은 종이우산에 몸을 의지하여 동구 밖으로 나갔다. 다행히 그 당시 참 귀물이던

'플래시', 기역 자로 꺾인 국방색 손전등이 있어 그걸로 비 내리는 어둠 속을 비추며.

그런데 이것 좀 보게나. 부지런도 하지. 그곳엔 대여섯 명의 처녀들이 벌써 와 있었다. 뇌성벽력이 몰아치는 무시무시한 새벽. 그 요란한 비바람 속에 무슨 음모나 꾸미듯 집을 빠져나온 우리는 의외로 공범자가 많음에 허탈해져서 마주 보고 껄껄 웃었다.

후두둑, 후두둑, 빗소리와 합주하여 떨어지는 은행을 찾아 아가씨들은 이리 우르르, 저리 우르르, 몰려다녔다. 은행은 정말 많이도 떨어졌다. 후두둑, 후두둑, 그러면 또 우르르, 우르르, 몰려 달려가는 아가씨들. 살포시 여명이 밝아오자, 더 많은 동네 아가씨들이 나왔다. 열 명도 넘게 모인 듯. 그러다 보니 '여기는 내 꺼!' 팔을 벌려 원을 그리는 점령파도 있었다. 그러면 애쓰고 쫓아갔다가 허탕을 치고는 뛰뛰발레 주둥이 내밀며 토라지기도 하고.

이따금 온 마을이 쪼개질 듯한 뇌성벽력. 번갯불이 번쩍번쩍 은행나무 주변을 비추면 모두가 다 홀딱 젖은 몸매임이 드러났다. 얇은 여름옷이라 찰싹 달라붙어 가관이었다. 아이고, 부끄러워라. 은행은 계속 떨어졌다. 우리는 주웠다기보다 긁어 담았다. 숙모님 댁 수입원인데, 이렇게 많이 떨어져서 어쩌나, 죄송스러운 마음이 들 정도였다. 조금 후 동이 트면서는 더 많은 동네 처녀들이 나타나고, 은행나무 주인집 사촌 동생들도 나왔다. 먼저 나온 이들의 젖은 몸을 보고 키들키들 웃는다. 이건 뭐 거의 알몸 상태가 아닌가. 부끄러워라.

그동안 우리들의 그릇은 넘칠 정도로 그득 찼으므로 늦게 나온 사촌에게 나누어 주고 집으로 돌아왔다. 집에 이르자 할머니께서 호통을 치셨다. 에미는 아파 누웠는데 그까짓 은행은 주워다가 뭐 할라냐. 원, 그래도 한 년이라도 남아 에미를 지켜야지, 이 속 없는 것들아.

그때 어머니가 문틈으로 고개를 빠끔히 내밀며 한마디 하신다.

"제가 은행이 먹고 싶어 보냈구먼요. 아이고, 으응. 으흥. 아가, 어서들 좀 들어오너라."

그 목소리가 어찌나 다급히 들리던지 우리는 젖은 몸을 닦는 둥 마는 둥 달려 들어갔다.

"내가 죽을 것 같다. 조부님 모시고 오너라. 숨이 차서, 숨이 차서, 누웠을 수도 없고, 앉았을 수도 없어. 아이고, 어머니!"

우리는 허둥지둥 어머니를 안아 요에 눕히고 나는 재빨리 조부님을 모시러 갔다. 지난밤 비바람에 훌훌 날아간 집기들을 챙겨 제자리에 갖다 두시느라고 마당을 한 바퀴 도시던 조부님이 내 말을 듣고 깜짝 놀라 방으로 들어오셨다.

"아니, 왜 그러냐? 밤에 몹시 앓더냐?"

누가 그 대답을 할 수 있으랴. 우리가 은행나무 밑에서 우르르 우르르 몰려다닐 때, 그 뇌성벽력 몰아칠 때, 어머니는 혼자 고통을 당하셨구나 싶으니 너무나 죄송했다. 하나만이라도, 하나만이라도, 남아 있을걸. 막내인 내가 남아 있어야 하는데. 긴 병에 효자 없다고 시름시름 몇 년을 앓다 보니 이런 일이 생긴 것인가. 동네가 쪼개질 듯한 뇌성벽력은 바로 고통 속에 허덕이던 어머니의 울부짖음이었던가.

"으흐응. 으흐응. 아버님, 제가 죽는가 봐요. 저것들을 어쩔까요. 이 몹쓸 며느리 용서하세요. 아버님, 하나도 아니고 둘 다 부모님 먼저 가다니. 아이고, 아이고, 후우. 후우. 숨이 차서. 아가, 나 좀 일으켜 줘 봐. 못 살겠다. 정말 죽겠구나."

조부님이 어머니를 안아 일으켰다.

"괜찮냐? 그럼 눕지 말고 앉아 있어 볼래?"

"아니요, 아니요, 그래도 숨이 차요. 가슴이 답답해 죽겠어요. 어머니, 어머니, 나 좀 데리고 가요. 제발 나 좀 데리고 가. 으흐응. 으흐응."

어머니가 어머니를 찾는 걸 보니 덜컥 겁이 났다. 정말 못 견디시겠나 보다. 고인이 되신 외할머니가 저 목소리를 듣는다면 얼른 뛰어와 몸소 저승으로 안내해 주실 것만 같았다. 그러나 영혼! 아무런 권한도 능력도 없는 존재. 그대로의 상태여!

조부님은 헐떡거리는 어머니를 팔에 안아 가슴을 쓸어주다가 다시 뉘어 보았다가 어떻게 편안히 운명을 시키려고 애를 쓰셨다. 할머니가 이웃 숙모님들을 부르시고, 사랑채에 있던 오빠도 내려오고, 온 가족이 모여 앉은 가운데 분위기가 차츰 절박해져 갔다.

"허고 싶은 말 있으면 해라."

침착한 조부님 목소리.

"아버님, 어머님, 죄송해요. 저것들을 부탁드립니다. 그저 비뚤어지지 않고 올바로 크게, 으흐응, 으흐응, 아버님 용서하세요."

"어머니, 정신 좀 차리세요. 어머닌 안 죽어. 아버지 하나면 됐지,

왜 어머니까지. 안 돼, 안 돼. 싫어, 싫어."

"막둥아, 미안하다. 네가 제일 고생했지? 나 없어도 공부 잘하고 바르게 커라, 잉? 지훈아, 어쩌끄나. 네 짐이 무겁다. 동생들 잘 보살피고, 잉? 조부모님 계시니까, 말씀 잘 듣고, 제발 행실 바르게…."

그다음은 어머니의 목소리를 들을 수가 없었다. 가래 끓는 숨소리만 가쁘게 들릴 뿐, 의식을 잃어 가고 있음이 역력했다. 아무리 불러도 소용없고, 게슴츠레 눈을 깜빡이며 빈사지경이 되어 갔다.

"쯧쯧. 저라도 오래 살면 이것들 여우고 한세상 보련만."

할머니가 눈물을 훔치며 한 말씀 하시자, 방 안에서 방 밖에서 훌쩍이는 소리가 높아졌다. 조부님은 우리 남매를 어머니 곁에 나란히 앉히고 임종을 지키도록 하셨다. 방학 중이라 다 모여 있는 게 그나마 다행이라 하시면서.

으흐응 소리도 없어지고 가래 끓는 소리만 가느다랗게 들렸다. 일 초, 일 초, 한 생명이 완전히 끊기기까지의 시간이 얼마나 길고, 엄숙하고, 긴박한 것인가도 그때 배웠다. 끊길 듯 끊길 듯 이어지는 마지막 숨소리. 나는 계속 신에게 빌었다. 되돌려 주소서. 하느님, 퉁퉁 부은 얼굴로라도 좋아요. 어머니를 살려 주세요. 은행 따윈 줍지 않겠어요. 효성 지극한 딸이 될게요. 하느님, 단 일 년만이라도. 아니, 며칠만이라도 함께 살게 해 주세요.

그러나 다음 순간 어머니의 고개가 한쪽으로 맥없이 떨어지고 가래 소리도 뚝 끊겼다. 희멀건 눈동자만이 허공에 떠서 방향을 잃고 있을 뿐.

조부님은 안경을 벗어 눈물을 훔치시고는 어머니의 두 눈을 쓸어내렸다.

"편안히 가거라. 아무 걱정 말고 편히 가."

그리고는 어머니의 허리께에 손을 넣으시려다가 가족을 둘러보며 말씀하셨다.

"갔구나. 손이 안 들어간다. 몸을 풀었어."

곡성이 마구 쏟아졌다. 지겹게 쏟아지던 비가 그치고 그보다 더 높은 곡성이 온 집안에 퍼졌다. 주부모님께서 그 경황 중에 손수 수시(收屍)를 하시고 염할 준비를 서두르셨다. 나는 난생처음 시체를 동강동강 졸라매는 장면을 보고 너무나 놀랐다.

안 돼요, 안 돼요, 할아버지! 엄마 안 죽었어요. 쪼끔만 기다려요. 눈을 뜰 텐데, 왜 묶어요? 엄마 답답해서 어쩌라고 그러셔요? 나는 펄펄 뛰었다. 어른들이 함께 울면서 나를 말렸다. 할머니가 오빠만 남고, 우리 자매는 모두 방 밖으로 나가라고 했다. 마루 끝엔 동네에서 모여든 일가친척들이 잔뜩 앉아 있었다. 함께 울다가 우리를 바라본다. 부끄럽다. 이제 애비도 없고 에미도 없는 자식이 되고 말았으니.

나는 언니와 함께 아래채의 텃밭 옆으로 가 쪼그리고 앉았다. 간밤의 폭풍우에 오이 나무며 가지 나무들이 휙휙 쓰러져 있었다. 바로 그 곁엔 돼지 움막이 있어 시큼한 냄새가 났고, 돼지들이 먹이를 놓고 싸우는지 계속 꿀꿀대는 소리가 그치지 않았다. 암소만 한 어미 돼지가 비스듬히 누워 있고, 다섯 마리의 새끼 돼지가 촘

촘히 매달려 젖을 빨고 있었다. 언니. 우리는 뭐야. 저것들만도 못한 신세가 되었네. 억울해. 정말 억울해. 그쳤던 눈물이 또 샘솟았다. 우리는 또 울기 시작했다. 그러다가 문득 어머니가 깨어났을 것만 같아 바삐 방을 향해 쫓아갔다. 나를 왜 이렇게 동여맸나, 답답하구나. 어서 풀어다오. 나는 미리 어머니의 말씀을 들으며 갔건만 어머니는 꿈쩍도 하지 않았다. 이마에 손을 얹어 보았다. 아, 그 감촉! 세상에 이럴 수가! 그것은 분명 인간의 것이 아니었다. 돌이었다. 겨울날 우물가에서 만진 돌확이었다. 광에서 만진 널빤지. 장독대에서 만진 항아리. 너무 차갑고 딱딱해서 소름이 끼쳤다.

나는 너무 무서워 재빨리 그곳을 빠져나왔다. 나를 동정하는 친척들의 눈길도 싫었다. 부엌 앞을 지날 때, 비로소 우리 식구들이 아침도 안 먹었다는 생각이 났다. 밥상 위에 애꿎은 파리 떼들이 모여들어 시식을 하고 있었다. 일하는 언니는 파리 쫓을 생각도 않고 부엌 문턱에 쪼그리고 앉아 나를 바라보았다. 그 언니 어깨너머로 문득 식칼이 보였다.

아, 저 칼! 저것만 있으면, 저걸 내가 빼올 수만 있다면, 나는 그것으로 내 가슴을 찌르고 피를 쏟으며 죽을 수도 있는데…. 나는, 나자빠지는 나를 상상했다. 좋아. 그러면 되는 것이다. 부모 없이 가련한 삶을 사는 것보다 차라리 죽음을! 나는 한 발, 한 발, 부엌문 가까이 다가갔다. 일하는 언니가 소맷자락으로 눈물을 훔친다. 저런 언니들에게까지 동정을 받다니. 나는 더욱 용기를 내어 식칼 옆으로 갔다. 칼이 곧 잡힐 듯한 거리에 닿았다. 그러나 다음 순간, 나는 뚝 발길을 멈추었다. 조부님께서 우리를 큰 소리로 부르신 것이다.

나는 지금도 가끔 생각한다. 조부님의 부르심이 없었다면 그 칼을 집지 못한 핑계는 무엇으로 나타났을까. 남은 사람은 어떻게든 살아가게 마련인 것을.

"설워라, 설워라, 해도 아들도 딴 몸이라.
무덤풀 욱은 오늘 이 살부터 있단 말가.
빈 말로 설운 양함을 뉘나 믿지 마옵소."

위당 정인보 선생의 연시조 '자모사(慈母思)' 중의 한 수다.

암, 그렇고 말고. 분명한 것은 어머니가 돌아가셨다고 해서 뒤따라 자살한 자식이 있다는 이야기는 아직 한 번도 듣지 못했다는 것이다. 어머니가 가신 지 25년. 나는 이렇게 건재한 것을. 남들처럼 결혼도 하고, 아이도 낳고, 어머니가 되어 있는 것을.

결혼 전엔 어머니가 보고 싶어지면 고향으로 갔었다. 나의 스승이요, 부모요, 때로는 대화자일 수도 있는 조부님 곁으로. 서도(書道)에 취하신 조부님 곁에 앉아 열심히 먹을 갈고 차를 끓였다. 그리고 백 년쯤은 좋이 넘었을 은행나무 곁으로 꼬박꼬박 갔다. 밤 귀신처럼 잠도 안 자고 폭풍우 속을 뛰어다니던 그 새벽의 치기를 되새기며 은행나무의 폭 너른 그늘을 찾았다. 가을이면 그곳은 천국이었다. 노오란 은행잎이 쌓이고 쌓여 보료를 깔아 놓은 듯한 착각. 사뿐이 즈려밟고 안으로 들어서면 발목까지 빠지는 낙엽의 홍

수. 팽개치듯 내 온몸을 그곳에 눕히면 스프링처럼 튀어 오르던 은행잎 쿠션.

나는 그 낙엽 더미 위에 몸을 묻고 누워, 푸른 하늘을 올려다보았지. 너무너무 눈이 시려 들고 간 책으로 얼굴을 가리면서. 그런 날이면 더욱 어머니를 그리워하였다.

❖ 다시 찾은 일상

그러나 세월이 흐르면서 나는 대학생이 되고, 직장인이 되고, 다시 명랑한 아가씨가 되었다. 어머니가 계시지 않는다고 어찌 삶이 무의미할까 보냐. 모든 것은 다시 아름답게 보이기 시작했다. 이렇게 아름다운 고장을 내 고향으로 주신 하느님께 감사했다. 나는 한동안 꼬옥 다물었던 입을 서서히 열어 노래를 부르기 시작했다. 내 머리 위에서 지저귀는 산새들과 함께, 내 발아래서 졸졸대며 흐르는 시냇물과 함께. 은은히 그리고 낭랑히.

그 무렵 나의 손에는 정지용의 시집이나 상허 이태준의 소설집이 들려 있곤 했다.

> "넓은 벌 동쪽 끝으로
> 옛 이야기 지즐대는 실개천이 휘돌아 나가고
> 얼룩백이 황소가
> 헤설피 게으른 울음을 우는 곳.
>
> ─그곳이 차마 꿈엔들 잊힐리야.

질화로에 재가 식어지면
비인 밭에 밤바람 소리 말을 달리고
엷은 졸음에 겨운 늙으신 아버지가
짚베개를 돋워 고이시는 곳.

―그곳이 차마 꿈엔들 잊힐리야.

흙에서 자란 내 마음
파아란 하늘 빛이 그리워
함부로 쏜 화살을 찾으러
풀섶 이슬에 함초롬 휘적시던 곳.

―그곳이 차마 꿈엔들 잊힐리야.

전설 바다에 춤추는 밤물결 같은
검은 귀밑머리 날리는 어린 누이와
아무렇지도 않고 예쁠 것도 없는
사철 발 벗은 아내가
따가운 햇살을 등에 지고 이삭 줍던 곳.

―그곳이 차마 꿈엔들 잊힐리야.

하늘에는 성긴 별
알 수도 없는 모래성으로 발을 옮기고
서리 깜마귀 우지짖고 지나가는 초라한 지붕

흐릿한 불빛에 돌아앉아 도란도란거리는 곳.

―그곳이 차마 꿈엔들 잊힐리야.

이렇듯 가슴 뿌듯한 시를 남겨준 정지용. 그가 월북했다니 믿을 수가 없었다. 방지거(프란치스코) 정지용.《가톨릭 청년》이란 잡지까지 편집했던 그가 월북을 하다니! 상허 이태준도 그렇다. 그의 「문장 강화」를 비롯하여 「청춘 무성」, 「제2 운명」, 「구원의 여상」 같은 소설들은 내 외로운 영혼을 달래준 정화제가 아니었던가. 그들 두 분이 다 북으로 갔다는 사실에 나는 퍽 괴로웠다. 그분들의 성정(性情)으로 공산체제를 어떻게 견뎌낼 수 있을까. 어쨌든 그들이 월북한 사실 때문에 그분들의 책조차 공식적으로 구할 수가 없지 않은가. 나는 운 좋게 그 귀한 책들을 소지하고 있으니 얼마나 자랑스러운가. 사실 이런 시를 공공연히 인용하고 있는 나도 반공법에 걸릴지 모른다. 그래도 나는 떳떳하게 쓴다. 그리고 국어수업 중에 나의 학생들에게도 소개한다. 나를 잡아가려면 잡아가라는 당당한 마음으로! 그들이 월북했다 해서 그 전에 쓴 아름다운 시들까지 접촉을 금지해야 하는 것은 옳지 않은 일이다.

어쨌건 공산당으로 인해 직접, 간접으로 부모를 잃고, 살림을 빼앗기고, 온몸 가득 상처를 바른 채, 살고 있으면서도 북으로 간 그들이 마냥 좋았다. 내가 그 귀한 책들을 접할 수 있었던 것은 오로지 오빠 덕분이었다. 6·25 당시 오빠 책꽂이에는 많은 문학

서적이 꽂혀 있었다. 숙부님 댁을 나와 한때 오빠와 자취를 하고 살 때도 의학도인 오빠는 문학을 좋아해서 시집을 사곤 했었다.

"용기를 잃으면 안 돼. 더욱 건실하게 열심히 살아가자. 언젠가 우리에게도 옛말 이르며 살 날이 올 테니까, 응?"

바로 그 오빠는 지금 어엿한 의학박사가 되어 개업하고 계시다.

텅. 텅. 텅. 텅.

그래, 참. 오빠도 요즈음 새벽마다 정구를 치신다지. 연식 아닌 테니스로. 나이도 드셨으니 운동을 게을리하지 말아야겠지. 더구나 진종일 의자만 빙글빙글 돌리다 보면 군살이 찔 염려도 있거든. 그러니까 오빠가 올해 몇 살이더라? 6·25 때 열아홉. 지금이 29주년….어머나! 마흔여덟!

마흔여덟. 나는 깜짝 놀랐다. 그것은 죽는 날까지 나의 뇌리에서 잊히지 않을 나이. 바로 아버지가 타계하신 연령이 아닌가.

텅. 텅. 텅. 텅. 찰칵!

"써어티 풔어티…. 게임 오버!"

일흔 살 노인의 정구가 끝났다. 양쪽 선수들이 악수하고 본부석을 향해 인사를 한다. 박수박수박수!!

이젠 점심 식사로 들어갈 모양이다. 두 시 반. 너무 늦었다.

"가자, 점심시간이다."

숙부님이 일어서셨다.

"함께들 가실 텐데, 저 여기서 좀 쉬다가 갈게요."

나는 배가 고팠지만, 일행들과 함께 가기는 싫었다. 혼자 있고 싶었다. 왜 그런지 그 자리를 떠나기가 싫었다. 한없이 아버지 추억에 잠겨 있고 싶었다. 바쁜 도시 생활을 하느라고 참으로 오랜만에 떠올려 본 아버지가 아닌가. 하긴 엊저녁 아버지 생각을 잠깐 했었다. 오늘 이런 시간을 갖게 되려는 암시였던가.

오후에, 열 살 난 아들 녀석이 친구를 데리고 와 무얼 신나게 만들더니, 저녁에 자랑삼아 내 앞에 들고 왔다. 커다란 조미료 상자에다 흙을 퍼다 담고 나뭇가지를 꺾어 심어 산골처럼 만든 것이었다. 땅은 두 쪽으로 갈라져 있었고, 나무숲 사이사이로는 총을 든 병정들이 겨누며 서 있었다. 이른바 전쟁놀이라는 거겠지. 눈에 몹시 거슬렸다. 게다가 양쪽 기지에 안경만 한 깃발이 꽂혀 있었는데, 자세히 보니, 어머, 얘 좀 봐, 이쪽은 미국기고 저쪽은 소련기가 아닌가.

나는 질겁을 하고 깃발을 뽑았다. 어린 것이 무슨 할 짓이 없어 이따위 전쟁놀이를 한단 말인가.

"부셔, 당장 부시지 못해? 어디서 이런 걸 배웠어? 전쟁 땜에 외할아버지, 외할머니 돌아가셨다는 얘기 들었지? 그런데도 그런 놀이를 해? 나쁜 놈 같으니라고. 이제부터 그런 걸 만들려면 오순도순 평화로운 마을을 만들어. 평화! 알았어?"

나는 이성을 잃고 악을 써댔다. 전쟁은 싫다. 누가 이기고 지든 간에 무조건 싫다. 이제 더 이상 잃을 아버지도 어머니도 내게는 없다. 전쟁이라니! 겪어 보지 않고서는 아무도 모른다. 그 부자유와 굶주림과 죽음에 대한 공포를!

아버지!

당신은 아시옵니다. 엊저녁 철없는 꼬마를 놀라게 한 제 신경질의 의미를. 만일 당신이 맹자의 군자삼락(君子三樂)을 기억하신다면 저를 이해해 주십시오.

'부모가 함께 계시고 형제가 무고함이 제일 첫째 낙이라.'

다섯 가지 약초를 일러 주시며 어머니의 병환을 낫게 해 보려던 아버지의 혼령. 그 일이 적중해 어머니가 살아나셨다면 아버지는 전지전능한 신이 되어야겠지. 저승에서도 역시 인간일 수밖에 없었던 아버지. 나는 그런 아버지가 더욱 좋다. 그분은 아직도 마흔여덟 한창나이. 패기만만하고 호탕하며, 전혀 늙지 않고 건장한 체구로 내 가슴에 살아 계시다. 머지않아 나도 마흔여덟이 되겠지. 그러면 아버지와 나는 동갑이 된다. 그때쯤은 나도 틈을 내어 고향에 가야지. 어머니 가신 뒤, 선산에 이장되어 어머니와 함께 합장으로 묻혀 계신 아버지를 불러내어 고향길 산책을 즐기리라. 듬직한 당신의 팔에 매달려 나 좋아하던 은행나무 숲에도 가 보리라. 졸졸졸 맑은 시냇물 흐르는 용바위 곁 은행나무 숲으로.

정구장이 텅 비었다. 나를 아버지 환상으로 몰아넣었던 노인 선수가 구부정한 모습으로 마지막 내 시야에서 벗어났다. 아버지를 그분 나이에 맞춰보려 애를 써 봤으나 안 될 말이다.

그때였다. 교문 쪽에 자동차 한 대가 멎었다. 문을 열고 한 중년의 신사가 내리더니 이쪽을 향해 걸어온다. 나와의 거리가 차츰

가까워졌을 때,

"아!" 나는 짧게 소리쳤다.

아버지, 나의 아버지가 뚜벅뚜벅 내 앞으로 걸어오고 계시는 게 아닌가. 옛날처럼 나를 보고 자애롭게 웃으시면서.

나는 벤치에서 벌떡 일어났다. 그리고는 목멘 소리로 아버지를 부르며 달려갔다. 당신께선, 그러나 덤덤하게 아까 그 속도로 몇 걸음 다가오더니, 수건을 꺼내 얼굴을 닦으며 말씀하시는 거였다.

"게임이 벌써 다 끝났니? 숙부님 응원해 드리려고 가까스로 빠져나왔는데."

"어머나!"

"왜?"

"아뇨. 오빠이셨군요."

나는 열없이 웃었다. 허탈하기 그지없었다.

그러나 다음 순간, 나는 신바람이 났다. 옳거니! 바로 이 모습. 아버지는 영원히 이 모습으로 살아 계시는 거야. 패기만만하고 호탕하고, 그러면서도 예술을 사랑하고, 엄한 눈빛으로 우리 가족을 제압하고 공무를 위해 밤낮없이 바쁘신 마흔여덟 한창나이로. 마흔여덟. 마흔여덟.**

1980년《현대문학》8월호에 발표했던 것을
2020년 더 다듬고 보완함

자매

　언니가 마침내 큰 결심을 하고 서울로 오셨다. 집은, 함께 사는 셋째에게 맡기고 왔다고 했다.

　내가 사는 아파트 아래층 하경이 엄마가 반상회에서 갓난이 볼 사람을 구해 달라고 부탁하기에 혹시 언니네 동네에 누구 없겠는가 하고 시외전화를 넣었더니, 사나흘 후 언니가 직접 오시겠다고 연락이 온 것이다.

　나는 펄쩍 뛰었다. 아무리 그렇지만 언니가 남의 집에? 그보다도 언니 나이 이제 칠십 세. 그런대로 건강한 편이긴 하지만 그럴 수는 없다.

　그러나 나의 완강한 만류에도 불구하고 언니는 옷 보퉁이를 싸 가지고 혼자 용감하게 서울로 올라오신 것이다. 남편도 아이들도 모두 놀랐다. 그러나 언니는 생글생글, 그 부끄리는 듯한, 소녀처럼 해맑은 미소를 흘리며 말씀하시는 거였다.

　"나는 괜찮아. 작년에도 필리핀까지 가서 막내아들

손주 봐 주고 왔잖아. 다만 한 가지. 너희 집 식구한테 미안해서 그렇지. 그러니까 친언니라고 하지 말고 그냥 사촌 언니라고 하면 안 될까? 사실 내가 다른 데로는 어떻게 가겠어? 위층에 동생이 있으니까 든든해서 그곳은 가 있을 만할 것 같은데."

"우리 식구야 어때요. 나쁜 짓 해서 돈 버는 것도 아니고 정당한 노동을 한다는데, 하지만 언니 연세도 있고, 이 세상에서 가장 어려운 것이 '애 보기'라는데 어떻게 그 일을 언니가 해요?"

"그래도 어쩌겠냐? 시골서는 뙤약볕에서 밭매기 종일 해 보아야 서울 사람 버는 돈의 반의반도 안 되는걸. 그 집은 믿을 만한 사람이 필요하고, 나는 돈이 필요하고, 다 그렇게 얼려서 사는 게 이 세상 아니냐?"

언니는 예의 그 부끄리는 듯한, 소녀처럼 해맑은 미소를 지으며 나를 빠안히 바라본다.

나는 할 수 없이 언니를 모시고 아래층으로 내려갔다. 마침 하경이 외할머니가 함께 계셨다. 하경이네는 주로 외할머니가 살림을 맡아 한다는 이야기를 들었었다. 하경이 엄마는 남편이 경영하는 산부인과 병원 돌보기에 바빠서 집안일은 거의 돌보지 못한다고 했다.

"이 분은요, 제 친언니예요. 요즈음은 시골도 사람이 귀한가 봐요. 직접 한번 해 보시겠대요."

"친언니시라고요? 아이구, 죄송해서 어떻게? 이런 일 처음이실 텐데 하실 수 있을까요?"

"네. 작년에도 막내아들네 가서 손자 키워주고 왔어요. 성심껏 해 보겠어요."

"글쎄, 저희는 한 삼 년 계속 있을 아주머니를 원했는데."

할머니가 난처한 빛을 보이자 젊은 하경이 엄마가 얼른 거들었다.

"삼 년이고 오 년이고는 엄마 생각이지 내일 일도 모르는데 뭐. 위층 사모님 언니시라면 완전히 믿을 수 있고 좋은데요 뭐. 인상도 고우시고, 첫째 우리 하경이가 좋아하겠어요."

"네. 아이들은 아주 잘 다루세요. 실은요. 저희 언니 옛날 이화여고 출신이세요. 그리고 결혼 전에 초등학교 교편 잡으셨고요."

" 네? 그럼 저희가 받들어 모셔야 하는 것 아닌가요?"

할머니가 깜짝 놀라며 언니를 쳐다본다. 언니는 아녜요, 아녜요, 하면서 손을 젓고 그 해맑은 미소를 흘리며 다급히 말했다.

"그런 건 걱정하지 마세요. 제 학벌이나 경력이 무슨 소용인가요. 저는 지금 형편이 안 좋아서요. 큰아들이 보상도 받지 못하는 교통사고를 당해 사람 구실을 못 하니까 며느리 보기도 안 됐고 손주들 학비도 그렇고, 그래서 결심하고 온 것이니까요, 일단 한 달이라도 지내보시고 그때 정 안 되겠다 싶으면 말씀하세요."

"아, 네에. 아드님이 많이 안 좋으신가 보네요. 그럼 오늘부터라도 계시기로 하죠. 여긴 얘네 부부하고, 딸 하경이가 엊그제 초등학교 입학했고요, 이번에 낳은 아들 하석이, 사위가 독자라서 귀한 아들이에요. 할머니께서는, 아니, 아주머니라고 부릅시다. 할머니

하면 저하고 혼동이 되니까요. 아주머니는 저 하석이를 책임지고 돌봐 주시면 돼요. 이제 세 이레가 지났습니다. 우유 타는 것, 우유병 소독하는 것 손주 키우셨으면 다 아시지요?"

"네. 젖은 안 먹고 우유만 먹나요?"

"그럼요. 요즈음 누가 젖 먹이나요. 다들 바빠서. 아예 우유 먹이는 게 편하죠."

젊은 엄마는 빙그레 웃기만 하고 할머니가 계속 말씀하신다. 나는 갑자기 혹 저 할머니 때문에 언니가 마음고생을 하게 되지나 않을까 걱정이 되었다.

그때 하경이가 들어오자, 할머니가 새 아줌마 오셨다며 인사를 드리라고 한다.

"안녕하세요?"

"응, 안녕? 아이고 머리도 예쁘게도 빗었네."

언니가 아이의 손을 잡으며 다정하게 말했다. 아이는 금방 손을 내빼며 제방으로 간다.

"그럼, 우리 실질적인 이야기를 하죠. 월급날은 25일 날로 하고 나이도 들고 하셨으니 90만 원 드리겠어요. 만일 그만두시게 되면 퇴직금은 없습니다. 또 오늘이 3월 5일인데 말일 날 아닌 중간에 나가시게 되면 그달 치는 날짜 계산해서 드리겠어요. 하여간 잘 부탁드립니다."

할머니의 딱딱한, 너무나 사무적인 말을 들으면서 나는 가슴이 아프다 못해 아렸다. 마치 내 친정어머니를 어디 외딴곳에 귀양살이라도 보내는 듯, 이래도 되는가, 하는 자책이 온 전신을 휩싸고 돌았다. 내 속이 이럴 때 언니의 속은 오죽할까.

그러나 언니는 속도 좋지. 네. 그런 건 다 할머니 알아서 하세요. 저는 이런 일 처음이라 아무것도 모르니까요. 하며 또 그 부끄리는 듯한, 소녀처럼 해맑은 미소를 짓는 것이었다.

언니의 말에 젊은 엄마가 안쓰럽다는 듯이, 휴가는 한 달에 두 번, 토요일 오후에 나가셨다가 일요일 오후에 오시면 돼요. 하고 말했다. 나는 그 소리가 무척 반가웠다. 격주에 한 번 언니를 모셔다가 쉬게 할 수 있다는 게 큰 행운처럼 느껴졌다.

이렇게 해서 우리의 계약은 끝나고 언니는 그 집 문간방으로 들어갔다. 거기에 바로 그 집 갓난이가 누워 있었다. 기저귀 상자, 우유병, 아기 옷, 그네 등이 주르르 함께 있는, 조금은 비릿한 냄새도 나는, 그런 방이었다.

나는 언니를 그 방에 두고 한 층 높이에 있는 우리 집으로 올라왔다. 부지런히 저녁을 준비하고 있자니, 식구들이 들어왔다. 공연히 그들에게 부끄러운 생각이 들었으나 한편 언니의 그런 용기가 당당하고 자랑스럽게도 느껴져, 애써 태연한 척하며 저녁 식탁을 더욱 밝게 꾸며 보았다.

언니와 나는 열두 살 차이. 오 남매 중 언니는 큰딸, 둘째가 오빠, 셋째 넷째가 언니, 그리고 내가 막내딸. 그러다 보니 우리 둘은 십이 년의 차이가 나, 똑같이 용띠였다.

언니는 고향인 광양에서 가까운 순천여고를 다니다가 해방 직후 아버지가 중앙청 인사행정처 총무과장으로 발탁되어 우리가 서울로 이사를 하는 바람에 이화여고로 전학하여 그곳 졸업생이 되었다. 일본에서 주오대학을 마치고 나오신 아버지는 신식 사고를 지니셨기에 언니를 의과대학에 보내고 싶으셨단다. 그런데 언니는 벌레 한 마리도 못 죽이는 성미라 도저히 불가능할 것 같아 싫다고 했단다. 그것이 첫 번째 놓친 기회라고 가끔 아쉬워하는 언니. 그렇다. 성격이 운명을 창조한다는 말은 정말 옳은 말이다.

어쨌건 언니는 졸업 후 초등학교 선생님이 되었다. 우리는 아버지의 전근 지를 따라 광주로 전주로 이사를 했는데, 언니의 첫 부임지는 광주, 그리고 마지막 부임지는 전주가 되었다. 광주에 있을 때 나는 시월생이라 일곱 살이 못 되어 입학을 못 했는데 어찌나 학교가 가고 싶었는지, 언니를 따라다니다가 뒤늦게 비공식으로 입학한 생도가 되었다. 언니 덕분에 내가 저지른 최초의 비리였다고나 할까?

교편생활에 한참 재미가 날만 해서 언니는 시집을 갔다. 그때 나이 21세. 그 시절엔 웬 시집들을 그렇게 일찍 보냈을까. 불쌍한 여인들.

당시 전주 시장으로 계시던 아버지는 워낙 풍류를 좋아해 온갖 서화를 다 모으고 거문고, 가야금, 창 등 국악까지 즐겼는데, 바로 거문고 타는 친구분의 둘째 아들이 서울대 국문과 출신으로, 전주여고에서 교편을 잡고 있었다. 그 친구분은 전주 근교 삼례에서 큰 과수원을 경영하고 있었기 때문에 돈도 있는 편이고, 학식도 있었고, 당사자인 아들은 최고 학벌에 장남도 아니요, 여러 가지로 흡족한 혼처라고 생각되셨던지, 아버지는 교직에 맛 들인 스물한 살 언니를 어서 결혼하라 명령했다.

그때 어머니는 그 혼인을 탐탁지 않게 여기셨다고 한다. 언니와 형부는 6살 차이로 용띠와 돼지띠였는데 그 둘은 원진 살이 있다고 반대를 하셨다는 것이다. 그러나 신학문을 한 아버지로서는 아녀자의 그런 말이 귓가에도 들리지 않으셨겠지. 언니는 자신의 삶이 고단할 때, 어머니가 좀 더 강력히 말려주셨더라면 어땠을까, 하면서 그 부끄리는 듯한, 소녀처럼 해맑은 미소를 짓곤 하는 것이었다.

어쨌거나 나는 언니를 아래층에 모셔다 놓고, 한시도 언니 생각을 떨쳐 버릴 수가 없었다. 밥은 잘 잡수시는지, 잠이나 제대로 주무시는지, 고기나 생선을 먹을 때도, 된장국이나 고춧잎 절임 같은 짭짤한 밑반찬을 먹을 때도, 아침저녁 식사 후 잠시 텔레비전 앞에서 휴식을 취할 때도 자꾸만 언니 생각이 나는 것을 떨쳐 버릴 수가 없었다. 날마다라도 쪼르르 내려가 언니를 좀 쉬게 하고 내가 그 갓난이를 돌볼 수만 있다면 얼마나 좋을까.

사흘째 되는 날, 언니의 전화를 받았다. 아무도 없으니 잠시 내려올 수 없겠느냐고. 나는 기다리던 임이라도 만나는 양, 하던 일을 멈추고 문을 걸어 잠근 뒤 단숨에 뛰어 내려갔다.

언니는 갓난이를 재우고 계셨다. 밤에 아기가 어찌나 잠을 안 자는지 잠이 부족해서 제일 힘들다고 했다. 나는 깜짝 놀랐다.

"아니, 아기를 언니가 데리고 주무시나요?"

"그래. 나도 낮에만 보는 줄로 알았어. 그런데 완전히 내게 맡기더라. 아빠 엄마 잠 못 잔다고 큰 애도 할머니가 데리고 자고, 초저녁부터 그 방에 얼씬도 못 하게 하네. 아빠가 수술 때문에 신경을 많이 써서 쉬어야 한대."

"사람들은 괜찮아요?"

"응 의사 선생님도 참 점잖아. 어찌나 내게 깍듯이 하는지. 애들 엄마도 네가 말한 대로 젊은 사람이 참 얌전하더라. 남편을 깍듯이 위하고. 나한테도 건강 생각해서 잘 잡수라고 과일이랑 꼭 챙겨 주고 그러네."

"다행이네요. 난 언니가 인격적으로 대접 못 받을까 봐 걱정했어. 할머니는?"

"첨엔 좀 차게 보였잖아? 그런데 아니야. 밤에 하석이가 깨서 울고 보채면 건너와서 도와주셔. 혼자 힘드시죠? 하면서."

"식사는 어떻게 해요?"

"애기 때문에 나 혼자 좋은 시간에 따로 먹지. 식사는 당신들이 다 준비하고 나보고는 애기만 보래. 밤에 잠 못 자는 것 외엔 다 괜찮아."

나는 일단 온 식구들이 신경 써 준다는 말에 마음이 놓였다. 하긴 언제라고 언니가 누구 나쁘게 말한 적이 있었을까만.

"그나저나 오늘은 나 샤워를 좀 해야겠어. 애기가 워낙 우유를 안 먹고, 잠투정이 심해. 한번 달래서 재우고 나면 내 몸이 완전 땀투성이야. 애기 옆에 좀 있어 줘."

언니가 샤워하는 동안 나는 아기를 물끄러미 바라보았다. 쌔근쌔근 잠자는 모습은 귀엽기만 하다. 이렇게 잘 자려면서 왜 그리 떼를 쓰고 자누? 아가야, 제발 우유 잘 먹고 잠도 잘 자거라. 할머니 기운도 없는데 네가 조금만 순하면 얼마나 예쁘겠니? 그리고 낮엔 놀고 밤에 자야 한다."

사실 우리가 아이 키울 때, 갓난이 때문에 잠 설치던 일이 얼마나 심각했던가. 남편이 잠결에 '갖다버려' 했다는 사람도 있고, 아내는 아내대로 시집은 왜 와 가지고 이 고생인가, 툴툴대며 하루 5시간만 연속해서 자 보았으면 소원도 없겠다고 푸념을 하기도 했다. 너나 없이 아이고 졸려, 아이고 졸려, 하며 눈을 비벼대지 않았던가.

그런 상황을 지금 칠순이 된 언니가 겪고 있다니 기가 막혔다.

아이에게 젖을 안 먹이는 것까지는 이해가 된다. 그러나 낮 내 다른 사람에게 맡겨둔 아이를 밤에만이라도 곁에 뉘어 두고 손수 우유도 타 먹이고, 기저귀도 갈아 주고 뽀뽀도 해주며 듬뿍 사랑을 나누어 줘야 할 텐데, 무슨 소린가. 요즈음 젊은 사람들이 이혼을 쉽게 하는 것도 결국 아이에 대한 애틋한 사랑이나 배려, 희생 등이 없었기 때문이 아닐까. 모두 자기중심적인 행동이나 사고 때문이 아닐까. 밤잠을 설치고 힘들어 죽겠다고 하는 속에서 사실은 더 뜨겁고 끈끈한 사랑이 자라나게 마련인 것을, 그 과정을 피해 버리니 무슨 정이 얼마나 들랴.

그날 이후 나는 늘 마음이 편치 않았다. 일을 다 끝내고 편안한 잠자리에 들 때마다, 언니는 얼마나 고생하실까 걱정이 되곤 했다.

어쩌다 한숨 자고 화장실에 가느라 깨게 되는 한밤중에도 언니는 지금 아이와 실랑이를 하고 계실지 모른다는 생각에 애가 탔다. 그 집 문만 열려 있다면 내가 좀 가서 도와줄 수 있을 텐데, 하는 생각을 떨쳐 버릴 수가 없었다. 그런 중에도 나의 그런 생각을 남편에게는 들키지 않으려고 애쓰기도 했다.

그럭저럭 언니가 그 집에 간 지 보름이 넘은 주말이었다. 하룻밤 휴가라며 언니가 올라오셨다. 어찌나 반가운지. 마침 남편은 성당에서 피정을 갔고, 아이들도 외출하고 없어 언니랑 나랑 따뜻한 방에 누워 이런저런 옛날이야기를 하며 감미로운, 그러면서도 눈물 젖은 몇 시간을 함께할 수 있었다. 나는 언니에게 너무나 힘이 들면 절대 무리하지 마시라고, 자식 도와주려다가 오히려 언니 몸 병나면 큰일 난다고 이르고 또 일렀다. 그러면 언니는 또 그 부끄리는 듯한, 소녀처럼 해맑은 미소를 띠며 '걱정 말어, 내 힘 알아서 할게'라고 말씀하셨다.

언니! 참으로 가엾은 우리 언니. 나는 언니같이 착한 사람이 왜 그토록 많은 고통을 당해야 하는지 정말 이해할 수가 없다. 이십여 년 전 우리 아이들 키울 때, 나는 걸핏하면 언니에게 꼬마둥이를 구해 보내라고 전화를 하곤 했었다. 그때만 해도 시골에는 열대엿 살 먹은 처녀애들이 있어 애 보는 도우미로 들이고 살 수가 있었다. 그 애들이 한결같이 하던 말. 언니는 온 동네에서 공부 많이 하고, 마음씨 좋은 사람으로 소문이 나 있다는 것. 그래서 아주머니들이 무슨 일 나면 너 나 없이 언니에게 가서 상담하고 도움을 받는다는 것. 특히 군대에 간 자식들에게서 편지가 오면 언제나 언니가 읽어 주고 답장도 대필해 준다는 것. 그러나 사람이 아무리 좋으면 뭘 하나. 언니에겐 고통 없이 그냥 넘어가는 해가 없다 싶을 정도로 안 좋은 일이 터지곤 하였다.

"나는 초년에 너무 행복하게 살아서 그런가 봐. 결혼하는 그 순간부터 내 인생은 사라진 거야. 봐라. 너는 초년에 양부모 다 잃고 고생하더니 이만큼 일구고 살지 않냐."

"언니는. 내가 뭐 잘 사는 건가. 나도 맨날 고생이지 뭐. 빠듯한 공무원 월급에."

"그만한 고생 안 하는 사람 어디 있나. 너무 잘 살면 사람이 교만해진다. 넌, 내 보기에 딱 적당해. 사치스럽지 않으면서 궁하지 않고. 그게 중요한 거 아니냐."

"맞아요. 너무 궁하면 사람이 비굴해지겠지. 난 큰 욕심 없으니까 마음은 편해요. 이웃에서 수천만 원씩 들여 집수리하는 것도 부럽지 않고, 멋진 승용차 타고 골프 치러 다니는 것도 부럽지 않고, 나는 그냥 하루에 한 번씩 중앙공원 산책하는 것 즐기면서, 집에 있을 땐 내가 좋아하는 음악 틀어놓고 감동적인 책 읽고 있으면 그게 제일 행복하거든. 좋은 책 읽다 보면 밥때가 되는 줄도 모르겠어."

"그게 우리 집 식구들의 특징 아니냐. 나도 눈이 아파 죽겠다면서도 자꾸 책을 보게 돼."

"그러니까 돈 하곤 남이지."

우리는 마주 보고 웃었다.

나는 언니에게 고깃국이라도 끓여 저녁을 대접하려고 부엌으로 나갔다. 좀 쉬시라고 베개까지 내려드렸건만 괜찮다며 책장으로 가서 읽을 책을 고른다. 갓난이 때문에 잠을 설쳐 눈이 짓물렀는데도 또 책을 보시겠다니, 하여간 아무도 못 말릴 일이다.

그 날 밤, 남편의 부재는 참으로 고마웠다. 우리는 나란히 누웠다. 한 가정의 맏이와 막내. 열두 살 차이의 자매는 정답기만 하다. 요즈음 같으면 그렇게 차이 나는 자매가 있을 수도 없는 일.

나는 일찍이 부모를 여의고 언니 내외를 부모처럼 의지하고 살았다. 여름 방학 때면 으레 언니네 과수원엘 갔는데, 복숭아며 자두를 나무에서 직접 따고 맛보고 하는 재미에 시간 가는 줄을 몰랐었다. 언니는 수도 없는 사람을 부리며 말로 쌀을 퍼다 씻어 가마솥에 밥을 짓곤 했다. 그게 어찌나 고생스러워 보이든지, 어린 시절 막연하게나마 과수원집으로 시집가고 싶다던 꿈을 완전히 깨 버리게 되었다. 어린 마음에도 언니 사는 모습이 너무 힘들어 보여, 저래서는 안 되는데, 저렇게 살아서는 안 되는데, 일도 안 해 보고 자란 언니가 이렇게 한도 끝도 없는 일 구덩이에 빠지다니, 하며 안타까워했었다. 그래도 언니는 이것이 나의 운명이거니 하고 불평도 안 하고 살았다. 언니는 어쩌면 아름다웠던 과거의 추억을 반추하며 그 고생을 극복했는지도 모른다.

이 밤에도 언니는 또 그 옛날이야기를 들려준다.

"우리 고향 그 진월면 산골에서 나는 순천여고에 입학했지. 동네 아가씨들은 다 밭매고 길쌈하는데 나만 유학을 간 거야. 그러다가 해방이 되었어. 일본 주오대학에서 공부하고 오셔서, 진월면장을 지내시던 아버지가 중앙청 공무원으로 발탁이 되셨지. 미국서 공부하고 온 정일형 박사가 인사처장이고, 아버지는 그 밑에서 총무과장을 지내셨어. 그때 각 도지사 발령 내고 하는 것 다 아버지가 하셨어. 할아버지께서는 맏아들이 공직에 있게 되니까 아예 시골일 시킬 생각도 안 하시고 서울로 살림을 내주셨어. 그래서 나랑 네 오빠가 전학을 가게 된 거야. 둘째와 셋째 딸은 고향에 남겨 놓고, 너는 막내고 아직 학교도 안 갔으니까 데리고 간 거야. 너 생각나냐? 아마 다섯 살이나 되었을 땐가. 네가 어찌나 야물었는지 아버지 손님 다 네가 기억했다가 말씀드리고, 전화도 항상 네가 받아서 전했지. 그때는 벽걸이 전화였지. 그래서 아버지가 너 키가 안 닿는다고 받침대를 하나 놓아 주셨지."

"그래요. 나도 어렴풋이 기억이 나요."

"이화여고는 당시 4년제였는데 나는 한 일 년 다니다가 졸업을 했어. 충청도에서 온 아이, 평양에서 온 아이, 그리고 나, 이렇게 전학생끼리 친했어. 학교 가는 도중 재판소가 있었는데 우리는 가끔 방과 후 집에 오다가 그곳에 들러 재판 구경도 하곤 했지. 지금도 생각나는 게 있어. 어떤 여자가 시집살이가 하도 심해서 불을 지른

죄로 잡혀 왔었지. 옛날 다리미 알지? 다림질을 끝내고 그 숯불을 울타리 밑에다 쏟았대. 그땐 다 마른 삭정이 울타리였잖아? 그만 불이 붙었겠지. 시집이 미워서 그렇게 불을 지른 거래. 세상에 아무리 시집살이가 힘들다고 어떻게 불을 지를 생각을 다 했을까. 우리 나이 열여덟, 무섭다고 진저리를 치고, 그러다가 또 큭큭 웃다가 그곳을 빠져나오곤 했어. 하루하루가 정말 신났지. 하여간 그때가 좋았어. 무슨 근심이 있었겠니?"

언니는 잠시 말을 멈추고 그 부끄리는 듯한 해맑은 미소를 띠며 나를 바라보았다.

나는 그러는 언니가 너무 안쓰러워서 얼른 딴전을 부렸다.

"그 시절에는 여학생이 얼마나 되었어요?. 반이 몇 개나 되었을까?"

"응. 우리는 3개 반이었어. 송조, 죽조, 매조, 그렇게 불렀지. 소나무, 대나무, 매화나무, 나는 매조였어. 한 반에 50명은 조금 넘었던 것 같아. 그 당시 우리 교감 선생님은 여자였는데도 야구를 참 좋아하셨어. 우리에게 야구를 가르쳐서 나도 방망이를 들고 던져보곤 했단다. 그렇게 즐겁게 지내다가 얼마지 않아 나는 졸업을 했는데 총 28회, 해방 후로는 1회 졸업생이 된 셈이지."

나는 그 순간 언니네 시골집이 떠올랐다. 과수원 입구에 새로 지어진 언니네 살림집, 그곳 마루에 걸려 있던 언니의 사진, 당시 이화여고 교복이라고 뒷등을 덮은 덮개에 하얀 줄이 두어 줄 선명하게 그어져 있던 까만 세라복. 그런데 아무도 그것을 돌보지 않은 채 그저 그 자리에 걸어만 두어 파리가 똥을 싸서 죽은 깨처럼 얼룩진 그 사진이 방학 때로 놀러 간 내 가슴을 얼마나 아프게 했던가.

"나는 결혼 전까지는 정말 행복했어. 아버지가 전남도청 인사처장으로 발령 나서 이사를 하게 됐지. 그때 아버지는 날 서울에 남겨 의과대학에 넣고 싶어 하셨지만 내가 싫다고 하면서 광주로 따라가서 서석국민학교 선생이 되었어. 아이들하고 공부하는 게 어찌나 재미있던지, 의과대학 안 가기 참 잘했다고 좋아했지. 그러다가 아버지가 전주 상공국장으로 전근되시는 바람에 또 전주로 따라가 풍남국민학교 선생이 되지 않았겠니. 내가 3학년인가 맡았는데 우리 옆 반 총각 선생님이 내게 관심을 참 많이 보였어. 그런데 아버지는 내가 행여 연애라도 할까 봐 어찌나 감시가 심했는지, 어쩌다 직원 회식이라도 있는 날이면 교감 선생님이 아버지한테 전화를 걸어서 허락을 받아 주곤 했지. 아이고, 아버지는 정말 무서웠단다. 그 총각 선생님은 참 착실했어. 결국은 교육감까지 지냈지. 그런 사람하고 결혼했으면 이 고생은 안 했을 거야. 응?"

그리고는 또 부끄러운 듯 살포시 웃어 보이더니 계속해서 이야기했다.

"그 시절에는 왜 그렇게도 일찍 시집을 보냈을까. 내 나이 스물한 살 때, 결혼했어. 그땐 아버지가 전주 초대 시장이 되신 뒤라 관사에서 다다미방 두 개를 터놓고 구식 결혼식으로 했지."

"알아요. 나도 생각이 나요. 언니가 원삼 차림에 족두리 쓰고 두 팔로 얼굴을 덮은 채 큰절을 올리던 모습도 다 생각이 나요.

그리고 언니랑 형부가 택시를 타고 시댁으로 가는데 나도 따라갔던 기억도 나요. 형부가 택시 안에서 언니 손을 잡고 만족스럽게 웃어가며 무어라고 이야기를 하던 모습도 어제 일처럼 훤히 보여요. 그땐 형부가 얼마나 자랑스러웠다고요."

"그래. 사람들이 다 그랬지. 시집 잘 간다고. 하긴 6·25만 아니었으면 그 사람 영원히 좋은 사람이었을지도 몰라. 어쨌거나 나는 시집간 그 이듬해 지금 저 고생하는 병준이를 낳았어. 첫아들을 낳았다고 시조모님, 시부모님의 사랑도 많이 받았지. 그리고 얼마 안 있어 아버지가 전주 시장직을 그만두고 5월 국회의원 출마를 하신 거야. 서울에서 변호사를 지내던 엄상섭씨와 맞수가 되었는데 결국 일곱 표 차이로 낙선을 하셨잖아. 아버지가 그러시는데 세상 살면서 처음으로 쓴 잔 한번 마셔 보셨다더라. 그때까진 정말 거칠 것이 없었던 양반이었지. 바로 그 해 6·25가 터진 거야. 나는 갓난이를 데리고 친정 나들이를 갔는데 집안 분위기가 싸늘했어. 아버지 국회의원 떨어진 것도 떨어진 것이지만 나라가 위기에 처했으니 이래저래 그럴 수밖에. 그 무렵 아버지랑 친했던 정일형 박사, 이태영 여사 내외가 어린아이들 둘인가 데리고 우리 집에 들러 이틀 밤 주무시고 가시면서 부산으로 피난을 가자고 하는데도 아버지는 지금 현직에 있는 것도 아닌 야인이니까 괜찮다고 안 따라가셨어. 공산당을 잘 모르신 거지. 그러다가 늦게야 다급해지니까 한 50리 떨어진 구이면의 친척 집에 피신하셨지만 결국 유격대에게 붙들려 돌아가시지 않았니. 그때 그 동네에서 반동으로 일곱 명이 붙들렸다는데 그중 한 군인 아저씨가 용감하게 도주를 하는 바람에 전주 형무소까지 오지도 못하고 산비탈에서 남은 여섯 명을 총살한 거래. 너도 알지? 그래도 함께 간 오빠는 다치지 않아서 얼마나 다행이니. 그리고 우리 조부님같이 훌륭한 분이 어디 있겠니? 꿈자리 사납다고, 어머니의 만류를 뿌리치고, 아버지 계시는 곳으로 가시더니 산비탈에 쓰러져 있는 아들의 시체를 찾아 피 묻은 옷 그대로나마 묻어 주고 다시 전주로 오시지 않았니. 칠십 넘은 노인이 오십리 길을 그 무서운 폭격 속에, 그 더운 날씨 속에, 정말 그건 아무나 할 수 있는 일이 아니야. 초인적인 힘이었지."

나는 조부님의 이야기가 나오자 갑자기 가슴이 아려왔다. 내가 제일 존경하는 조부님. 정말 그건 초인적인 힘이다. 아버지 돌아가신 뒤 우리를 부모 대신 보살펴, 남은 4남매를 다 학교 보내시고 혼사까지 시키셨다. 그리고 막내인 내가 집을 장만하고 아들을 낳는 것까지 기다리셨다가, 팔십 노구를 끌고 손자들의 집을 두루 한 바퀴 도신 뒤, 오빠네 집에서 향년 86세로 고요히 눈감으신 우리 조부님. 행여 우리가 잘못될까 봐 자주자주 어두운 눈 비비시며 애정 어린 말씀 담아 격려 편지를 주시던 우리 조부님. 그분 사랑이 아니었던들 어찌 오늘의 내가 있었겠는가. 나는 갑자기 눈물을 훔쳤고 언니는 이야기를 계속했다.

"전쟁은 더욱 심해지고, 조부님이 고향에서 나무까지 실어다가 온갖 정성 다 들여 지은 그 집은 놈들의 손에 넘어가 버렸지. 식구들은 그들이 인심 쓰고 내준 방 한 칸에 모여 살 수밖에 없었지. 그때 엄마랑 너희들 먹을 것까지 다 뺏기고 얼마나 고생했는지 다 알지. 너, 생각나니? 오빠는 피난 갔던 산골 친척 집에서 아버지를 여의고 얼마 후 전주 집으로 왔는데, 어머니가 너랑 둘을 우리 집으로 보내신 거야. 공산군들 틈에 오빠를 두고 싶지 않으셨겠지. 기억나지?"

"그럼. 나는 동네 아이들과 어울려서 논에 새를 보러 다니고, 메뚜기를 잡아 구워 먹는 구경도 했었지. 그리고 무슨 야학당인지 하여간 동네 사랑채 같은 데 모여 인민공화국 노래를 배우곤 했었어. '높이 들어라, 붉은 깃발을. 그 밑에서 전사하리라.' 뭐 그런 노래였는데 열 살 때라 '전사하리라'가 무슨 소리인지도 모르고 그냥 따라 신나게 불렀어. 나중 그 뜻을 알고 끔찍했었어."

"그래. 그러던 어느 날이었어. 인민군들이 동네 청년들을 강제로 끌고 가는데 하필 우리 집 독자인 네 오빠를 앞장세우고 가는 거야. 생각해 봐. 엊그제 아버지 잃고 남자라고 하나 남은 친정 동생을 놈들이 또 의용군이라며 끌고 가니 내 속이 어땠겠나. 나는 날마다 울고만 있는데 하느님이 도우셨는지 곧 9. 28 수복이 되었고 의용군으로 끌려갔던 동생이 돌아왔지. 세상 살다가 그때처럼 기뻤을까."

"언니. 나도 그때 참 많이 울었어. 시골 하늘은 별이 총총했었지. 그 별 떨기를 하염없이 바라보며 저 중에 어떤 것이 오빠 별일까, 지금쯤 어디에 있을까. 오빠도 저 별을 보고 우리를 생각하고 있지 않을까? 그런데 오빠가 살아서 돌아오기는 할까. 곧 죽는 것은 아닐까? 얼마나 아프게 울었는지 몰라. 어린 마음에, 올 때는 오빠랑 둘이 왔는데 이제 나 혼자 우리 집에 어찌 갈까, 별별 생각을 다 하며 울었었어. 그런데 어느 날 오빠가 왔어. 언니가 해 넣어준 미숫가루도 다 먹지 않은 채 돌아왔어. 머리도 길고 덥수룩한 모습이었지만, 너무 좋아서 오빠를 붙들고 엉엉 울었지. 정말 기뻤어. 둘이서 삼십 리 길을 걸어 전주집으로 갈 때, 곳곳에서 검문하고 정말 경비가 삼엄했지. 그래도 우리 쪽 군인이라 수월하게 통과하면서 무사히 집에 갔지. 어머니랑 남은 언니들 붙들고 또 얼마나 울었던지. 우리 집에 진을 쳤던 공산군들은 그사이 다 도망가고 하나도 없었어. 그래서 더 마음 놓고 울었어. 아, 전쟁은 정말 끔찍해. 두 번 다시 겪어서는 안 되지."

"그런데 말이다. 그 기쁨도 잠깐이고, 내겐 더 큰 걱정이 생기지 않았니. 너도 알지. 인공이 되자 자기 세상 만난 듯 이것저것 신나게 활동하던 형부가 수복과 함께 산으로 들어가 버린 거야. 나한테 말 한마디 안 하고. 당시 일본에서 공부 좀 하고 온 사람들은 왜 그렇게 빨갰을까. 서울대 국문과 나와서 전주여고 교편 잡고 있을 때야 그런 것 누가 짐작이나 했겠니. 둘째 언니가 그 사람한테 직접 배웠지. 학생들에게 인기가 대단했단다. 말할 수 없이 존경받는 민족주의자였대. 시간 중에 애국애족의 명강의는 학생들의 혼을 빼놓았다고 하더라. 나 결혼한 뒤에도 학생들 편지 어지간히 왔었지. 전주 집으로뿐 아니라 과수원까지 여학생들이 찾아오곤 했어.

형부 돌아가신 뒤에도 어찌 소식을 들었는지 위문편지를 보낸 사람도 많았단다. 여엿한 가정주부가 되었을 텐데도 그렇게 열심인 걸 보면 형부가 대단한 선생님이었던 모양이야."

"그건 정말 인정해. 언젠가 내가 말이에요. 서울사대 나온 어느 국어 선생님과 대화를 하게 되었어요. 그분은 여학교 때 문학 지망생이었다는데 나이 쉰이 다 되었어도 아주 순수하고 소녀 같았지요. 근데 그분이 자기 고등학교 때, 국어 선생님 이야기를 자주 했어요. 열여덟 살 소녀들에게 민족정신을 심어주고 삶의 바른 철학을 심어준 참으로 존경스러운 스승이었다고. 그분으로 인해 자기네들이 조국의 소중함을 배웠고 또 문학을 알게 되었다고 자랑을 하는 거예요. 눈이 펄펄 오는 어느 겨울날, 방학 중인데도 문예반 학생에게 특강을 해주시러 상당히 먼 거리에서 기차를 타고 오시더라는 거예요. 자기네들은 너무 어려서 다 소화도 못 했지만, 정지용이나 이태준의 작품을 이야기하곤 해서 어렴풋이나마 문학을 알게 되고 인생을 배우게 되었다는 거예요. 30년이 지난 지금껏 그분의 강의, 사상들을 잊을 수가 없다고, 자기는 교사로서 그분의 십 분의 일이라도 학생들에게 주는 것이 있을까를 늘 반성한다고 하더라고요. 하도 자랑을 하기에 어느 여학교를 나왔느냐, 그분 성함은 무엇이냐, 하고 물어보니 글쎄 그게 전주여고지 뭡니까? 그리고 그 선생님의 이름은 유이수. 바로 형부 아니겠어요? 얼마나 놀랍고 반가웠는지. 그 선생님은 자기가 서울대 국문과를 간 것도 순전히 형부 영향이라고 하더라고요."

"그런 일도 있었어? 그런 사람이 전쟁 때문에 그 지경이 되었으니."

"하긴 나부터도 여학교 때 형부를 얼마나 따랐나요? 그땐 비록 집에서 농사일이나 하고 백수로 지내셨지만, 방학 때 한 번씩 뵈면 그 해박한 문학 지식이며, 음악 애호, 아니, 애호 정도가 아니었지. 바이올린 솜씨는 얼마나 좋았어요. 베토벤 로맨스며, 사라사테 치고이너바이젠, 슈만 트로메라이, 어지간히 취해서 들었네. 정말 멋쟁이 형부였는데."

"시아버지가 돈 있고 풍류 좋아하니까 유학도 보냈나 봐. 일본 <청산학원>에서 2년간 바이올린 공부도 하고 왔대. 바이올린 명장이 직접 만들었다는 수제(手製) 바이올린을 사 주시며 공부시켰단다. 가끔 그럴 꺼내서 켜면 아닌 게 아니라 멋있어 보였지. 하지만 그런 게 다 무슨 소용이야. 어쨌건 내게는 고생만 안겨 준 사람인걸."

"언니. 인연이란 무얼까. 언니도 그 초등학교 선생님하고 결혼했더라면 교육감 사모님 정도는 되어 보는 건데 응?"

"그뿐이니. 아버지 하라시는 대로 의과대학만 갔어 봐. 무슨 의원 원장으로 생명 살리는 보람도 느끼며 대접받고 살았겠지. 그런 건 다 지난 일이니 관둔다 치더라도 나중 형부가 그 지경 되었을 때 네 둘째 언니가 얼마나 간곡히 권했는지 몰라. 초등학교 교사로 복직하라고. 그때만 털고 일어났어도 이 고생은 안 하는데. 다 내 성격 탓이지. 성격이 운명을 만든다잖아. 행여나 하는 마음으로 자격증은 내내 잘 간직하고 있어. 지금도 장롱 속에 있단다."

"그래? 둘째 언니 말 듣고 용감하게 좀 뛰쳐나올 일이지."

"시아버지 살아 계실 때야 아직 재산이 좀 남아 있으니까 큰 어려움 없었고, 나중 어려워졌을 때는 아이들이 주렁주렁했잖아, 그 애들 어떡하고 나와. 난 도저히 못 하겠더라."

"그래. 정말 우리 세대는 그놈의 끈적끈적한 모성애 때문에 아무것도 할 수가 없었어. 요즈음 사람들은 달라. 모두 자기중심적이야. 정말 많이 변했어."

"아차, 지금 몇 시지? 우리 자자. 내일 일찍 내려가야 하는데."

"왜? 늦잠 자고 천천히 점심 잡숫고 가면 되잖아요? 우리 집 아빠도 늦게 올 거고."

"안 돼. 사실은 애기 엄마 유럽 여행 갔어. 애기 아빠가 아들 낳느라고 수고했다고 한 달 몸조리 끝났으니까, 자기도 좀 쉴 겸 여행하자고 해서 두 달 잡고 여행 떠난 거야. 할머니 혼자 어젯밤 고생하셨을 텐데 빨리 가 보아야 해."

"그래요? 세상에 그 갓난일 두고 어떻게 여행을?"

"그러게. 우리 방에 와서 애기 보듬고 눈물을 흘리더라. 정말 우리 시대 사람들은 생각도 못 할 일이지. 내 생각엔 애기 아빠가 강력히 조르니까 엄마도 할 수 없이 따라가나 봐. 내가 성의껏 돌보니까 믿고 간다고 고맙다고 해 쌓더라."

우리는 밤이 깊어가는 줄도 모르고 오십 년 가까운 옛 추억 속에 흥건히 젖어 보았다. 그리고 언니는 이튿날 날이 밝기 바쁘게 9층으로 내려갔다.

9층과 10층. 우리는 한 층을 사이에 두고 이따금 그렇게 만났다. 대개 아기가 너무 보채 혼자 힘으로 도저히 어떻게 해 볼 수 없다든지, 너무 땀을 흘려 샤워를 해야 한다든지 할 때, 인터폰으로 나를 불렀다. 대부분 남편이나 아이들이 없는 한낮일 때가 많았지만 가족이 퇴근해 올 시간인 저녁때로도 그러는 수가 있었다. 한번은 남편이 퇴근해 왔다가 문이 잠긴 채 내가 없자 아파트 주변을 왔다 갔다 한 모양이다. 열쇠를 따로 지니지 않았으니. 나는 최대한으로 빨리 돌아와 있었기 때문에 그가 다시 들어왔을 때는 천연스럽게 문을 열어 줄 수 있었다. 의아해하는 그에게 9층에 있었다는 이야기를 아니 할 수 없었다. 그는 아무 말이 없었다. 그가 어떤 생각을 하는지 내 자존심은 조금 상했으나 나도 아무 말 없이 그의 저녁상을 차렸었다.

그러면서도 나는 마치 연애하는 사람처럼 언니의 인터폰을 기다렸고, 자다 깨서도 혼자 고생하실 언니 생각을 하며 그 집에서 대문만 열어 놓고 잔다면, 언니 방은 바로 문간방이니까 슬쩍 들어가 볼 수도 있을 텐데, 하며 애태우곤 했다. 게다가 또 하나의 걱정은 그 집 갓난이가 어찌나 땀을 흘리는지 4월 들어 그 방에 아예 난방을 꺼버려, 시골서 따뜻한 방에 허리를 지지며 주무시던 언니가 찬 방, 얇은 요, 얇은 이불 등에 적응을 못 해 몸이 찌뿌둥하다는 것, 아기는 수시로 깨지, 우유는 잘 안 먹지, 온전한 잠을 못 주무시는 데다 방까지 차서 무척 힘이 드신다는 것이었다. 나는 그것만이라도 내 힘으로 해결해 보자며 전기담요와 오리털 이불을 하나 사다 드리고서야 조금 마음을 놓고 편히 잘 수가 있었다.

그럭저럭 지나는 사이 아이의 백일이 돌아왔다. 아이 엄마는 그때까지 돌아오지 않았다. 갓난이보다 큰 딸아이가 엄마를 더 기다리는데 할머니가 큰애를 달래느라고 고생이라고 했다. 엄마는 귀국하고 싶어 할 텐데, 아버지가 더 좀 쉬었다 가자고 하는 모양이라며 의사들도 워낙 힘드니까 이해가 된다고, 그 할머니가 말씀하시더란다. 어쨌건 언니는 할머니와 둘이서 아기를 데리고 사진관에 가 백일 사진을 찍고, 떡을 맞추고, 가족들을 초대해 밥을 차리고…. 한창 바쁘게 지낸 다음, 모처럼 휴가를 왔다. 처음 약속했던 격주 휴가는 아무래도 아이 엄마가 없어 받아내기가 힘들다고 했다.

계절의 여왕이라는 5월. 아파트 단지 내의 온갖 화초들이 미인대회라도 열 것처럼 아름답게 단장을 하고, 햇빛은 또 얼마나 화사한지! 남편은 모처럼 이모님 모시고 나들이하자며 드라이브를 즐기다가 중앙공원 산책을 하고 외식을 시켜 주었다. 아이들은 아이들대로 엊그제 어버이날 준비해 둔 블라우스며 편안한 구두 등을 내 드렸다. 그 옛날 우리 아이들 키울 때 그렇게 우리가 이모님 덕을 보았으니 그 정도 친절은 당연한 것이언만 언니는 미안해서 쩔쩔매며 예의 그 부끄리는 듯한 그러면서도 소녀처럼 해맑은 미소를 띠며 사양하다가 선물도 받고 외식도 하고 왔다.

그날 밤, 식구들이 텔레비전을 보고 있을 때, 다정한 연인들처럼 언니와 나는 문간방에 나란히 누워 이런저런 이야기를 나누다가 어떻게 해서인지 그 머나먼 추억의 늪으로 다시 기어들기 시작했다.

그러다가 또 형부 이야기가 나오고 말았다.

"수복이 되어 오빠랑 너랑은 전주 집으로 돌아가고 나는 좀 숨을 쉴까 하는데 참 이상도 하지. 남편이 행방불명이 된 거야. 하루 이틀, 아무리 기다려도 오지 않자 시댁 어른들은 눈치를 채는 것 같았어. 그 사람들을 따라 산으로 간 것이 틀림없다고. 함께 어울려 인민공화국을 찬양했으니 그냥 남아 있다가는 살 수 없다는 것을 알았겠지. 그럭저럭 가을이 깊어 버렸어. 나는 아이 키우랴, 과수원 일, 농사일, 눈코 뜰 새 없이 바쁘게 돌아가는 바람에 밤이면 그런대로 잠을 잤어. 그런데 어느 날, 초겨울 비가 추적추적 내리는 밤이었어. 빗소리에 섞여 갑자기 인기척이 나는 거야. 나보다는 우리 시어머님이 먼저 알아채고, 누구세요 하며 문을 여시더라. 나도 이상히 여겨 슬며시 문을 반쯤 열고 내다보았어. 그러자 어머니께서 아니, 이게 누구야? 애비 아니냐, 하시면서 맨발로 뜰에 내려서시는 거야. 그러더니 둘은 순식간에 한 덩이가 되어 떨어질 줄을 몰랐어. 나는 도저히 발이 떨어지질 않아 그냥 숨도 못 쉬고 그대로 있었지. 스물두 살 새댁이 무슨 담이 얼마나 컸겠나. 그냥 떨리기만 했어. 어머님이 나를 불렀어. 에미야, 여어 좀 나와 봐라. 나는 도무지 떨어지지 않는 발걸음을 억지로 억지로 방 밖으로 내딛었지. 어린 나이에 시집가서, 겨우 일 년 남짓 살다가 그 지경을 당했으니 정도 뭣도 없고 마냥 무섭기만 하더라. 벌벌 떨고 서 있는 내게 어머님은 어서 가서 가마솥에 물을 좀 데우라며 내가 할 일을 가르쳐 주셨어. 아무튼,

그날 밤 부엌 바닥에 다라이를 놓고 어머님과 함께 그를 씻겨 옷을 갈아 입히는데 왜 그렇게도 무섭기만 하든지. 나 혼자는 그런 일 절대 못 했을 거야. 평소 곱슬곱슬했던 머리는 제멋대로 자라 배춧잎 같았고 그 턱수염 하며, 남루한 옷 하며, 정말 그건 사람의 모습이 아니었어. 딱 귀신이었지. 새벽녘 온 집안 어른들이 한데 모여 가족 회의를 열었어. 할머니, 시부모님, 형님 내외, 시누이, 하나같이 자수를 시키자는 거였어. 그러나 네 형부는 고집불통이었어. 그건 절대로 안 된다는 거야. 조금만 더 기다리면 다시 인공 세상이 온다는 거야. 불쌍한 사람이지. 결국은 아무도 그의 고집을 꺾을 수 없어 할머니 방 다락에다 숨겨 놓고 지내기로 했어. 층층시하에서 살림하랴, 어린것 건사하랴, 끼니 때마다 그 어둑한 다락으로 밥 나르랴, 정말 하루하루가 사는 게 아니었어. 불과 2년 전만 해도 손끝에 물 한 방울 안 묻히고, 해 주는 밥 먹으며 순진한 어린이들이랑 춤추고 노래 부르며 즐겁게 살았잖니. 그러던 내가 하루아침에 왜 이렇게 되었는지 슬프기 짝이 없었어. 그런 나를 이해하고 시할머니, 시어머니께서 사랑으로 감쌌기 망정이지 그분들 아니었으면 나, 무슨 일이라도 저지르고 말았을 거야."

언니는 당시의 아픈 마음이 되살아났는지 잠시 침묵하더니 나도 기억하는 그 가슴 저린 이야기, 어머니와 관계된 이야기를 계속 했다. 대충 정리하면 다음과 같다.

***

한 달 남짓 그렇게 지내는데 워낙 대농가라 객식구가 하도 많이 드나들어 하루도 마음 편히 지낼 수가 없었다. 게다가 '이 집 작은 아들이 빨지산으로 들어갔다네', 하는 소문이 근동에 쫙 퍼져서 일부러 냄새를 맡으러 오는 사람도 있는 것 같았다.

그러던 중 하루는 시아버지가 나를 불렀다. 그분은 저만큼 떨어진 과수원에다 별채를 지어 놓고 가야금 타는 기생첩과 따로 살고 있었는데 그 집으로 나를 건너오라고 했다. 아무런 짐작도 못 하고, 그저 고생한다고 격려하시려나 보다 하며 건너갔다. 그런 나에게 그분은 너무나도 뜻밖의 말씀을 하셨다.

"새아가, 어린 나이에 고생이 많구나. 다 세상 탓 아니냐. 그래도 네가 워낙 잘 참아 주어서 고맙다. 그런데 내 곰곰이 생각하다가 너를 불렀다. 애비 말이다. 여기저기서 의심하는 눈이 많아 이곳에서 오래 못 버틸 것 같다. 음~ 저~ 저~ 참 미안한 이야기다만 아가, 네 전주 친정 말이다. 그곳으로 애비를 보내면 어떻겠냐. 너의 친정은 사돈어른이 완전 우익으로 학살까지 당하셨으니 아무도 의심할 사람은 없지 않겠느냐. 네 친정 어머님께는 몹시 죄송한 일이지만 내 생각에는 거기가 제일 안전할 것 같다. 너 내일이라도 친정에 가서 의논 좀 해 볼래?"

그 말씀을 듣는 순간 나는 너무나 놀랐다. 어머니, 나의 어머니, 불쌍한 나의 어머니!

나는 어머니를 생각하면 지금도 가슴이 미어진다. 열여덟 살에 열다섯 살 아버지에게 시집와서, 고생이 시작된 어머니. 아버지가 그땐 서울 중동중학교 다닐 때라, 외할머니가 서울에 집을 얻어 외삼촌 외숙모와 함께 살게 하고, 어머니도 서울 <하나 요메>라는 곳에서 신부 수업도 받게 했다. 그때까지만 해도 행복했겠지. 그러나 아버지가 중학교를 졸업하자 장모님 졸라 일본으로 유학 가는 바람에, 어머니는 광양 산골 종갓집 며느리로 들어가 독수공방이 되었다. 외할머니도 사위가 똑똑한 걸 인정하고 유학비를 대었다. 그러면서도 유학생들이 신여성과 연애한다는 말 듣고 불안하셨던지 일본까지 가셨다. 다행히 사위가 어떤 친구와 한방 쓰면서 열심히 공부하고 있어 안심하고 유학비를 대었다. 어쨌거나 어머니는 아직 태기는 없고, 시어머니와 함께 다섯이나 되는 어린 시동생들 건사하다가, 시어머니 해산바라지까지 하게 되었다. 막내 삼촌하고 외동딸 고모는 어머니 시집온 후 태어난 것이다. 열여덟까지 그리운 것 없이 살다가, 신랑도 없는데 낯선 곳에서 조부님 찾아오는 손님 대접하랴, 월례행사처럼 찾아오는 제사 모시랴, 아무튼 종갓집 며느리로 젊은 시절 말할 수 없는 고생을 하신 분이다. 그러다가 아버지가 유학에서 돌아오시고, 결혼한 지 9년 만에 나를 낳는 것을 시작으로 우리 5남매를 낳아 기르셨다. 그때도 아버지는 젊은 면장으로 바깥일이 바빠, 집안일은 늘 어머니 차지였다. 해방 후엔 서울로 딴 살림을 났다고 하지만, 고향 친척들 거두느라고 서울집은 거의 여관 수준이었다. 더 힘들게 했던 것은 아버지가 그 좋아하는 풍류 때문에 가야금 타는 기생까지 집에 들여 그 시중까지 들게 했으니 아버지도 참 어머니에겐 못 할 일을 많이 하신 분이다. 게다가 전쟁 직전 국회의원 출마로 외갓집 돈까지 다 끌어다 쓰고는 낙선하는 바람에 온 집안이 쑥대밭이 되고 말았다. 설상가상으로 얼마 후 한국전쟁이 터져 결국엔 남편 잃고 온갖 세간까지 다 뺏겼으니 그 속이 썩지 않고 배길 수가 있으랴. 그 이후, 어머니는 밤이면 부엌 구석에 앉아 담배를 피워 물기 시작했다. 타들어가는 속을 달래기 위해 잠 안 오는 밤, 몰래 담배까지 배워 피우시던 어머니.

그런 어머니에게 유령 같은 남편을 맡기라니 이를 어찌하면 좋단 말인가. 그러나 나는 시아버지의 말씀을 거역할 수는 없었다. 남편은 한밤중에 은밀히 전주집으로 옮겨졌다. 그리고 아버지의 영위 상 뒤 병풍 친 곳 밑에 구들장을 뜯어내고 그 속에 작은 공간을 만들어 들어앉게 되었다. 요즈음은 그런 풍습이 다 사라졌지만, 그때만 해도 부모가 돌아가시면 3년 탈상까지 영위(靈位)를 모시는데, 제사상을 하나 상비해 놓고 거기다 조석으로 밥상을 올렸다. 그리고 새 음식 햇과일 등 언제나 그 상위에 먼저 올렸다가 식구들이 나누어 먹곤 했다.

생각해볼수록 어머니는 참 기발한 아이디어를 내셨다. 누가 감히 그 영위 상 밑을 조사해 보겠는가. 우익으로 학살을 당한 장인의 영위 상 밑에 좌익으로 활동하던 사위가 숨어지내다니! 제사상 하나를 가운데 두고 삶과 죽음이, 좌익과 우익이 공존하던 그 친정집의 뒷방. 어머니는 그 사실을 위로 나이 찬 두 남매에겐 알려 도움을 받았으나 당시 열다섯이 채 안 된 셋째 딸과 막내딸에게는 비밀로 하셨다. 어린 것들이 행여라도 발설할까 두려워하셨음이리라.

둘째 딸은 남편의 전주여고 제자였다. 밥 심부름을 비롯해 이런저런 잔심부름을 적잖게 했다. 그리고 남동생은 내가 남들에게 눈치채일까 봐 자주 드나들 수 없으니까 우리 시댁에 오락가락하며 연락책을 맡아 주었다. 그러니 어머니나 두 동생에겐 빚을 져도 보통 큰 빚을 진 것이 아니다. 그런데 그 빚 갚을 겨를도 없이 어머니는 겨우 5년을 더 사시고, 동생 넷을 하나도 성혼시키지 못한 채 속병으로 돌아가시고 말았다. 부모님 살아생전에 가장 화려하게 결혼식을 올린 나는 언제쯤이나 동생들에게 진 빚을 갚을 수 있을까, 그 생각만 하면서 힘겹게 살았다.

아무튼, 남편은 전주에서 겨울을 났는데 불도 낮에는 땔 수가 없었다. 해가 다 진 뒤에야 병풍 뒤에서 그를 밖으로 꺼내고, 불을 때야만 했다. 당시 어머니는 안방과 뒷방만 쓰고 나머지는 다 세를 주어 생활비로 썼기 때문에 한 집에 여러 세대가 살고 있어 여간 조심스럽지가 않다고 하셨다.

아, 지금도 뚜렷이 기억난다. 이른 봄이었던 것 같다. 한번은 내가 모처럼 친정에 가서 어머니와 함께 텃밭에 씨앗을 뿌리고 들어오는데 건넛방에 세 들어 사는 순희 엄마가 부엌에서 뒷방 아궁이에 불을 지피고 있었다. 나는 무심코 바라보는데 어머니가 갑자기 펄쩍 뛰며 부엌으로 들어가더니, 아니, 누가 여기다 불 때랬냐고 호통을 치면서 지금 훨훨 타고 있는 장작개비를 재빠르게 끄집어

내었다. 그리고는 아직도 불씨가 남아 있는 아궁이에다 양동이에 길어다 둔 찬물을 마구 끼얹는 것이 아닌가. 나는 그제야 그 구들이 뒷방으로 연결된 것임을 알아차리고, 아아, 하고 한숨을 토해내며 서 있었다.

불쌍한 우리 어머니. 전쟁 때 그만큼 고생했으면 그만이지 왜 수복이 된 뒤에도 이 고생을 해야 하는가. 동생들 데리고 생계 꾸리기도 벅찬데 사위까지 고생을 보태드리고 있으니 도대체 이게 어찌 된 일일까. 나는 완전히 어머니 편이 되어서 남편이 그지없이 원망스럽고 미웠다.

어쨌건 순희 엄마는 너무 놀라 더운물 좀 데워다 쓰려고 그랬다며 물러났고 어머니는 재빨리 뒷방으로 들어가 구들장 문을 열어 사위를 끄집어내 주셨다. 그 소굴 속에서 그는 매캐한 연기 때문에 얼마나 고생을 했는지 기침을 콜록콜록 해대는데 곁에서 바라보는 나도 숨이 막혔다. 어머니가 속병을 얻어 오 년도 못 살고 돌아가신 것은 아버지 탓이 반절, 사위 탓이 반절이라고 나는 지금도 믿고 있다.

그럭저럭 오뉴월이 되고 날씨가 더워지자 그 소굴 생활도 더 이상은 할 수가 없어, 그는 다시 삼례 본가로 왔다. 이제 구들장 밑 신세는 면하고 그의 거처는 벽장이 되었다. 지하보다는 조금 나았을지 모르지만 덥고 답답하고 캄캄하기는 마찬가지였겠지. 이발소엘 갈 수가 없으니 머리는 집에서 내가 적당히 잘라 어설프고, 얼굴은 운동 부족으로 핼쑥하고, 하여간 그의 몰골은 말이 아니었다.

바야흐로 여름은 되고 사람들은 또 얼마나 드나드는지. 하루하루가 살얼음 딛기였다.

그러던 어느 날, 갑자기 그의 친구인 송 형사가 우리 집에 나타났다. 그리고 뒤이어 낯선 형사들이 셋이나 들이닥쳤다. 남편은 꼼짝없이 붙잡혀 전주 경찰서로 이송되었다. 송 형사는 큰동서님 조카인데 아무래도 시숙이 시킨 게 아닌가 싶었다. 동생이 고집불통으로 자수를 안 하고 옆 사람들 고생만 시키니까 그냥 보고만 있는 것이 최선은 아니라는 판단에서 그랬을 가능성이 충분하다.

아무튼, 경찰서 유치장에서 그는 온갖 고문을 다 당했다. 매질은 말할 것도 없고, 수돗물 고문, 전기고문, 잠 못 자게 하는 고문, 참으로 사람으로서 견디기 힘든 온갖 고초를 다 겪었다고 했다. 죽음과 같은 그곳에서의 생활은 근 한 달이 계속되었다. 그리고 생명에는 지장이 없을 정도에서 그는 풀려 나왔다. 시아버지와 시숙이 아낌없이 논밭을 팔고, 서울 친구들한테 현금을 빌리고, 온갖 방법을 총동원하여, 그저 빨간 줄이 안 남도록 집 몇 채 값을 들여 그를 빼냈다. 아, 그때의 그의 몰골이라니. 완전 송장이나 다름없었다. 그 배추 같은 머리에 굵은 이가 굼실굼실. 여름이라 더 했던가. 허연 서캐까지 끼어서 참으로 볼만했다.

그렇게 해서 그는 나왔지만, 그때부터 우리는 고생길에 더 깊이 들어섰다. 논밭이 없어진 때문에 생활이 궁해지기도 했지만, 내가 의지하던 시아버지께서 아들 하나 버렸다고 애통해하시다가 어느 날 갑자기 쓰러지셔 병원에 갈 틈도 없이 돌아가신 것이다. 그렇게 되자 둘째 아들인 우리가 과수원집으로 옮겨 기생 시어머니를 맡아 새로운 생활을 하게 되었는데, 몸도 성치 않은 그가 무슨 일을 해도 되는 일이 없었다. 시아버지 계실 때는 그렇게 잘 되던 배 농사도 항상 실패고, 젖소를 키우고 돼지나 닭을 키워도 갑자기 떼죽음을 당하는 등 아무것도 되는 것이 없었다. 그래도 그는 항상 허허 웃었다. 나는 그러는 그가 더 미웠다. 완전 바보 같았다.

그야말로 남편은 이상과 현실의 괴리를 가장 뚜렷이 체험한 사람일 것이다. 공산주의 사상에 흠뻑 취해 제 세상 만난 듯 날뛰었지만, 과연 얻은 것은 무엇인가. 꼭 자포자기한 사람 같았다. 그런 그에게도 생기가 돌 때가 있었다. 문학도가 된 막내 처제가 방학을 맞아 우리 집을 찾아오면 그는 갑자기 문학 이야기, 철학 이야기로 신이 나고, 먼지 낀 바이올린을 꺼내 베토벤을, 슈만을, 사라사테를 연주했다. 그러나 그렇게 행복한 시간이 몇 번이나 있겠는가. 그는 또 어울리지 않는 농사꾼이 되어 돈을 벌기는커녕 계속해서 조금이나마 남아 있는 재산을 없애기만 했다. 우선 건강이 따라주지 않으니까 게을렀고, 자기 인생의 목표가 좌절되었으니 신명이 나질 않아 더욱 실패가 거듭되는 것 같았다. 그 와중에도 마음씨는 좋아서 남의 보증까지 서는 바람에 과수원 땅도 조금씩 조금씩 졸아들게 되고 말았다. 시아버지 살아 계실 때는 그래도 요순시절이었던가. 이제는 끄니도 걱정을 해야 할 판이 되었다.

그런 속에서도 하나씩 하나씩 아이가 불어, 나는 육 남매의 어머니가 되었다. 아이 낳아 길러 본 어미들은 안다. 임신과 수유, 육아가 얼마나 어려운 일인가를. 시아버지 돌아가시자 복직을 권하던 둘째 동생이, 조랑조랑 아기 딸린 나를 보고 차마 복직하라는 말도 못 하겠다면서 한숨지었다. 남편은 그러거나 말거나 헤헤 웃어가며, 인생이란 뜻대로 되는 것도 아니니, 그저 되는 대로 사는 거라고 철학자 같은 소리를 하고 다녔다. 심지어 과수원 두엄자리 옆에서도 큰대자로 쓰러져 쿨쿨 잠을 자곤 했다. 게다가 기생 시어머니는 평생을 손에 물 한번 안 묻히고 살아온 탓에 혼자 자기 방에 틀어박혀 가야금만 타며 차려다 드리는 밥상만 받았다. 나는 애들 데리고 이리 뛰랴 저리 뛰랴 참말이지 죽으려야 죽을 틈도 없었지만, 전혀 도움을 받을 수는 없었다.

그때 우리 막내, 고 예쁘고 똑똑한 민주가 시름시름 앓기 시작했다. 초등학교 5학년 때였다. 마침 남편 친구가 그 학교 선생으로 있어 우리 민주가 보통 영리한 게 아니라고, 칭찬하던 아이다. 모든 학과에 두각을 보인다고 했다. 국어도 일등, 주산도 일등, 하모니카 불기도 일등이라고 했다. 그러나 건강이 계속 안 좋아졌다. 진단 결과 뇌암 판정을 받았다.

하도 일이 바빠 간호도 제대로 못 했다. 내가 땡볕에서 밭일을 하다 사이사이 들어오면 오히려 어린 것이 나를 위로했었다. 엄마, 내가 얼른 나아서 엄마한테 효도할 거야. 돈 많이 벌어서 고생 안 시킬 거야. 잠깐 앉아서 땀 식혀봐. 내가 하모니카 불어 줄게. 그리고는 기운 없는 몸으로 '꽃밭에서', '오빠 생각', 등을 불어 주곤 했다.

그렇게 사랑스럽던 민주를 결국 잃고 말았다. 남편은 막내가 음악적 재능을 보인다고 중학교 들어가면 바이올린을 물려주겠다고도 했는데….

남편 문제는 아무것도 아니었다. 이 세상에서 가장 못 당할 일은 자식 앞세우는 것임을 그때 알았다. 민주는 대엿 달 앓고 떠났는데 그 충격으로 나는 이가 다 솟아 얼마나 고생을 했는지.

그 뒤 얼마 안 있어 남편이 간암 진단을 받았다. 돈은 없고, 너무 다급하니까 그 좋아하던 바이올린도 중학교 음악 선생님에게 헐값에 팔아버렸다. 그를 간호하면서 나는 처음으로 불교에 관심을 보이게 되었다. 나는 전생에 이 사람한테 큰 빚을 졌나 보다. 그 빚을 다 갚을 때까지 나는 할 수 있는 한 최선을 다할 수밖에 없나 보다. 내 딴에 착하게 산다고 살고 있는데 이렇게 고통이 끊이지 않는다면 결코 하느님의 섭리로 볼 수는 없지 않은가. 하느님이 그렇게 짓궂은 분일 리는 없다. 내 인생은 불교의 윤회로밖에 풀 수 없다. 그렇게 생각하자 마음이 조금 편해졌다. 딸을 잃고 얼마 안 되어 남편도 갔다. 워낙 미운 정이 많아서인지 그가 죽어도 별 슬프지도 않았다. 옛말에 남편은 죽으면 뒷동산에 묻고 자식은 죽으면 가슴에 묻는다더니 그건 정말이었다.

그런대로 안정을 찾았고, 혼자서 큰아들 큰딸 혼사도 치렀다. 그런데 이번에는 막 시집간 큰딸이 신랑 직장 따라 서울로 가서 살다가 연탄가스 중독으로 입원했다. 열 일 제치고 달려가 간호했지만, 눈 한번 못 뜨고 세상을 뜨는 게 아닌가. 참으로 청천벽력이었다.

가도 가도 끝이 없었다. 전생에 남편에게만 큰 빚을 진 것이 아니라 씻을 수 없는 큰 죄를 지었나 싶었다. 나는 사람들 앞에서는 태연한 척했지만 아무도 없을 때는 울고 또 울었다. 너무 울어서일까. 이번에는 눈에 이상이 왔다. 지금도 걸핏하면 눈이 짓무르는데 그때 잘못된 탓이란다. 큰딸은 전북대 간호학과를 나와 수간호원으로 일했던 효성스러운 딸이었다. 친구처럼 의지했던 딸을 잃었으니!

내가 그렇게 큰일을 당할 때마다 친정 동생들이 합심하여 나를 도왔다. 부모덕을 가장 많이 보고 부모님 계실 때 많은 사람의 축복 속에 결혼식을 올린 내가 동생들에게 도움을 주기는커녕 계속 폐만 끼치고 있으니 마음이 편할 수가 없었다. 어떤 가정이든 맏이가 잘 되어 동생들에게 베풀어야지 맏이가 도움을 받는다는 것은 정말 염치없는 일이다.

어쨌건 나는, 아기자기 내 말벗이 되어 줄 딸을 둘 다 잃고, 갑자기 아들만 넷을 둔 쓸쓸한 여자가 되었다. 제발 그놈들이 하루속히 잘 되기를 바랐다. 그러나 남편 건강 때문인지 애들이 어렸을 때부터 약골이어서 시원스럽게 뻗어가질 못했다. 그래도 제일 부실한 셋째 하나만 빼고 다 장가랑 들어 한시름 놓고 잠시 편히 살았다. 그런데 그만 작년 겨울, 가장 건강하던 큰아들이 양봉 사업을 한다고 빚만 지더니, 불행히도 교통사고를 당해 다시 나의 고통이 시작된 것이다. 도대체 그 많은 훼방꾼은 어디에 숨었다가 그렇게도 나 편한 꼴을 못 보고 불쑥불쑥 나타나는지.

그러나 요즈음 나는 또 나만 이렇게 큰 고통을 당하고 있다는 생각을 버리기로 했다. 훈 할머니 기사를 읽으면서 그래, 이런 삶도 있는데, 하는 생각이 들었기 때문이다. 내 여학교 시절, 우리랑 학교 같이 다니던 나이든 친구 하나도 '정신대'에 끌려가지 않으려고 학교 다니다 말고 결혼하는 것도 보았고, 우리 동네 가난한 집 딸이 정신대에 끌려갔다는 소문도 들었었다. 그들의 고통에 비교하면 나는 우리 말 마음대로 쓰고, 가족이랑 함께 자유 누리고 편히 살지 않았나 싶다.

나는 9층 애기가 아무리 칭얼대도 밉지 않다. 아무리 잠투정을 해도 밉지 않다. 나는 정말 내 진심을 다해 애기를 돌보고 있다. 그 애기로 하여 나는 시골에서 만져볼 수도 없는 큰돈을 벌고 있고 머지않아 농협에서 얻어다 쓴 빚 천오백만 원도 갚게 될 것이니 말이다. 지금 나의 희망은 오직 그 빚을 갚고 마음의 자유를 얻는 것뿐이다.

***

그 날 밤, 언니의 긴 이야기를 가슴 아프게 듣고, 내가 안방으로 건너왔을 때 남편은 책을 보고 있었다.

"자매간에 무슨 이야기가 그렇게 길어? 나는 밤새는 줄 알았다."

"기다렸어요? 미안!"

나는 남편이 아직 잠들지 않고 있다는 게 우선 반가워 나도 모르게 그 긴 언니의 이야기를 대충 요약해서 전달했다. 남편은 평소 큰 처형을 항상 좋은 감정으로 대하고 있었기 때문에 이야기를 진지하게 들어 주었다. 그러더니 딱 한마디.

"빚이 얼마나 되시냐?" 하고 물었다.

그 며칠 후였다. 남편은 갑자기 통장에 돈이 얼마나 있느냐고 물었다. 내가 큰 아이 혼사 비용으로 모아 둔 목돈이 조금 있다고 대답하자 그가 나직이 말하는 것이었다.

"이모님 말야. 아무래도 그냥은 못 있겠어. 혼수를 좀 줄이더라도 도와 드리자. 우리 아이들이 다 버니까 조금씩 보태도록 하고 우리 다섯 식구가 힘을 합해 도와 보자. 요즈음 정신대 돕기 운동도 하는데 이모님은 6·25 희생자로 후세대 도움받을 자격 충분하시잖아. 더구나 우리 아이들 모두 해산바라지도 해 주셨잖아. 그동안 당신 검약하게 산 것 이럴 때 쓰면 보람도 있고 좋지 않아? 성당에서 여기저기 성금 보내는 것 잠시 중단하고 이모님 돕기로 해."

나는 너무 당황해서 입을 떡 벌린 채 남편을 빠안히 쳐다보았다. 나도 처음 언니가 오신다 했을 때 그런 생각을 안 해 본 것은 아니다. 그러나 감히 엄두가 안 나서 입도 뻥긋하지 않았었다. 그런데 그가, 살도 피도 안 섞인 그가 그런 말을 하다니!

고마워요. 정말 고마워요.

마침내 우리 가족은 언니가 진 빚 천오백만 원을 만들어 조카 앞으로 송금했다. 언니는 미안해서 어쩔 줄 모르며 그 부끄리는 듯한, 그러나 이제 소녀처럼 해맑은 미소가 아니라, 눈물 어린 미소를 지으며 온라인 영수증을 받았다.

"언니, 당당하게 받으세요. 나 여학교 때 쉼터 제공해 주신 것, 우리 애들 낳고 키울 때 친정엄마 노릇 해 주신 것, 그 공 갚으려면 그것도 부족해요. 이제 시골 가서 편히 쉬세요."

언니는 유럽에서 하경이 엄마가 돌아오기를 기다렸다가, 그리고 그 엄마가 언니의 후임을 구할 때까지 기다렸다가, 날씨가 더워지기 시작한 유월 중순 이곳을 떠났다.

나는 고속버스 터미널까지 나가 언니를 배웅하며, 두 손을 모아 빌었다. 하느님의 섭리건, 불교의 윤회건, 다 좋아요. 제발 저 착한 언니에게 더 이상의 고통은 주지 마십시오.

차창 너머로 언니의 그 부끄리는 듯한, 소녀처럼 해맑은 미소가 보여왔다. **

1997년 《한국소설》 9월호에 발표한 것을
2021년 더 다듬고 보완함.

오빠

어머나, 오빠!

오빠는 근래에 만나던 중 가장 건강하고 밝은 모습으로 나타났다. 진갈색 바지에 초콜릿 빛깔의 잔 체크무늬 재킷을 입고 몸피도 적당히 보기 좋은 모습이었다. 우리 집 근방의 찻집 같은 느낌이 들었다. 내가 먼저 앉아 있었고, 오빠가 나중 들어오며 환히 미소 지었다. 나는 들어서는 오빠를 보고 너무 놀라 벌떡 일어서며, 어머나, 오빠! 하고 부르짖었다. 어쩐 일이세요? 응, 여기서 멀지 않는 곳에 병원을 차렸어. 그럼, 누구랑 같이 오셨어요? 아니, 나 혼자 왔다. 아, 그럼 우리 집으로 가셔요. 오빠 계실 방 있어요. 우리는 마주 보고 앉아서 즐거운 대화를 나누었다. 그러다가 오빠가 가야겠다며 일어서는 순간 눈을 떴다. 밤 내 뒤척이다가 새벽녘 잠깐 눈 붙인 새 꿈을 꾸었던 모양이다. 오빠를 생각하자니 이것저것 차례도 없이 여러 기억이 떠오른다.

❖ 기억 1

1966년 11월, 월남 파병에서 귀국할 무렵의 일이다.

일 년의 임기를 마치고 곧 돌아온다는 소식이 들렸다. 사실 일 년이란 그리 긴 세월은 아니다. 그러나 우리 가족에겐 정말 가슴 타는 긴 세월이었다. 팔순의 조부님께는 더욱 그랬다. 가문의 대를 이을 장손이요 독자인 손자가 어느 날 문득 월남행을 결정하고, 고향에 내려와 인사를 드렸을 때, 그분 놀람을 어린 내가 어찌 다 헤아릴 수 있었으랴. 그리고 올케언니. 남편 부대에 따라갈 수 없어 조부님과 함께 어린 조카들을 데리고 시골에서 지내는 언니에게는 파주 부대도 멀었는데, 이국 만 리 전장으로 떠난다니 날벼락이 아닌가.

"나는 총을 들지 않아. 적진에서 직접 싸우지 않아. 의무병들은 안심이래. 제발 믿어 줘. 일 년이면 돌아와. 경험도 쌓고, 돈도 벌고, 나는 기꺼이 지원했어. 제발 날 믿어 줘."

오빠의 설득에 마음을 가라앉힌 우리 가족은, 그래요, 그래요. 하느님께서 살펴 주시겠지요. 먼저 가신 부모님이 지켜 주시겠지요. 그때 갓 영세한 나는 오빠에게 묵주를 선물하며 오로지 기도로 일 년을 기다렸다.

그런데 그 일 년이 지나고, 이제 곧 귀국한다는 정부의 발표가 났다. 그 정확한 날짜를 알고자 여기저기 전화를 했으나 군사 기밀이라 아무도 모른다는 것이었다. 가족들은 들려오는 소문을 따라 10월 하순 부산으로 출발했다.

내 근무지 여수에서 밤 배를 타고 떠나, 어둑한 새벽 5시, 부산 땅에 내리니 어안이 벙벙했다. 합승으로 초량동까지 가서, 더듬더듬 간판을 보며 가족들이 묵고 있을 여관을 찾았다. 드디어 반가운 상면! 올케언니는 물론 숙부님, 키 큰 사촌 동생, 꼬마 장조카도 와 있었다.

"배가 들어오는 것만은 틀림이 없대요?"

"내일 아침 9시쯤 틀림없이 들어온대요."

올케언니는 몹시 흥분되어 있었다. 왜 안 그러랴. 전쟁터에 갔던 남편이 돌아온다는데. 우리는 기다리는 동안 부산 구경이나 하자며 다 같이 나갔다. 송도로, 국제시장으로, 영도다리로 종일 돌아다니다가 저녁때부터는 준비를 서둘렀다. 화환을 맞추고, 종이를 사다가 큰 글씨로 오빠의 이름을 쓰느라 부산을 떨었다. 장본인의 이름자를 크게 쓰지 않으면 찾을 수가 없다고 했다. 아닌 게 아니라 수천 명 장병 중에 누가 내 가족인지 어찌 알며, 또 수천 명 가족 중에 누가 내 마중을 나왔는지 어찌 알 것인가.

붕타우 이동외과 병원 소령 안 영 복

숙부님께서 유려한 붓글씨로 크게 썼고 키 큰 사촌 동생과 내가 막대기를 구해다가 높이 치켜들 수 있게 플래카드를 만들었다. 그리고 잠도 자는 둥 마는 둥, 이윽고 날이 밝았다. 올케언니의 옷매무새를 봐 드리고 미장원을 찾아 머리 손질도 시켜드렸다. 9시라면 서둘러야 한다. 우리는 부둣가로 나갔다. 오오, 벌써 사람의 물결. 태극기의 물결, 꽃다발의 물결, 참으로 발 딛을 틈도 없었다. 국화와 장미를 주로하고 아스파라가스를 끼워 넣은 화환을 다치지 않도록 머리에 얹은 채 가족들은 사람의 물결을 헤집고 군중 속을 파고들었다. 플래카드를 들고 걷는 180센티 큰 키의 사촌 동생이 이때처럼 고마우랴.

제 3부두. 드디어 배가 들어오고 있었다. 오오, 잠시 후면 만나게 될 우리 오빠!

배는 마침내 10여 미터 밖에서 멎었다. 푸른 제복의 맹호, 청룡들. 사람이라기보다는 거의 개미 떼들 같았다. 무려 한 시간을 세워놓고 마중꾼들의 간장을 녹인다. 가족들은 자기 아들을, 남편을, 연인을, 동생을, 오빠를 찾기 위해 혈안이 되었다. 휙휙, 바다 가운데 떠 있는 배 위로 사과가 날아간다. 팔매질해 던지는 사과는 더러는 한 장병에게 안기고 더러는 조각나 물거품처럼 흩어지고, 대개는 퐁당퐁당 바닷속으로 빠진다. 그 빨간 사과. 우람한 남자의 주먹보다 더 큼직한 사과. 사과 세례는 가족들 사랑의 표상인가. 여기저기서 또 편지를 던진다. 종이가 그 먼 배 위까지 날아갈 리가 없다. 사람들은 편지를 써서 사과에 싼다. 군밤에 싼다. 내 아들, 누구누구가 왔는지 좀 봐 주오. 편지는 사람들의 팔매질을 타고 나른다. 저쪽 장병이 받는다. 펴 보곤 두리번두리번 찾는 모습. 그러다가 부두 쪽을 바라보며 소리 지른다. 왔소. 왔소. 또 더러는 안 왔소. 아직 안 왔소. 그 수라장 속에서 말이 들릴 리 없다. 모든 언어는 몸으로만 한다. 고개와 손이 모든 이의 입이 된다.

군중들은 그 일이 끝나자 노래를 부른다.

"우리는 맹호부대, 맹호부대 용사들아…."

부둣가에서 마중꾼도 합세하여 부른다. 우리 깐에는 제법 큰 글씨로 플래카드를 썼고 키 큰 사촌이 있어 훤히 눈에 뜨이리라 믿었더니, 웬걸 우리보다 더 크고 더 뚜렷한 플래카드의 물결. 너도 나도 목에 화환을 걸고 좀 더 장병들의 눈에 띄기를 바라는 가족들의 치열한 다툼이 애절하다. 나는 카메라를 든 장병들만 눈여겨 보았다. 오빠가 워낙 사진 찍기를 좋아했으니 분명 들고 섰으리라. 하지만 아무리 찾아도 없다. 그런데 장병들은 자기 가족과 눈이 마주치기도 하나 보다. 저 기뻐하는 표정들, 외치는 소리들!

나는 말할 수 없는 부러움으로 그들의 환희를 구경한다. 배는 여전히 바다 가운데 떠 있다. 어서 그들이 내렸으면. 모두 내려서 기쁨에 찬 포옹을 나눌 수 있었으면. 그들이 내려야 오빠가 왔는지 안 왔는지 알 수 있지 않겠는가.

드디어 사람들이 내리기 시작한다. 나는 사람의 물결을 비집고 본부석으로 가 완장 찬 본부장에게 문의한다. 안영복 소령은 안 왔나요? 아아, 그는 말한다. 기다려 보라고. 대표 몇몇이 내려 보아야 알겠다고. 오오. 나는 방송국 직원들이 녹음장치야 뭐야 바쁘게 움직이는 틈 속으로 흔연히 섞여들었다. 그리고 기다렸다. 한 사람, 한 사람, 무거운 짐을 어깨에 메고 내린다. 주시하고 있던 군중 속에서 가족이 튀어 나간다. 차마 자기는 안길 수가 없어 아이를 안겨 주는 아낙네. 그 아이는 아빠의 얼굴에 낯익지 못해서 칭얼칭얼. 더러는 친구끼리, 그 튼튼한 가슴끼리 이놈아, 외치며 안겨 울고, 더러는 머리 길게 딴 시골 색시와 귀환 장병의 해후, 고생했소, 어깨를 두드리는 듬직한 손길. 가지가지 장면이 연출되고 있었다. 그래도 오빠는 나오지 않았다. 허탈!

쓸쓸히 남들의 환희만 구경하고 섰는데, 한 장병이 나온다. 군중 속에 묻혀 서 있는 그의 표정에서 무언지 쓸쓸함을 느낀다. 걸음이 느리다. 아니, 그 옆에 헌병 하나가 따르고 있다. 이상한 느낌. 시선을 아래로 떨구며 군중의 틈을 비집고 내려가니, 아, 저를 어쩌나. 그는 한쪽 다리를 완전히 잃은 상이용사였다. 어머나. 여기저기서 동정 어린 음성들이 쏟아져 나왔다. 나는 순간 생각했다. 저 사람의 가족은 어떤 마음이 될까. 좀 있다 튀어나오겠지. 그리고는 부둥켜안고 울겠지. 그런데 이상하다. 아무도 그를 반기려 들지 않는다. 그 좁은 다리를 다 건너고 대기하고 있는 기차 위에 오르려고 할 때까지, 그에게 아무도 나타나진 않았다. 그는 헌병의 부축을 받아가며 기차 옆까지 가고, 그러나 오르기 싫어하는 눈빛, 돌아서서 군중을 계속 훑어본다. 이 많은 사람 중에 혹 자기를 아는 사람은 없을까. 이 많은 사람 중에 단 한 사람이라도 없을까. 둘러보고 또 둘러본다. 그러나 아무도 없었다. 나는 무엇인가가 울컥, 가슴 밑바닥에서 용솟음치는 것을 느꼈다. 나가자. 내가 대신 저 사람을 환영해 주자. 이 화환, 어젯밤 온 가족이 정성 들여 만들고 빛깔 배합에까지 신경 썼던 이 화환을 저 장병에게 건네자. 설혹 맨 나중 오빠가 나온다

하더라도 그 장병에게 주었다고 하면 섭섭해할 오빠는 아니다. 어서 나가자. 그러나 나는 용기가 없었다. 그래도 국가를 위해 희생한 저 장병을 어찌 모른 척한단 말인가. 주님, 용기를 주세요. 나는 성호를 긋고 용기를 낸다. 비켜 줘요, 비켜 줘요. 외치며 사람들을 밀치고 앞으로 나간다. 그리고는 그 장병 앞에 우뚝 섰다.

"장병님, 자, 이거 받으세요. 전 오빠 마중 나온 사람이지만 장병님께 우선 드리고 싶어요. 자, 받아 주세요."

나는 그 사람의 목에 화환을 걸었다. 그러자 군중들의 박수박수 박수! 그리고 그 사람의 쏘아 보는 눈빛, 말 한마디 않고 쏘아만 보는 눈빛. 나는 당황해져서, 괜찮아요. 괜찮아요. 어떻든 살아 돌아오셨으니 다행이지요. 살아오셨으니! 그 말만 지껄이며 군중 속으로 뒷걸음쳐 도망치듯 되짚어 오고 말았다.

그리고는 아무래도 오빠 일이 궁금해서 우왕좌왕하다가 결국 본부석을 향해 달리기 시작했다. 완장 찬 소령님. 고맙게도 통제관을 불러 배에 올라가 알아보라고 지시한다. 만일 안 소령님 안 오셨거든 다른 장교라도 불러오라고 시킨다. 그래서 만난 사람, 그는 바로 아까 내가 보던 사람 중 가장 눈에 띈 빨간 고무풍선의 주인공이다.

"아, 안 소령님 동생이군요. 안 소령님 성격이 좋으셔서 건강히 잘 계십니다. 일주일 후 배로 꼭 오십니다. 안심하십시오."

오빠를 만난 것만큼이나 기뻐하면서 나는 가족들을 찾았다. 하나를 찾다 두면 또 다른 하나가 없어지고, 또 다른 하나를 찾아

오면 또 다른 하나가 없어지고, 거의 삼십 분을 허둥대다가 일곱 명을 다 만나 소식을 전할 수 있었다.

그리고, 다음 주일 나는 또 부산으로 갔다. 그전처럼 여수에서 밤 배를 타고 가 새벽 4시 부산 도착, 어둠 속에 합승을 타고 여관에 들어 가족들과 만났다. 내일은 정말 오빠가 온단다. 우리는 내일을 기다리기 위하여 오늘 동래 구경을 하기로 했다. 그날이 일요일이라 삼사 만의 인파에 정신이 없었다. 돌아오는 길에 제 3부두에 들러서 내일 배가 오는지 알아보았다. 그런데, 월남에서 오는 배가 또 연기되었단다. 31일 한국 역사에 큰 도장이 찍힐 존슨 대통령 내방의 날, 서울과 부산이 겸한 행사는 할 수 없다고, 11월 1일 오후 2시로 연기했다는 것이다. 우리는 또 허탕을 치고 말았다.

드디어 11월 1일 하오 2시. 저 멀리서 빌딩만 한 배가 서서히 들어오기 시작했다. '서서히'보다 더 느린 형용사는 없을까. 배는 달려오는 것이 아니라 거북이처럼 기어오고 있었다. 아아, 답답해라. 답답해라. 손에 손에 태극기, 손에 손에 플래카드! 그들을 맞는 환영객들은 일 초라도 더 빨리 배가 닿기를 애타게 기다리는데 배는 세월아 네월아 하고 기어온다. 오후 1시부터 몸체를 드러낸 배가 2시 15분이 되어서야 임지에 닿았다. 겨우 얼굴이 보일 만큼의 거리. 바다 저만큼에서 오빠는 우리가 쓴 이 큰 글씨를 볼 수 있을까? 파란 글씨로 굵다랗게 쓴 오빠 이름 석 자. 한번 경험을 했기에 우리는 제일 크고 제일 뚜렷하게 써서 제일 높이 치켜들고 서 있다. 가족들은 이리저리 흩어졌다가도 그 목표물을 보고 다시 모여들었다. 이리 살피고, 저리 살피고, 파리 떼처럼 엉겨있는 병정들 속에서 오로지 오빠를 찾으려고 한참을 두리번대다가 드디어 성공! 플래카드를 보고 모자를 흔들어대는 오빠의 얼굴을 모두 보았다. 오빠! 형님! 여보! 너무 기뻐 소리 지르다 보니 머릿골이 띵하고 입이 찢어질 것 같다. 모두 플래카드 주변에 모여 서서 오빠에게 인사. 오빠는 배 위에서 카메라의 셔터를 누른다. 오빠, 돌아오셨군요. 하느님 감사합니다. 오빠를 돌려주셨군요. 전쟁터에서 그를 무사히 지켜 주신 성모님 감사합니다. 사과를 던지고, 달걀을 던지고, 화환을 던지고, 주변은 아수라장!

배가 더욱 가까이 오고, 마이크에서는 환영의 말이 쏟아진다. 동원된 학생들은 태극기를 흔들며 목이 터져라, 노래를 부른다. 가족들은 알아들을 수도 없는 환호성으로 시끌벅적. 울기도 하고 웃기도 하고 그야말로 난리다. 저만큼 오는 빌딩만 한 배의 곁 부분에 열 자도 넘어 보이는 옥양목에 커다랗게 써 붙인 활자가 보인다.

한국이 더 좋아.
맹호와 청룡은 이기고 돌아왔습니다.
고국의 여러분께 감사드립니다.

글자 하나가 사람 몸체만 하다. 정말로.
드디어 장병들이 배에서 내려, 잠깐 가족들 얼굴만 보고 다시 합숙소로 떠났다. 우리 일행은 여관으로 돌아와 올케와 친정어머니, 그리고 다섯 살 난 조카만 남겨 놓고 모두 제 갈 길로 헤어졌다. 아, 그 꿈 같던 일을 끝내고 나는 흥분된 마음을 가라앉히며 7시 여수행 배를 타고 돌아왔었지.

❖ 기억 2

1950년 초여름, 느닷없이 전쟁이 터졌다! 공산군이 남하하고 있다는 소식이 들리자 아버지는 중학교 5학년이던 외아들, 오빠를 데리고 시골 친척네로 피난을 가셨다. 어머니와 우리 세 딸은 대문 앞까지 배웅을 나가 불안한 눈길로 한없이 그들 뒷모습을 바라보고 서 있었다. 아버지가 뒤를 돌아다 보셨다. 어서들 들어가거라. 오빠가 뒤를 돌아다보았다. 말이 없다. 아버지가 다시 한 걸음 내딛으셨다. 오빠도 한 걸음 따라 걷는다. 잘 가서 몸조심해라. 어머니의 젖은 음성이 나직이 울린다. 다시 아버지가 뒤를 돌아보신다. 어서 들어가라니까! 그러다가 아버지는 다시 뒤돌아 오시더니 내 머리를 쓰다듬으셨다. 우리 막내, 잘 있거라. 아버지가 잠시 피했다가 곧 올게. 그리고는 다시 걸으신다. 우리는 움직일 생각을 않고 그 자리에 서 있다. 아버지가 뒤를 돌아보며 '어서 들어가라니까!' 조금 짜증 섞인 목소리로 한마디 하시고 핑 앞으로 걸어가셨다. 오빠도 뒤돌아보며, 뒤돌아보며 걷다가 아버지처럼 앞만 보고 걸어갔다. 그 이별의 장면이 생생하게 떠오른다.

아버지 찾은 곳은 50여 리 밖 농촌 친척 집이었다. 오빠는 가끔 그 시골에서의 아픈 추억을 떠올리며 눈물지었다. 가서 얼마 안 되어 그곳까지 유격대가 들어와 양민을 잡아가는 일이 벌어졌다. 어느 날, 주인아주머니가 어디서 무슨 소식을 들었는지, 허겁지겁 들어와 아버지를 부르더란다. 지금 이 동네 유지들을 잡아가고 있대요. 어서 피하셔요. 그러자 아버지는 다급한 김에 건넛방으로 들어가셨고 오빠는 뒷간으로 들어갔단다. 불안과 초조가 엄습했던 그 시간, 그 순간을 오빠는 눈물로 기억한다.

곧 건장한 남정네들이 마당으로 들어섰다. 이 집에 누구 있다는 말 들었다며 어서 나오라고 소리소리. 이 방 저 방, 문을 열어젖히고, 광이며 헛간이며 뒤지다가 마침내 건넛방에 숨어 있는 아버지를 발견하고 큰 소리가 터지더란다. 누구야? 나와, 이리 나와!

마당으로 끌려 나온 아버지, 안주인이 농사일 돕는 집안 아저씨라고 아무리 말해도 거짓말 마라고, 얼굴 보면 알고, 손을 보면 안다며 농사꾼은 무슨 농사꾼이냐, 대번에 오랏줄을 묶어 데리고 나갔단다. 그때 오빠는 뒷간에서 소란스러운 소리를 듣고 분명 아버지가 잡혀가시는 걸 눈치채면서 '나는 어째야 하나, 나는 어째야 하나, 아버지 가시는데 그냥 이대로 숨어야 하나?' 벌벌 떨면서 숨죽이고 서 있었단다. 그때 문득 좀 전에 아버지가 건넛방으로 뛰어가시며 하신 말씀이 생각났단다. '어서 숨어라. 너라도 살아남아야 한다, 너는 우리 집안 장손이고 외아들이다.' 아, 그래서 오빠는 그냥 그렇게 아버지가 잡혀가시는 걸 알면서도 숨어 있었단다. 그게 그렇게 가슴 아프고 죄송하다고 오랜 뒤까지 되풀이하던 오빠.

그런데, 바로 그날, 조부님은 꿈자리가 사납다고 그 뜨거운 땡볕에 50리 길 친척 집을 찾아가 자초지종을 들었다. 잡혀간 날 저녁 무렵 산등성이에서 총소리가 났다는 소식까지 들었다. 나중에 안 사실이지만, 유격대들이 동네 유지들 일곱 명을 묶어 한 줄에 세우고 전주 형무소로 이송하기 위해 산 고개를 넘는데, 저물녘 한 사람이 도주하는 바람에 따따따따따 총탄을 쏘아 모두를 참혹하게 죽이고 말았던 것. 여름은 해가 길어서 다행인가. 폭격을 피해가며 50리 길 땀범벅이 되어 걸어온 피곤도 잊은 채, 할아버지는 손자와 함께 산등성이로 가서 기어이 아들의 시체를 찾아 피 묻은 옷 그대로 그 자리에 묻어주고 혼자 쓸쓸히 되돌아오셨다.

얼마 뒤, 오빠도 집으로 돌아왔다. 아들이 집으로 오자 어머니는 있을 방도 마땅찮다며, 30여 리 밖 큰언니네로 나를 딸려 보냈다. 언니는 동란 직전에 시골 과수원집으로 시집을 갔는데, 사돈댁은 집도 커서 오빠랑 내가 지낼 방도 있었다. 그런데 얼마 뒤, 의용군 징집 소식이 들려왔다. 동네 청년들을 모두 소집해 싸움터로 보낸다는 것이었다. 말하자면 공산군 쪽 군인이 되는 것이란다. 언니는 부지런히 미숫가루를 만들어 오빠 짐 속에 넣어주며 울었다.

"어쩌끄나, 어쩌끄나, 네가 우리 집 장손인데 이 일을 어쩌끄나. 어머니가 알면 큰일이다. 어쩌든지 몸조심하고, 살아서, 꼭 살아서. 돌아와야 한다."

오빠를 눈물로 보내고 나는 혼자 남았다. 다행히 동네에 비슷한 또래가 많아서 낮은 어찌어찌 시간 가는 줄 몰랐다. 논에 가서 훠어이 훠어이 새도 쫓고, 과수원에서 잔심부름도 하며 심심찮게 지냈다. 그러나 밤이 되면 왜 그리 외롭고 불안하던지. 오빠는 지금 어디쯤 계실까? 아버지를 죽인 공산군과 한패가 되어 우리 국군에게 총질을 한다고? 공산군이라면 듣기만 해도 몸이 떨렸다. 그들은 우리 집을 강제로 빼앗았고, 선심 쓰고 내준 한 칸 방에서 어머니와 언니들은 숨죽이며 살고 있다. 그런데 오빠는 의용군으로 나갔다. 아, 이 일을 어찌하면 좋단 말인가. 과연 오빠는 살아서 돌아올까? 전쟁은 언제 끝나는데? 나는 오빠와 다시 만날 수나 있을까?

과수원 일로 바쁜 언니는 오빠가 무사히 돌아올 테니 걱정 말라고 나를 달랬지만 나의 불안은 가실 줄을 몰랐다. 나는 밤만 되면 마당으로 나갔다. 그리고 눈물 흘리며 하늘만 보았다. 하늘에는 별들이 촘촘히 깔려 빛을 발하고 있었다. 전쟁으로 수 없는 사람들이 죽어가고, 동네 청년들도 의용군에 나가 매일매일 사람 수는 줄었지만, 별들의 수는 변함없이 많기도 많았다. 나는 반짝이는 별들을 바라보며 혼잣말을 하곤 했다. 오빠, 오빠도 어디선가 저 별 바라보고 있지요? 그럼 우리 밤마다 저 별을 보며 함께 이야기해요. 잘 있는 거지요? 밥도 없이 미숫가루만 먹고 계시나요? 오빠, 그래도 잘 버텨 주세요. 우리는 꼭 다시 만나서 엄마한테로 가야 해요. 오빠, 엄마는 잘 계실까요? 언니들은 잘 있을까요? 이곳 과수원은 먹을 거라도 풍부하지만, 우리 집은 공산군 손에 다 빼앗기고, 먹을 것도 없는데 어떻게 지내고 있을까요. 오빠, 먹을 것만 있으면 뭐해요. 나 엄마 보고 싶어. 괜히 오빠 따라왔나 봐. 너무 외로워. 오빠,

오빠. 얼른 와서 나 데리고 집으로 가요. 만 열 살도 안 된 어린이는 밤마다 별을 보며 울었다.

그런데 기적이 일어났다. 여름이 가고, 바람이 서늘해진 어느 날, 깜짝 놀랄 일이 벌어졌다. 멕아더 장군의 인천 상륙작전 덕분에 세상이 또 바뀌었다는 것이다. 집집마다 경사가 났다. 의용군들이 하나 둘 살아 돌아오는 게 아닌가. 아, 그러던 어느 날, 우리 오빠도 살아 돌아왔다. 오빠, 오빠! 나는 너무나 기뻐서 펄펄 뛰며 눈물을 흘렸다. 영아, 영아, 이제 우리도 전주 집으로 갈 수 있다. 내일 바로 가자꾸나. 언니도 이제 살았다며 오빠의 가방을 풀었다. 땀내 나는 옷과 함께 미숫가루 봉지가 나왔다. 그것도 다 못 먹은 상태에서 수복이 된 것이다. 공산군은 산으로, 산으로 올라가고 강제 징집된 의용군은 마을로, 마을로 내려왔다는 것이었다. 얼마나 기쁘고 감사한 일인가.

오빠랑 삼십 리 길 전주로 갈 때, 수도 없는 검문소를 지났다. 그때마다 우리는 이런저런 조사를 받으며 걷고 또 걸었다. 도중에 배가 고파서 어느 가게에 들렀는데, 오빠가 지갑을 꺼내며 내게 무얼 좀 먹으라고 한다. 나는 고구마 한 개를 집었다. 오빠는 맛있게 보이는 빵을 두고 왜 고구마를 집느냐고 나무랐다. 그래도 나는 고구마를 고집했다. 훗날 오빠가 어른들에게 하던 말, 어린 것 안쓰러워서 비싼 빵을 사주려고 했는데, 고구마를 집어서 마음이 더 아팠다고. 요즈음 같으면 어림도 없는 소리. 고구마가 더 건강에 좋은 음식이라며 선호하지 않던가. 나는 고구마를 볼 때마다 그때의 일이 기억나 방긋 웃다가 눈시울을 적시곤 한다.

❖ 기억 3

　전주고등학교를 졸업한 오빠는 전남의대 생이 되어 광주로 거처를 옮겼다. 공산군에게 남편도 빼앗기고 집도 빼앗기고 살림살이까지 다 빼앗긴 어머니는 수복의 기쁨도 잠시, 시름시름 앓기 시작했다. 심장, 신장 등에 이상이 생겼다고 얼굴이 퉁퉁 부어 징그러운 모습이 되었다. 의대생인 오빠는 자주 전주에 들러 어머니께 이뇨제라며 주사를 놓아드렸다. 그땐 언니들도 여학교 졸업 후, 고향으로 내려가고, 아직 중학생인 나만 어머니와 전주에 남아 있었다. 오빠는 내게도 주사 놓는 법을 가르쳤다. 나는 학교에서 돌아오면 밥을 차리고, 어머니에게 주사를 놓아드렸다.

　그런 이튿날 아침 어머니는 요강 가득 소변을 보고 부기가 좌악 빠져 본래의 모습이 되었다. 하지만 그것도 한계가 있어, 할아버지께서 오빠를 시켜 어머니를 고향으로 데려갔다. 아, 지금처럼 교통이 좋았으면 얼마나 좋아. 오빠는 버스 정류장에서부터 어머니를 업고, 10릿길 산등성이를 넘어 고향 집으로 갔다. 그리고 조부모님은 온갖 한약으로 정성을 다했으나 허사였다. 어머니는 긴 긴 고통 끝에 여름 방학 중 모두 모인 자리에서 가쁜 숨을 몰아쉬며 생명줄을 놓고 말았다. 내가 고등학교 1학년 때다.

　졸지에 고아가 된 나는 조부님이 시키는 대로 광주로 전학해 처음엔 숙부님 댁 신세를 지다가, 곧 오빠와 함께 자취 생활을 시작했다. 수업이 끝날 때쯤이면 어김없이 떠오르는 생각. 오늘 저녁 반찬은 무엇으로 하나. 국은 무엇으로 끓이나. 그뿐인가. 휴일이면

서툰 솜씨로 김치를 담그고 빨래를 했다. 제일 힘들었던 기억은 겨울에 오빠의 내복 빨기. 그때만 해도 너나 할 것 없이 두터운 면 내복을 입었다. 내가 빨기엔 너무나도 큰 내복이었다. 나는 솥에 물을 데워 마당 가 우물곁으로 나가 애벌빨래를 하고, 찬물로 손이 트도록 헹궜다.

오빠는 제법 틀이 잡힌 의과대학생이 되어갔다. 시체를 만진다는 둥, 해골을 옆에 둔 채 도시락을 먹는다는 둥, 끔찍한 이야기도 들렸다. 그러나 틈만 나면 친구들과 정구를 치고, 사진 예술에 심취하고, 공책 뒤에 아름다운 시도 베껴 놓는 오빠가 나는 좋았다. 그야말로 오빠는 내 최초의 이성이었다.

내가 여대생이 되었을 때, 오빠는 군의관으로서 자리를 굳혔다. 근무지가 바뀔 때마다 방학만 되면 오빠의 초대를 받았다. 덕분에 일선 지방 여행을 많이 했다. 한번은 버스에서 내려 오빠 숙소까지 가는데, 온 천지에 군인뿐이고 사람은 하나도 없었다. 조금 무서웠다. 오빠를 만나 그 이야기를 했더니, 오빠는 껄껄 웃으며 군인은 사람이 아니냐고 야단을 쳤다.

오빠는 장손이란 책임 때문에 조부님 시키는 대로 일찍이 결혼했다. 그러나 최전선에서 1년쯤 함께 살고는 올케를 고향으로 내려보냈다. 나는 조부님을 모시는 올케가 고마워 최선의 편리를 봐드렸다. 내가 직장인이 되었을 때, 오빠는 월남 전선으로 떠났다. 붕타우. 정든 이름이다. 저 옛날 한국동란 때 의용군으로 소집되어 산으로 간 오빠가 무사히 돌아올까 노심초사했던 기억을 떠올리며 또 베트남 전쟁에서 무사히 돌아오기를 기도했다. 오빠가 월남 가기 전에 세례를 받은 나는 기도할 수 있어 참 좋았다. 밤마다 묵주를 돌리며 오빠의 무사를 빌었다.

남들은 결혼을 생각하고 연애편지 쓰기에 정신없을 때, 나는 오빠의 건승을 빌며 정성껏 편지를 띄웠다. 마치 내가 잘못 연애라도 하면 오빠의 신변에 안 좋은 일이 일어날 것만 같아 연애도 마음 놓고 할 수가 없었다. 아예 '연애의 문'에 빗장을 걸었다. 그저 오빠에게만 열심히 편지를 썼다. 오빠도 내 편지가 가장 큰 위안이라며 기다려진다고 했다. 나는 내 일상을 비롯해 고향 소식을 소상히 전했다. 오빠 역시 내게 질세라 예쁜 그림엽서들을 담아서 두툼한 편지 봉투를 열심히 보냈다. 색색의 우표도 날아왔다. 나는 그 엽서에서 처음으로 이국의 정취, 특히 해변 풍경과 멋스러운 팜 트리, 종려나무를 보았다.

오빠는 내게 갖고 싶은 것을 말하라고 했다. 나는 음악이 듣고 싶어 탁상용 라디오를 부탁했다. 오빠는 곧 콘사이스 사전만 한 라디오를 사서 인편에 보냈다. 저녁이면 머리맡에 놓고 뉴스를 듣고 음악을 들었다. 당시 유엔 방송에서 보내주던 클래식 음악은 얼마나 감미로웠던가. 나는 또 음반이 갖고 싶었다. 베토벤, 브람스, 슈베르트의 음반을 부탁했다. 군의관으로 있으니 치열한 싸움에 직접 참여는 안 한다 해도 전장은 전장인데, 나는 좀 뻔뻔했던 것 같다. 나는 오빠가 내게 준 사랑을 어떤 형식으로든 올케에게 갚느라고 애썼다. 조부님을 졸라 언니를 친정에 보내 드리기도 하고,

내 월급으로 언니에게 새 옷을 사 드리기도 하고, 언니가 농촌 일로 오빠에게 자주 소식 보내지 못함을 대신해 부지런히 언니와 조카들 소식을 써 날랐다. 일 년 동안 우리는 정말 부지런히 소식을 주고받았다. 시집올 때, 편지를 정리하는데, 오빠 편지가 어찌나 많았는지 나도 놀랐다. 버릴 수 없어 소중히 상자에 담아 가지고 왔다. 어느 날 남편이 그 상자를 보고 무슨 편지가 이렇게 많으냐고 물었다. 보세요. 연애편지. 봐도 좋아요. 그는 이리저리 뒤적여 보다가, 계속 오빠 이름이 나오니까 허허 웃었다. 질투도 할 수 없는 연애편지라고.

❖ 기억 4

오빠는 제대 후 연고가 있는 전주에서 병원을 개업해 기반을 잡았다. 일찍이 승용차도 샀고, 정원 딸린 주택도 마련했다. 아이들은 외갓집을 천국으로 알았다. 방학만 되면 전주로 내려갔다. 외삼촌 외숙모는 물론 외사촌들의 사랑을 받으며, 외삼촌이 직접 모는 승용차를 타고 인근 유원지를 돌기도 하고, 소문난 맛집 순례도 하며 신나게 놀다 왔다.

그런데 세월이 흘러 4남매 조카들은 모두 짝을 찾아 떠나고, 부부만 살던 집에 검은 그림자가 드리웠다. 올케가 유방암으로, 다시 폐암으로 많은 돈을 들이며 투병하다가 세상을 떠나고 말았다. 육십 중반을 넘은 오빠는 혼자 남아서 외로움과 싸워야 했다. 나이 드니 수술하는 것도 어려워졌다며 병원 문도 닫았다. 아내를 잃고,

일까지 접은 오빠는 얼마나 외로웠을까. 재혼 말이 오고 갔다. 나도 찬성했다. 그러나 오빠는 거절했다. 오랫동안 올케 병간호로 지친 몸, 여행이나 하겠다며 혼자 차를 몰고 전국을 돌곤 했다. 그러다가 그것도 지쳤는지 <꽃동네>로 들어가고 싶다는 말을 했다. 의료봉사를 하면 보람이 있을 것 같다고 했다. 나는 쌍수를 들고 환영했다.

하지만 주변에서 오빠를 그냥 두지 않았다. 계속 중매가 들어왔다. 오빠는 조금씩 마음이 바뀌는 것 같았다. 결국, 2년 뒤 친구의 소개로 올케언니와 비슷한 나이의 여인을 만났다. 그쪽도 남매를 출가시키고, 남편이 암으로 떠나 혼자 사는 여인이었다. 우울증에 시달리고 있는데, 정신과 의사가 결혼만 하면 낫는다고 해 재혼을 결심하게 된 여인이라고 했다. 여인은 아주 적극적이었다. 외로웠던 참이라 오빠도 어물쩍 넘어가더니 결혼을 했다. 여인의 요구도 있었으리. 오빠는 몇십 년을 살아온 주택, 우리 아이들이 방학 때마다 가서 즐겁게 뛰어놀던 그 정든 주택을 팔고, 여인의 명의로 아담한 아파트를 사서 이사를 했다고 했다.

오빠는 다시 생기를 얻어 신혼의 호사를 누리는 것 같았다. 차를 몰고 전국을 누비기도 하고, 멀리 해외로 여행도 자주 나갔다. 나는 생각했다. 그래. 오빠도 그동안 수고했으니 저런 시간도 가져야지. 여행에 보태라며 촌지도 보내 드렸다. 그러나 한편으로는 고생만 하고, 일찍 떠난 올케가 너무나 안 됐고, 오빠가 꽃동네 봉사를 포기한 것이 아쉬움으로 남곤 했다.

재혼. 고령사회가 되고 보니 재혼이 늘고 있다. 그러나 제일 문제가 되는 것은 자녀와의 관계다. 자녀들은 재혼한 부모 집에 자주 갈 수 없다. 전화도 자주 드릴 수가 없다. 자녀뿐이 아니다. 동생인 나도 그랬다. 명절 때 외에는 되도록 안부 전화도 삼가고 있었다. 왜 그런지는 나도 모른다. 그냥 그래지는 것이었다.

오빠가 재혼한 지도 10년이 넘은 어느 날, 놀라운 소식을 접했다. 자꾸 소화가 안 된다 하고, 체중이 줄어들어 검사해 보니 위암이라는 것이었다. 그런데 오빠가 수술을 거부한다는 것이었다. 78세. 이 나이에 무슨 수술이냐며 고집을 부린다고, 새 올케한테서 전화가 왔다. 좀 설득해 달라는 것이었다. 나는 오빠를 이해했고, 70을 바라보는 나 자신도 오빠에게 동조했다. 오빠는 환갑도 칠순도 다 거절했었다. 아버지는 48세에, 어머니는 53세에, 세상을 떴는데, 무슨 환갑잔치냐고. 그런 오빠였기에 이 나이에 무슨 수술이냐는 말이 다 옳게 느껴졌다. 그런데 올케는 달랐다. 수술하면 좋아질 수 있다는데, 그냥 있다니 말이 되느냐는 것이었다. 올케는 또 미망인이 될까 봐 노심초사하는 것 같았다. 그 문제로 팽팽히 다투다가 결국 오빠는 수술하기로 했다. 마침 시간제 근무를 하고 있던 병원장의 강권으로 재검진을 받아보니, 수술하기 좋은 부위여서 오빠도 마음을 바꾸었다는 것이다. 그리고 결과가 좋아 다시 병원에 출근하게 되었다.

그러는 새, 오빠도 80이 넘었다. 이제는 자동차도 없애고, 인근 여행도 선뜻 나서지 못한다고 했다. 나는 조카들을 통해서 오빠의 근황을 듣고, 어쩌다 오빠가 걸어오는 전화를 반갑게 받았다. 그때마다 오빠는 올케가 외출하고 없는 틈에 전화했노라고 했다. 오빠가 자꾸만 올케의 눈치를 보고 사는 것이 느껴졌다. 조카들은 가까이 사니까, 비교적 자주 만나는데, 올케의 목소리가 훨씬 커서 아버지가 기를 펴지 못한다고 했다. 80이 넘었으니 초혼 여자와 살아도 기를 펴지 못할 나이가 되었다. 더구나 4남매 혼인 비용에, 떠난 아내 치료비에, 20년 가까이 재혼 생활하며 아내 호강시킨 경비 등 이제 경제력도 바닥이 날 때가 되지 않았는가. 나는 자꾸만 오빠에게 연민이 갔다. 그래서 자주 생각했다. 노후를 활기 있고 보람 있게 살려면 봉사의 삶이 최고인데, 왜 <꽃동네>를 안 가고 재혼을 했을까.

❖ 최근의 일

몇 해 전 12월, 나는 아들과 함께 모처럼 전주엘 갔다. 오빠 부부, 조카네 가족을 불러 저녁을 샀다. 그날 본 오빠의 모습, 나는 슬펐다. 살이 빠질 대로 빠지고 다리는 휘청휘청, 걸음도 제대로 못 걸으셨다. 청력도 약해지신 것 같았다. 식사도 그야말로 연명할 만큼의 소량만 드셨다. 그런 모습으로 아직도 일주일에 두어 번 병원에 나가 일을 하고 계셨다. 간호사들과 한 팀을 이루어 지방 마을을 돌며 건강 검진 등을 하는 일이라고 했다. 내가 보니 도저히 안 될 일이었다. 간호사들도 그런 의사를 싫어할 것 같고, 검사받는 환자들도 그런 의사를 원하지 않을 것 같았다. 나는 강력히, 이제 시간제 근무도 그만두시라고 권했다. 그때 옆에서 올케가 하던 말. 그 매정함이라니!

"아니, 집에 있으면 뭐해요. 건강도 나빠지고 나도 밥 차리기 귀찮아요. 또 돈 안 벌면 무얼 먹고 살아요. 참 아가씨도!"

세상에, 저 늙은 오빠에게! 조카들의 말이 실감 되었다. 아버지 집엘 갔다 오면 늘 마음이 아프다고 했다. 새어머니가 약간 치매기가 있고, 말도 안 되는 소리를 한다는 것이었다. 하도 엉뚱해서 한 마디 하려고 하면 아버지가 눈을 깜빡이면서 "환자가 아니냐?" 하며 말린다고 했다. 젊은 날, 그 당당하던 오빠는 어디로 갔는가. 나는 용기를 내어 올케에게 한마디 했다.

"그래도 그건 아니네요. 오빠 나이 85세, 환자들에게도 미안한 일이지요. 저렇게 뼈만 남은 몸으로 함께하는 간호사들인들 좋아 하겠어요? 저하고, 조카들 4남매 십시일반으로 생활비 보태 드릴 테니 내년부터는 그만두게 하셔요. 부탁입니다, 언니!"

오빠도 언니도 말이 없었다. 그날, 헤어져 돌아오며 아들이 말했다.

"참, 우리 외삼촌이 저렇게 약해지시다니 믿어지지 않네요."

"그러게 말이다. 늙는다는 게 무섭구나."

곧 새해가 되었고, 나는 조카들과 함께 매월 생활비를 마련해 보냈다.

3월이 되자, 조카로부터 오빠가 일을 그만두었다는 소식이 왔다. 아, 잘했다. 젊은 시절부터 얼마나 시달린 인생인가. 이제 좀 쉬셔야지. 오빠는 올케를 괴롭히지 않으려고 아침에는 빵과 우유, 점심에는 둘이서 외식을 하고 저녁 한 끼만, 집에서 먹는다고 했다. 주일이면 조카며느리가 반찬을 해다 냉장고에 채워드리고, 조카는 두 분을 모시고 나가 드라이브도 시켜 드릴 겸 인근 맛집으로 모신다고 했다. 참 잘했다. 나는 조카 부부에게 칭찬을 아끼지 않았다. 올케도 80이 넘었으니 밥 차리는 것이 당연히 귀찮을 터. 역시 오빠는 현명했고, 조카 내외도 효도하는구나 싶어 안심했다.

그런데 오월이 되면서부터 걱정스러운 소식이 들렸다. 올케의 치매가 좀 심해졌다고 한다. 두어 해 전부터 발견하고 치매 늦추는 약을 먹으면서 그런대로 생활해 왔는데, 요즈음 부쩍 심해지는 것 같다고. 가스 불 끄기를 깜빡하는 건 물론, 수돗물도 잠그지 않고, 끼니도 잘 안 챙기고, 한 말을 또 하고 또 하고, 통장 관리도 잘못한다는 것이었다. 이를 어쩌나, 좀 쉬시라고 했더니 이제 마누라 뒷바라지를 하게 되는구나.

소식은 시간이 갈수록 안 좋아졌다. 주말에 한 번씩 가면 여기저기 먼지가 쌓여 있고, 냉장고 속도 엉망이라는 것이었다. 그런데 그들이 다녀온 뒤로는 더 기막힌 전화가 온다고 했다. 통장이 없어졌다, 패물이 없어졌다, 비싼 옷이 없어졌다. 소동을 피운다는 것이었다.

소식은 점점 심각해졌다. 조카 내외에게 아버지를 모셔 가라고 전화를 한다는 것이다. 돈도 안 벌고 종일 집에 있는 영감 보기 싫다며, 어서 모시고 가라며 큰소리를 친다는 것이었다. 조카 내외에게만이 아니었다. 조카딸들이 번갈아 안부 전화를 하면 왜 자주 안 오느냐고 야단부터 치고는, 빨리 아버지를 모시고 가라며 큰소리를 친다는 것이었다. 날이 갈수록 살림에서 손을 떼고, 세탁기 돌리기, 밥상 차리기 등 오빠가 올케를 보살피는 지경인데, 모시고 가라고만 하니 어째야 좋을지 모르겠다고 했다.

만추의 11월, 오빠 일이 궁금하여 조카에게 전화를 걸었다. 올케의 치매는 더욱 심해지는 모양이었다. 그동안 서울에 사는 본인의 아들딸은 전혀 모르고 있었는데, 그들도 눈치를 채게 되었단다. 어머니가 자꾸만 전화를 걸어서 이상한 말을 한다면서 조카에게 문의가 왔다는 것이다. 조카는 사실임을 밝혀주었단다. 그런들 무슨 수가 있으랴. 직장에 나가는 젊은이들, 치매 걸린 부모를 어찌 모실 수 있겠는가. 더구나 개가한 어머니를 어느 누가 모시랴. 좋은 방법이 무엇일까. 조카는 일단 아버지와 의논을 했단다. 그러자 오빠도 많이 생각했다며, 가까운 후배가 전주 변두리에서 경영하고 있는 요양원으로 들어가고 싶다고 하신단다. 심장이 안 좋아 오래 전부터 약을 복용 중이고, 위암 수술 후 먹는 것도 제한이 많으니 아예 요양원에서 지내는 게 낫겠다고. 날마다 아내에게 볶이는 것도 너무 힘들어 어디론가 피신하고 싶다고. 그래서 아들한테 하는 말, "너희 집으로 모시고 가겠다고 하고, 간단히 가방 하나 싸서, 나를 병원으로 좀 데리고 가 다오. 후배하고는 연락해 두었다."

조카는 곧 그 일을 추진하겠다고 했다.

그 뒤, 조카의 전화. 아버지를 그곳에 모셨는데, 어머니는 날마다 전화를 걸어 횡설수설하고, 나도 함께 너희 집에 살게 해 달라고 조르더란다. 결국, 요양원으로 모신 게 들통이 나고, 어머니는 바로 짐을 꾸려 택시를 타고 요양원으로 찾아갔단다. 도저히 혼자는 못 살겠다고. 나도 함께 이곳에서 살게 해 달라고.

올케는 서울 아들딸 중 누군가가 함께 살자고 할 줄 알았던 모양이었다. 그런데 모두 바쁘다며 내려와 보지도 않는다고 불평을 하더란다. 조카는 결국 두 분을 요양원에 모셔놓고, 주말마다 방문하고 있단다. 그런데 올케는 조카 내외가 갈 때마다 되씹는 소리가 있단다. 자기 아들이 모시러 왔는데, 아버지가 못 가게 해서 안 갔다고. 아버지는 눈을 깜빡이면서 아니라는 신호를 하고, 작은 소리로 '환자니까 너희가 이해해라' 하시더란다.

후유. 오빠가 그곳에서 편히 생활한 것은 겨우 닷새. 요양원에서 혼자 살고 싶어 하는 그 작은 소망도 이룰 수가 없다니!

그 뒤, 성탄절 이브였다. 조카의 전화. 눈물 머금은 목소리.

"아버지가 떠나셨어요. 저녁까지 잡숫고 주무셨는데 아침에 못 일어나셨대요. 어머니가 이상하다며 다급하게 전화했기에 달려가 보니 이미 숨을 거두신 뒤였어요. 심장마비래요."

아, 드디어 올 것이 왔구나. 그래도 큰 고생 없이 돌아가셔서 너무나 고마웠다. 축하할 일이다. 잘 가셨다. 잘 가셨다. 나는 조카를 위로하고, 곧 빈소로 달려갔다. 버스 안에서 내내 드는 생각, 내가 가장 부러워하는 죽음. 주무시다 가신 죽음. 정말 축하할 일이다. 향년 86세. 섭섭할 것 하나도 없다. 올케에게 시달린 마지막 일 년이 오빠에게는 얼마나 힘든 세월이었을까. 오빠, 축하해요. 아름다운 귀향 축하해요. 나는 전주에 도착할 때까지 울지 않았다.

마침내 오빠의 장례 미사. 나는 신부님의 강론 말씀으로 더욱 위로를 받았다.

"우리나라에서는 누가 죽으면 "돌아가셨다"라는 말을 제일 많이 합니다. 돌아간다는 것은 어디선가 왔는데 다시 그리로 간다는 말이겠지요. 그 말은 결국 우리가 본래 고향이 있었음을 이야기합니다. 우리 신앙인에게는 당연히 그곳이 하느님 품이겠지요. 돌아갈 수 있는 곳이 있다는 것, 그곳에 가면 자비로운 하느님의 품에 안길 수 있다는 것은 얼마나 큰 위로이고 축복입니까? 하지만 유가족들을 그분과의 이별을 슬퍼합니다. 그분을 이제는 볼 수 없다는 것, 전화도 할 수 없고, 만나서 이야기도 할 수 없다는 것, 이런 것들이 우리를 슬프게 합니다만, 이제 그분이 왔던 곳, 언젠가는 돌아가야 할 그곳으로 돌아가셨다는 생각을 해 본다면, 즉 '돌아가신다'의 뜻만 잘 헤아려도 우리의 슬픔은 가라앉힐 수가 있겠지요. 부디 유족들이 이 이치를 깨닫고 슬픔에서 깨어나 그분을 잘 보내드리고 자신의 일상으로 돌아와 언젠가 나도 돌아가면 만날 수 있다는 생각으로 하루하루를 잘 살아내시기 바랍니다."

❖ 꿈으로 오신 오빠

온갖 비바람 다 견디며, 긴 긴 귀양살이 끝내고 드디어 본향 찾아 떠나신 오빠! 어느새 두 해가 지났군요. 지금쯤 조부모님, 부모님,

올케, 다 만나서 세상 살다 온 이야기 속속들이 나누며 천상행복을 누리시겠지요? 평소처럼 깔끔히 차려입고 미소 지으며 나타나신 오빠, 보고 싶었는데 나타나 주셔서 고마워요. 저도 이제 팔십이 되었습니다. 언제든 주님께서 부르시면 '네' 하고 떠나려고 이것저것 준비하고 있어요. 살림도 많이 정리했고, 이사할 때마다 무거워 낑낑대면서도 애지중지 모시고 다니던 책도 거의 없앴답니다. 심지어 엊그제는 오빠 편지도 버렸어요. 그날 오빠 생각을 참 많이 했어요. 아, 그래서 오빠가 꿈으로 오신 건가? 오빠, 나도 가족들 괴롭히지 않고, 어느 날 새벽에 자는 듯 떠나면 얼마나 좋을까요. 그런데 참, 하늘나라에 가면 어떻게 우리 가족을 찾지요? 오빠가 내 이름 석 자를 쓴 플래카드를 들고나와 나를 환영해 주실래요?

오빠, 사실은 장례가 다 끝난 뒤, 조카로부터 놀라운 소식을 들었어요.

유물을 정리하는네, 장 속에서 약 봉투가 통째로 쏟아져 나왔다고요. 그동안 혈압약, 당뇨약, 심장약 조카가 모두 타다 드리곤 했는데, 도대체 언제부터 안 잡수셨는지 알 수가 없다며 꺼이꺼이 울더군요. 아무리 늙어도 더 살고 싶어 별별 약을 쓴다는데 오빠는 어떻게 그런 결단을!

부러움을 넘어 존경을 드립니다. 내가 만난 최초의 이성이었던 오빠, 사랑했어요. **

2020년 《한국소설》 3월호

안 영 소설집
귀향 준비

초판 1쇄 | 2024년 9월 3일

지 은 이 | 안　영
발 행 인 | 장문정
발 행 처 | 문예바다
등록번호 | 105-03-77241
주　　소 | 서울 종로구 삼일대로 30길 21(종로오피스텔) 611호
　　　　　전화 02-744-2208
　　　　　메일 qmyes@naver.com

ⓒ 2024. Printed in Seoul, Korea
ISBN 979-11-6115-244-8 03810

* 이 책의 저작권은 지은이와 출판사에 있습니다.
* 양측의 서면 동의 없는 무단복제를 금합니다.